Pierre Pelot

Das keltische Grab

Roman

Aus dem Französischen
von Gabriele Lefèrvre

GOLDMANN

Die Originalausgabe erschien 2003 unter dem Titel
»Brocéliande« bei Payot Rivages, Paris

Nach dem Originaldrehbuch und den Dialogen
von Doug Headline und Benoît Lestang

Umwelthinweis:
Alle bedruckten Materialien dieses Taschenbuches
sind chlorfrei und umweltschonend.

1. Auflage
Deutsche Erstausgabe April 2004

Umschlaggestaltung: Design Team München
Umschlagfoto: Look/Florian Werner
Satz: Buch-Werkstatt GmbH, Bad Aibling
Druck: GGP Media, Pößneck
Titelnummer: 45646
Redaktion: Anja Nattefort
MA · Herstellung: Stefan Hansen
Made in Germany
ISBN 3-442-45646-0
www.goldmann-verlag.de

1

Seit mehreren Tagen konnte man sie auf den Wegen und Pfaden sehen, die sich durch die Heide schlängelten. Nun erreichten die Reisenden endlich ihr Ziel. Sie waren aus allen Himmelsrichtungen gekommen, manche von so weit her, dass ihre Gastgeber kaum die Namen der Länder kannten oder zumindest nicht wussten, ob sie der Wirklichkeit oder der Welt der Legende angehörten.

Sie wollten zur Zeremonie.

Diejenigen, die vom großen Festland gekommen waren, wanderten bereits seit dem Morgen und hatten ihre Schatten zunächst vor sich hergeschoben, um sie am Nachmittag hinter sich herzuschleifen, bis sie in der aufkommenden Dunkelheit nicht mehr zu sehen waren. Die anderen, von den Inseln, waren mit Booten gekommen, die in aller Stille angelegt hatten, die Segel eingerollt, weil sich kein Lüftchen regte, und die Masten ragten wie spitze, schwarze Messer aus dem Nebel.

Sie kamen zur Zeremonie.

Ihr Weg führte zu einem ganz bestimmten Ort, irgendwo zwischen den Hügeln, Tälern und Wäldern des großen Festlandes.

Weite, kahle Ebenen hatten sie durchschritten; manche waren in langen Kolonnen gewandert, andere allein oder in Gruppen von dreien oder vieren, gefolgt von den stummen Blicken der Dorfbewohner und den Blicken der Wölfe am Waldrand, die sie mit angelegten Ohren beobachteten. Schließlich verschluckte der Wald, den die Reisenden ansteuerten, einen nach dem anderen ganz und gar, sie und ihre Ausrüstung, ihre Diener und Dienerinnen und die mit glänzendem Metall und knarrendem Lederzeug angeschirrten mächtigen Zugtiere, deren Hufe, die der Tradition entsprechend unbeschlagen waren, auf den Boden stampften.

Die Reisenden waren nur kurz aus dem Nebel aufgetaucht, aus einer unwirklichen Stille voller Aufruhr und Spannung, die seltsam nachhallte, selbst als sie längst vorbeigezogen waren. Es schien, als hätte sich die Materie der Dinge, Bäume, Menschen und Tiere verändert. Alles war plötzlich dichter und schwerer geworden. Als hätten die Reisenden die Beschaffenheit der Elemente durcheinander gebracht und etwas von deren Gewicht tief in den Wald hineingetragen, der sich jetzt wieder hinter ihnen schloss, ohne dass sie viele Spuren am Boden hinterließen – wie ein emporgesogener Strudel schwarzen Wassers.

Das Gesicht brannte.

Ein Gesicht voller tiefer Falten, die der Terror mit Axthieben und Messerstichen eingegraben hatte. Das Feuer fraß sich durch das Holz und arbeitete sich auf dem geschwärzten Antlitz vor. Es hatte Schlangen befreit, die sich, zu neuem Leben erweckt, am Boden um den Pfahl wanden, wo Fett und Öl im Holz zischten, während die Flammen oberhalb der Totem-Grimasse eine lodernde und züngelnde Haube bildeten und wie verrückt über der Fratze tanzten. Gut zwanzig solcher Votivstelen standen in einem Kreis, der fast die ganze

Lichtung ausfüllte, und spuckten Girlanden aus Funken. Sie brannten wie eine Flammenkrone unter dem hohen, tiefschwarzen Himmelszelt. Die knorrigen Bäume am Waldrand, gleich neben den lodernden Gesichtern, hatten ihre Blätter verloren, und im zitternden Widerschein des Feuers reckten sich ihre kahlen Äste wie bittende Arme in die Höhe – wie die Arme Wahnsinniger.

Mindestens hundert Männer und Frauen, Priester und Priesterinnen waren auf der Lichtung zusammengekommen, im Kreis der flammenden Statuen aus geweihtem, schwarzem Holz. Alle gingen barfuß und trugen die gleichen Kutten aus rauem Sackleinen, deren Kapuzen sie abgezogen hatten, und sie sangen, vom Flackern der Flammen angepeitscht, immer lauter beschwörende Psalmen. Sie hoben und senkten die Arme in einem von den Mistelschnittern vorgegebenen Rhythmus, im Takt der dumpfen Schläge ihrer Hippen, mit denen sie Mistelzweige auf den geweihten Holzböcken zerhackten.

Zwei Helferinnen sammelten die frisch zerhackten Zweige ein und beeilten sich, diese rasch in den Kessel zu werfen. Ohne Unterlass kreuzten sich ihre Wege zwischen den knorrigen Holzböcken und dem riesigen Kupferkessel, in dem ein kochendes Gebräu einen penetranten Geruch verströmte.

Der Kupferkessel befand sich genau im Zentrum der Lichtung und stand auf drei liegenden, mannshohen Granitblöcken. Das riesige, bauchige Gefäß maß drei Viertel der Höhe eines Granitblocks, und sein Rand befand sich oberhalb aller Köpfe, sodass niemand hineinschauen konnte. Das Feuer unter dem Kessel war bereits drei Tage und Nächte zuvor entfacht worden.

Die Druidenpriesterinnen gaben Acht, kein Blättchen der Mistelzweige zu verlieren. Jedes Mal, wenn sie die Arme hochschwangen und die Zweige über den Kesselrand warfen, kamen sie dem weiß brennenden Feuer so nahe, dass ihre Haut glühend aufleuchtete. Dann liefen sie gleich zu den Mistelschnittern zurück, während die Psalmensänger die Melodie des Opferrituals sangen und dabei rhythmisch von einem Fuß auf den anderen traten und Oberkörper und Schultern ruckartig kreisen ließen.

Die Schnitter standen in den vier Himmelsrichtungen um den Kessel, und die Helferinnen holten die Pflanzenopfer, die vom Holzbock auf ein weißes Tuch fielen, jeweils bei einem der Schnitter ab. Auf diese Weise führte ihr Weg stets von einer Himmelsrichtung zum Zentrum. Nur einen Punkt im Westen mieden sie: Er war mit einem liegenden Stein markiert, befand sich in der Nähe des Kessels, und auf ihm lagen eine Robe, ein Mantel und Ledersandalen ausgebreitet. Die jungen Priesterinnen vermieden diese Stelle unter allen Umständen. Auf der gegenüberliegenden Seite, im Osten, hatte man zwei entkleidete, weiße Mädchenkörper mit dem Bauch zum Boden wie ein Kreuz übereinander gelegt. Das herabgetretene Gras um sie herum war schwarz von ihrem Blut. Sie hatten keine Köpfe mehr.

In den weißlichen, entsetzten Augen des Gekreuzigten stand der Wahnsinn.

Der Mann in diesem erbarmungswürdigen Zustand konnte kein römischer Soldat sein, soviel war sicher. Auch gehörte er vermutlich weder zu den Bewohnern des Waldes noch zu denen der umliegenden Gebiete, also nicht zu dem Volk der Druiden. Gewiss stammte er aus einem anderen Land, wahrscheinlich hatte er einer germanischen, normannischen oder sächsischen Horde irgendeines barbarischen Stammes angehört, ebenso wie die beiden enthaupteten Mädchen.

Das Kreuz war zehn Schritte von dem Kessel entfernt aufgerichtet worden, und von schräg stehenden, an den Hauptpfahl gebundenen Holzbalken gestützt. Der Mann war halb nackt, und seine zerrissene, von Blut durchtränkte Hose waren tief unter den Hüften verknotet, damit sein blutiger Leib zu sehen war. Sein langes schwarzes Haar hing in verfilzten Strähnen herab, und sein Bart war feucht von Speichel und Blut. Ein glänzender Schnitt zog sich über seine Nasenwurzel, zwischen den irren Augen. Die Arme des Mannes waren mit dicken, starken Lederriemen an den waagerechten Balken des Kreuzes gebunden, und die übereinander geschlagenen Knöchel waren so fest mit dem senkrechten Pfahl vertäut, dass es keiner Fußstütze bedurfte. Seine Lippen waren über einem grausigen, unbeschreiblichen Gegenstand zusammengenäht worden, und aus seinem Mund, der ununterbrochen leise stöhnte, tropfte rötlicher Speichel.

Heute sollte das Grauen wieder auferstehen und die Welt erneut heimsuchen, hier und in zahlreichen anderen Orten der Menschheit: Tote und Lebende kamen zusammen.

Der Druide, der am lautesten gesungen und den Takt angegeben hatte, hob die Arme. In der einen Hand hielt er einen Stein, in der anderen die Hippe. Sein Mund war noch geöffnet, doch er gab keinen Laut mehr von sich, und die plötzliche Stille war wie ein Hieb. Es schien, als wären alle Dinge und Lebewesen versteinert, als hätten sich die Blätter an den Bäumen in steife, bräunliche Kupferlamellen verwandelt. Die Augen des gekreuzigten Barbaren traten vor Entsetzen aus ihren Höhlen.

An der Oberfläche der im Kessel brodelnden, stinkenden Suppe bildeten sich Blasen und ein wild schäumender Strudel. Die Luft in der Lichtung war plötzlich zu einer greifbaren Masse geworden, die jeden Augenblick zerfallen konnte. Selbst die Nacht über dem versteinerten Wald hielt den Atem an. Der schwarze, unendlich weite Himmel vereinigte sich mit den unermesslichen Abgründen, die sich plötzlich aufgetan hatten.

In dem Augenblick, als sogar die Flammen der Fackeln und die glühenden Holzstatuen zu versteinern schienen und eine eisige Böe über die Lichtung fegte, stieg *Es* aus dem Kessel. Ein furchtbarer schwarzer Schrei, ein stummes Kreischen. *Es* glich einem riesigen Schatten aus Höllenasche, der um seine eigene Achse wirbelte.

Das Unbenennbare.

Es war weder Mensch noch Tier, weder Ungeheuer noch Gott, weder tot noch lebendig, es war all dies und noch viel mehr, doch man konnte es einfach nicht beschreiben.

Das Hässlichste, das Fürchterlichste ward geboren.

Oberhalb der Ekel erregenden Suppe richtete *Es* sich zu voller Größe auf, wobei keine Gliedmaßen sichtbar wurden. Jedoch besaß *Es* Federn und Fell, Reißzähne und einen Schnabel, mal das eine, mal das andere, mal beides zugleich. Allerdings konnte niemand eine wirkliche Form ausmachen, weil das Sichtbare nicht lange genug sichtbar blieb, um ein klares Bild abzugeben.

Die düsterste Finsternis war zum Leben erwacht und zur Menschheit zurückgekehrt.

Es hatte gelbe Augen, deren Iris wie Funken leuchteten; Funken aus dem Herzen des lodernden Feuers unter dem Kessel mit dem siedenden Zaubergebräu. Diese Augen glichen gefährlichen Klingen, und sie waren ebenso scharf wie die langen bleichen Krallen, mit denen *Es* die Dämpfe seiner Wiedergeburt um sich herum aufwirbelte.

Nun regte sich der Wind auf der Lichtung, und das Leben kehrte in die von Terror gezeichneten Gesichter der Zeugen des Wunders zurück. Der Windhauch streichelte die zitternden Flammen, die erneut züngelten, sowie das Laub, das jetzt wieder bebte, und es war, als umfingen die Maschen eines riesigen Netzes, das sich aus den schweren Wolken auf die Erde gesenkt hatte, nun alles und jeden.

Die Druiden und Druiden-Priesterinnen ahmten den Priester mit dem Stein und der Hippe nach und verneigten sich vor *Ihm*.

Es, das Unbenennbare, war zurück aus dem Reich der Toten, war dem Kessel entstiegen, endlich frei, um unter den Menschen zu leben. *Es* hatte Gestalt angenommen, wie jedes Mal, wenn man es mit dieser Zeremonie gerufen hatte. Man hatte es zu seinesgleichen zurückgerufen, an die Oberfläche der Erde.

Es konnte sich fortbewegen.

Es tat einen Schritt – und noch einen.

Es stand vor einer der jungen Helferinnen, die noch die Mistelzweige für den Kessel in der Hand hielt. Bleich und halb tot vor Angst, doch aufrecht stand sie auf ihren zitternden Beinen, während sich in ihren Augen die Erinnerung an grauenvolle Blutbäder im Diesseits und an Horden verlorener Seelen im Jenseits widerspiegelten.

Das schwarze Wesen war heimgekehrt von allen Kriegen des Universums, der Vogel des Terrors mit den funkelnden Augen hob eine Klaue und schlug mit seiner gebogenen, und wie aus verhärtetem Eiter gelben Kralle sein Zeichen auf die Stirn des jungen Mädchens. *Es* ging weiter.

Es gelangte zu dem knienden Druiden mit dem Stein und der Hippe und schlug auch ihm sein Zeichen auf die Stirn. Sobald die missförmige Klaue ein Stück Haut berührte, verfärbte es sich einen Augenblick lang blau, und die Haare unter der Kapuze sträubten sich, als würden sie von einer Böe aufgeweht.

So zog *Es* von einem zum anderen und legte seine Klaue auf jeden Einzelnen, der sich zwischen dem Kessel und dem Kreuz befand, an dem sich der Körper des Gequälten wand. Als *Es* an den beiden nackten, enthaupteten Mädchen vorbeiging, lagen die abgetrennten Köpfe für den Bruchteil einer Sekunde mit dem Gesicht zum Himmel neben den Hälsen und kicherten, doch dann verschwanden sie ganz plötzlich, als hätten sie sich im Gras aufgelöst.

Es stand vor dem Gekreuzigten.

Es legte ihm die geöffnete Klaue auf die blutige Stirn mit den verklebten Haaren, wie er es bei den Druiden getan hatte. Doch dann rutschte seine Hand, soweit man von einer Hand sprechen konnte, tiefer und bedeckte das ganze Gesicht des Gekreuzigten. In diesem Moment war zu spüren, dass in der Kehle des Mannes ein fürchterlicher Schrei wuchs, der jedoch von dem namenlosen, widerwärtigen Gegenstand verschluckt wurde, über dem man seine Lippen zugenäht hatte. Schon hörte man Knochen krachen und ein schmatzendes Geräusch, als die Klaue durch die Augen hindurch das Gehirn des Mannes ergriff, dann knackten die Knochen, die *Es* dem armseligen Geschöpf zusammen mit dem tropfenden Gehirn aus der Hirnschale riss.

Nun drehte *Es* sich um, und seine Hacken hinterließen dampfende, schwarze Krater im Boden.

Es machte sich davon; nur sein rasselndes Atmen war noch zu hören, und es war, als atmete die Erde mit ihm ein und aus. Mit schleppenden Schritten begab *Es* sich auf den Weg zur nächsten Aufgabe im Dienste derer, die ihn gerufen und für sein Kommen viel bezahlt hatten und auch in Zukunft viel zahlen würden, zu allen Zeiten der unendlichen Abfolge von Jahrhunderten und Jahrtausenden bis in alle Ewigkeit.

Es würde – dem Glauben und der Vorstellung seiner Anbeter entsprechend – in dieser Gestalt und mit diesen Eigenschaften zu den Menschen kommen, bis *Es* eines Tages eine andere Gestalt annehmen und mit anderen Krallen zuschlagen würde – bis ans Ende der Zeit.

Nichts hatte in dem dichten Nebel dieser finsteren Nacht das Gewitter angekündigt, das nun losbrach, als sollte die ganze Erde verwüstet werden.

2

Er wollte Zigaretten, irgendwelche, am liebsten blonden Tabak, und natürlich fügte er hinzu: »Weißt du auch warum …?«

Ja, sie glaubte es zu wissen. Schon den dritten Abend in Folge saß er hier am Tresen. Das reichte, um sich ein Bild davon zu machen, was der Junge wollte.

»Weil ich Blonde am liebsten mag. Wie heißt du eigentlich?«

»Soweit sind wir noch nicht. Wir kennen uns kaum.«

»Das können wir ja ändern«, sagte er.

Die Musik pochte Chloé in den Schläfen. Es war kurz nach Mitternacht, und die letzte Kinovorstellung war zu Ende. Das Lokal hatte sich zwischen zweiundzwanzig und dreiundzwanzig Uhr rasch gefüllt, und an der Bar war der reinste Menschenauflauf versammelt.

Der junge Mann hatte sich eine halbe Stunde vor dem Andrang an die Bar gesetzt, mit dem offensichtlichen Ziel, sich an sie heranzumachen. »Ich heiße Gaël«, hatte er triumphierend gesagt, als sei es ein persönlicher Verdienst.

Normalerweise hatte sie nichts übrig für blonde Lockenköpfe mit Samtaugen, die sich für unwiderstehlich hielten und Tequila mit Schweppes schlürften.

»Hängt ein Tropfen an meiner Nase?«, fragte sie.

Der Typ mit dem Backpfeifengesicht schnitt eine Grimasse, als hätte ihn diese Bemerkung mitten ins Herz getroffen: »Weil ich dich anschaue?«

»Ja.«

Wenn er weiterhin ihre Geduld strapazierte, würde sie ihn zum Teufel jagen, dachte sie, diese dumme Aufreißnummer gefiel ihr ganz und gar nicht. Gleichzeitig ärgerte sie sich über sich selbst, denn sie wusste sehr wohl, in welchen Zustand sie ein bisschen zuviel Alkohol oder Shit versetzte, wenn sie schlechter Laune war. Unter diesen Umständen hätte ihr sogar Zitronensaft den Rest gegeben. Zurzeit war ihr Seelenzustand wirklich nicht der beste. Genauer gesagt: Sie hatte Angst. Es war die Nervosität, die einen befällt, wenn man in eine fremde Stadt voller unbekannter Gesichter zieht. Bislang war ihr noch nicht in den Sinn gekommen, dass sie die Leute in dieser Bar, in der sie gleich nach ihrer Ankunft in Rennes eine Anstellung gefunden hatte, auch morgen in der Uni antreffen könnte, und dass sie den gleichen Vorlesungen über keltische Geschichte folgen würden wie sie.

»Ich interessiere mich nicht unbedingt für Tröpfe«, gab Gaël zum Besten.

Oho, ein Witz! Geistreich wollte er auch noch sein. Um abzulenken drehte sie sich um, wandte sie sich den Flaschen zu und sah im pulsierenden Licht der Tanzfläche kurz ihr blasses Gesicht mit den tiefen Augenringen im Spiegel. Sie fand, dass sie aussah, als sei sie mindestens fünfundzwanzig, fast eine alte Schachtel. Sie passte ausgezeichnet zu den ausgehöhlten Kürbisköpfen mit den spitzen Hexenhütchen, die in Erwartung von Halloween von der Decke baumelten.

»Weißt du was?«, fragte der Junge.

»Was soll ich wissen?«, fragte sie zurück.

Sie füllte eine Schale mit chinesischen Bonbons und stellte sie auf den Tresen.

»Deine Zähne …«, begann er, »die hier …« (Er öffnete den Mund und tippte auf seine Schneidezähne.) Vielleicht steckte ein Krümel zwischen ihren Zähnen, also beugte sie sich vor und schürzte die Lippen, um ihre Schneidezähne im Spiegel hinter den Flaschen zu untersuchen.

»Auseinander stehende Zähne wie deine«, sagte der Witzbold neben ihrer Wange im Spiegelbild, »sind Zähne des Glücks, stimmt's? Bei den Massai ist das ein extrem erotisches Zeichen. Wusstest du das?«

Was er nicht sagt!

»Na so was!«, staunte sie, »bei den Massai!«

»Ja. Weißt du, was das ist?«

Für blöd hält er mich auch noch!

»Was das ist, weiß ich nicht«, erwiderte sie, »aber wer das ist, weiß ich allerdings. Da du ein so ausgezeichneter Beobachter bist, hast du natürlich sofort bemerkt, dass ich der typische Vertreter der Massai bin. Klar, bei einem solchen Merkmal! Selbstredend …«

Sie beobachtete ihn nicht weiter und stellte Bier und Cidre für Evelyne auf ein Tablett, die ihr die Bestellung zugerufen hatte. Am anderen Ende des Tresens riefen Gäste nach ihr, die zahlen wollten, sie gab das Wechselgeld heraus und steckte zwei Euro Trinkgeld ein. Als sie dem Typen wieder gegenüberstand – wie konnte sie ihn nur loswerden? –, hatte er ein halbes Dutzend der chinesischen Glücksbonbons ausgewickelt und die Zettel mit den Wahrsagungen vor sich ausgebreitet. Er schob die Schale in ihre Richtung und sagte: »Jetzt bist du dran. Hier liegt deine Zukunft. Wenn die Spalte zwischen deinen Zähnen größer wird, dann geschehen vielleicht noch sonderbare Dinge …«

Im Grunde war er gar nicht so übel: Seine Augen waren dunkelgrün. Er verschränkte die Arme auf dem Tresen und wartete.

Evelyne kam zurück und zählte auf: »Vier Pastis, zwei Gin Tonic, ein Schweppes, zwei Cola light, ein kleines Bier.«

Ihr rabenschwarzes Haar schimmerte bläulich, ihre Wangen waren rot und auf der Oberlippe und am Ansatz des Busens unter ihrer weit aufgeknöpften Bluse perlte Schweiß. »Liebe, Glück und Reichtum?«, kicherte sie mit einem Blick auf die Bonbonpapiere. Chloé schenkte sich ein Glas ein, bevor sie Evelynes Bestellung fertig machte.

»Dafür brauche ich keine Wahrsagerei«, prahlte Gaël auf seinem Barhocker und richtete den Oberkörper mit einem vorteilhaften Lendenschwung auf.

»Ha ha«, ließ Evelyne sich vernehmen.

Sie ergriff das Tablett, warf Chloé einen viel sagenden Blick zu und flüsterte lächelnd: »Langsam, Chloé, ok? Der Boss mag das nicht, pass auf ...«

Ihre Augen lachten nicht, aber es lag auch keine Drohung in ihrem Ausdruck. Es war ein freundschaftlicher Rat, dem sie hinzufügte: »Das ist kein Witz. Ich habe keine Lust, mir Halloween hier allein um die Ohren zu schlagen.«

»Keine Bange«, flüsterte Chloé zurück, »ich brauche das Trinkgeld.«

»Chlo?«, fragte der Junge, »wie Chlothilde? Was kann es da sonst noch geben?«

»Da gibt es eine ganze Menge: Klosterfrau, Chlorhaldehit, Chlorophyll, Chloroform ...«

»Gleich schlafe ich ein.«

»Bravo«, sagte sie und hob eine Augenbraue.

Sie hasste den Spitznamen Chlo. Sie würde es Evelyne sagen. Ohne sie zu verletzen. Sie wickelte ein Bonbon aus und las: »Wer das Schlimmste erwartet, wird nie enttäuscht.«

»Chloé«, sagte er und zwinkerte.

Sie warf ihm einen schelmischen Blick zu, wusste jedoch nicht, ob er sich über sie lustig machte. Sie fragte sich, ob hier mehr im Spiel war als nur Zufall, nahm noch ein Glücksbonbon, zog den Zettel mit der Wahrsagung heraus und las: »Wer die Wahrheit sucht, muss in der Tiefe graben.« Schau an.

»Wunderbar!«, sagte der Junge. »Du heißt also Chloé. Richtig? Was studierst du?«

»Wer hat gesagt, dass ich studiere?«

Sie servierte neuen Gästen drei Gläser Starkbier. »Heißt du wirklich Chloé?«, wiederholte er seine Frage.

Sie antwortete nicht und tat, als hätte sie nichts gehört. Sie hatte Durst.

»Also gut, ich studiere«, gab sie schließlich zu.

Sie füllte ein Glas mit Wein und Granatapfelsaft, als wäre es für einen Kunden, und stellte es hinter die Kaffeemaschine, an den Tresenrand.

Er hatte sie kürzlich, und auch gestern, zufällig aus der Fakultät für Ethnologie kommen sehen. Er arbeite auf der Straße, sagte er, verriet aber nicht, was er dort mache, und sie fragte ihn nicht danach. Jedenfalls war sie ihm aufgefallen.

Nichts zu machen, sagte sie sich, *ich habe ihn bis Ladenschluss am Hals, und er wird mich heimbegleiten wollen.*

Genauso war es.

Es war nicht leicht, ihn loszuwerden und ihm zu verstehen zu geben, dass er sie nicht interessierte, dass sie andere Sorgen hatte, dass sie einfach nichts von ihm wissen wollte …

Den ganzen Abend hatte er wie angeklebt auf seinem Barhocker am Tresen gesessen.

Sie hatten über alles Mögliche gesprochen, viel belangloses Zeug, das jedoch den Abend füllte. Schließlich hatte Chloé ihm doch erzählt, woher sie kam – aus der Kälte (wie der Spion), nämlich aus Grenoble, und wohin sie wollte – zur Archäologie. Das war dann auch ihr Gesprächsthema gewesen. Dabei hatte sie zwei oder drei weitere Gläser getrunken, um die Lage zu meistern und um dieses ungute Gefühl zu vertreiben, das sich breit machte je mehr die Nacht in den Morgen überging.

Irgendwann hatte er sie gefragt, ob sie mit der Bande dieses Druiden Altertümer studieren würde. Während der letzten Viertelstunde hatte er sie mit Gerüchten versorgt, die in der Uni über die Ethnologieprofessoren kursierten, und da ging es insbesondere um einen Professor Brennos. Der Druide, das war er. Gaël kannte einige seiner Studenten, und seine Schwester hatte im Jahr zuvor an Ausgrabungen teilgenommen, die Brennos an einer abgelegenen Stelle im Forêt de Brocéliande geleitet hatte. Chloé hatte davon gehört. Nur war die ihr bekannte Version weniger fantastisch und weniger legendenumwoben als die, die ihr Gesprächspartner fröhlich auftischte, wobei er wenig nuanciert und sehr holzschnittartig argumentierte. Dass sie im Laufe dieses Jahres ausgerechnet mit diesem Professor zu tun haben würde, der Gaël zufolge eher in die Irrenanstalt als an die Uni gehörte, minderte ihre Furcht vor dem nächsten Tag nicht gerade.

»Also, wie ist es? Soll ich dich nicht doch lieber nach Hause bringen?«

»Also wirklich, Gaël, in welcher Sprache soll ich es dir denn noch beibringen?«

Fast wäre ich wirklich unfreundlich geworden, dachte sie, als sie den Parkeingang des Universitätskomplexes erreichte und sich noch einmal umschaute, um sich zu versichern, dass ihr niemand folgte. Sie war den ganzen Weg recht schnell gegangen und hatte sich bestimmt zehn Mal umgedreht, um sich zu vergewissern, dass Gaël die Abfuhr gut verkraftet hatte und ihr nicht gefolgt war. Niemand war ihr gefolgt.

Allerdings erwartete sie jemand.

3

Ihr war, als hätte sie Nebel im Kopf. Alles wirkte so verschwommen, und das hatte nichts mit dem Herbst oder dem besonderen bretonischen Klima zu tun. In ihren Ohren knisterte es.

Soeben hatte sie das noch geöffnete Tor des Parks durchschritten und die Stadt, ihre Straßen, Kais, Avenuen, Boulevards, das Gassenlabyrinth, die Viertel zwischen dem grün und ruhig dahinplätschernden Fluss Vilaine und dem Kanal hinter sich gelassen. Auf einmal erschien ihr die Entfernung zur Stadt riesig. Wie eine dicke schwarze Schicht lag die Nacht auf Chloés Weg.

Zwei Arten von Geräuschen hallten in ihren Ohren nach: die Fetzen der Musik aus dem Kariboo, die in Wellen zu ihr drang und deren stampfendes Echo sie beim Einschlafen stören würde, und das Knirschen ihrer Schuhe auf dem Kies. Genau dieses Geräusch kam ihr plötzlich unangenehm zu Bewusstsein. Es war, als kröchen zu ihren Füßen zermalmte Seufzer, als stiege ein unregelmäßiges, abgehacktes Atmen aus dem Boden und breitete sich in der Nacht aus.

Sie hielt an.

Sie meinte, das Atmen auch dann noch zu hören, wenn sie reglos stehen blieb, und glaubte, dass andere Füße als ihre eigenen den Kies auf den Alleen des finsteren Parks berührten. Sie spitzte die Ohren.

Langsam verflog ihr kleiner Schwips, als würde sich nach und nach ein Riss öffnen, der sich mit Angst füllte. Die Geräusche in ihren Ohren zerfielen und waren kaum noch wahrnehmbar.

Sie kannte sich in dem Park noch nicht besonders gut aus und hatte ihm bis jetzt auch keine besondere Beachtung geschenkt, noch weniger bei Nacht als bei Tag. Hin und wieder hatte sie ihn, wenn notwendig, eilig durchquert, das war alles.

Vor drei Wochen, an einem Morgen, war sie in ihr Einzimmerapartment gezogen, und es hatte kaum einer Stunde bedurft, ihre Habseligkeiten auszupacken. Das Notwendigste – Bücher, Kleidung, CDs, CD-Player, Fernseher und die drei Kasserollen – hatte in ein paar Kartons gepasst.

Eine einzige Fahrt im Auto, zusammen mit ihrer Mutter, von Grenoble bis hierher, hatte genügt, um ihr Gepäck zu transportieren, und der große Renault Espace war nicht einmal voll geworden.

Wie auch immer.

Im Park des Campus-Geländes kannte Chloé nicht alle Wege, doch ihr Verlauf erschien ihr weder übermäßig kompliziert noch sonderlich ausgedehnt. Nein, kilometerlange Wege gab es nicht, aber zahlreiche Kurven, vorbei an Büschen, rund um Hecken und kleine Hügel, verwilderte Blumenbeete und Dickicht, Buchsbaum, Liguster und nicht zu vergessen die alten Bäume, Kastanien und Eichen. Chloé hätte nicht sagen können, welche Baumarten hier standen, davon verstand sie nicht viel, doch der Tradition gemäß durfte es sich um Bäume nobler Arten handeln. Hier und da stand eine Bank, und aus einer Grünfläche blickte ein kleiner Scheinwerfer wie ein Auge in den Himmel. Vom Perron mit der Steinbalustrade aus hatte sie einen kleinen Teich zwischen herabhängenden Zweigen entdeckt, war aber den Weg noch nicht entlanggegangen, der an dem großen Steinbecken mit Goldfischen vorbeiführte. Sie war ganz sicher, dass tief unten in dem leicht brackigen Wasser irgendwelche weichen, fleckigen, totenbleichen Wesen hausten.

Die Fassade des Gebäudes erhob sich auf der anderen Seite des Parks und schloss das Panorama durch die grünen Schneisen hindurch im Hintergrund ab. Eine ganze Reihe von Lichtern zog sich über die gesamte Länge der Häuserfront und tauchte sie in ein blasses Gegenlicht.

Zweifellos sollte diese Beleuchtung auf die nächtens heimkehrenden Mieter anheimelnd und beruhigend wirken, doch in diesem Augenblick empfand Chloé genau das Gegenteil, zumal sie noch einmal irgendwo Kies knirschen und Schritte zu hören glaubte.

Ganz in der Nähe.

Plötzlich sah sie einen riesigen, gekrümmten Schatten, den die Weglaternen auf die Fassade des großen Hauses warfen und der an den bleichen Mauern und den Fensterfronten entlangglitt wie eine schwarze Liebkosung, flüchtiger Rauch, der sich dann wieder mit der Finsternis vermischte, der er für kurze Zeit entschlüpft war.

Chloés Herz begann wild zu klopfen. Ihr Mund war ausgetrocknet, und der bittere Geschmack kam nicht nur von den paar Gläsern Alkohol, die sie im Laufe des Abends getrunken hatte.

Sie sagte sich: *Du bist verrückt!* Und: *Was ist denn mit dir los? Das hat ja gerade noch gefehlt. Die Krönung des Tages! Schönes Delirium, Mädchen!*

Sie versuchte sich mit Spott, Sarkasmus und Beschimpfungen bei Laune zu halten und versetzte sich im Geiste Tritte in den Allerwertesten.

Doch sie rührte sich nicht von der Stelle.

In der Nähe war irgendjemand oder irgendetwas in der Finsternis, und es zitterte.

Sie sagte sich: *Na und? Das ist schließlich kein privater Park, und es ist nicht dein Park und auch nicht dein Haus. Das hier ist ein Campus mit wer weiß wie vielen Zimmern und kleinen Wohnungen, in denen wer weiß wie viele Studenten wohnen …*

Sie sagte vernünftige Dinge, um sich zu beruhigen. Der Verstand …

Der Knoten in ihrer Brust löste sich ein wenig. Erleichterung. Sie atmete freier. Ihre Bauchmuskeln, ihre Oberschenkel entkrampften sich.

Was sie plötzlich am meisten ängstigte, war die Tatsache, dass sie eine solche Furcht, die reinste Panik, ergriffen hatte. Ohne Grund!

Oder fast ohne Grund.

Warum sollten nicht ein paar Studenten nachts durch den Park flanieren? Vielleicht waren es Verliebte, die im Gebüsch herumknutschten. Sicher hatten sie sie kommen sehen und kicherten nun eng umschlungen und versteckten sich vor ihr. Sie lauschte auf Gemurmel, Seufzen oder andere Hinweise, die diese Hypothese bestätigten, aber sie hörte nichts mehr, nur das entfernte Motorenrauschen auf der Straße, das sie in weite Ferne verbannt hatte. Nun erwachte der Verkehr wieder zum Leben, wahrscheinlich nur, weil sie ihm Beachtung schenkte. Eindrücke.

Sie fühlte sich unsicher, und auf einmal war ihr unwohl.

Sie fragte sich: *Was machst du hier bloß?*

Ein prickelnder, schaler Cola-Geschmack stieg ihr sauer von der Kehle in die Nasenhöhlen.

Sie kam sich vor wie ein kleines Mädchen, knapp über zwanzig, vom Himmel gefallen und mutterseelenallein. Da stand sie in diesem menschenleeren Park vor dem Gebäude, das wahrscheinlich vor genügend langer Zeit erbaut worden war, um als historisch zu gelten, und dachte: *Willst du die ganze Nacht hier herumstehen?*

Sie wagte einen Schritt und noch einen. Bewusst ließ sie den Kies unter ihren Turnschuhen knirschen, indem sie vorsichtig ihr Gewicht verlagerte und mit dem ganzen Fuß auftrat. Ein paar Schritte. Ein Windhauch spielte mit den Ponyfransen über ihrer Stirn.

Jetzt spürte sie den hechelnden Atem ganz deutlich. Als wäre irgendein Lebewesen ganz in ihrer Nähe. So dicht, dass sie die Hand danach ausstrecken konnte. Vielleicht war der Wind auf ihrer Stirn nichts anderes als der Atem dieser unsichtbaren Kreatur. Überrascht schrie sie auf, und eine Welle der Angst überrollte sie. Instinktiv entfernte sie sich von der Stelle zu ihrer Rechten, wo sie diese sonderbare Präsenz zu spüren glaubte.

Im selben Moment, oder ein paar Sekunden oder Minuten später, trat plötzlich, etwa zwanzig Schritte vor Chloé, eine krumme Gestalt aus dem finsteren Gebüsch am Wegrand.

Das Blut stockte in ihren Adern, es lief ihr kalt über den Rücken, sie bekam eine Gänsehaut und spürte einen eisigen Druck in ihren Brustwarzen. Sie erstarrte. Die Gestalt gehörte einem mageren, gebeugten Mann mit einem seitlich abgeknickten Rückgrat. Er humpelte so schnell er konnte, kam jedoch kaum von der Stelle, denn er zog ein steifes Bein nach. Durch die Fetzen des zerrissenen Hosenbeins sah Chloé blutiges Fleisch. Auf dem gesunden Bein hüpfte der Mann ein paar Meter den Weg entlang, dann stürzte er nach vorn, rollte sich zur Seite und blieb liegen.

All dies geschah in Sekundenschnelle.

Ein heiserer Schrei drang aus Chloés Mund. Sie lief auf den Mann zu. Als er hörte, dass sie sich näherte, hob er den Kopf und wandte ihr ein angstverzerrtes Gesicht zu. Ein Gesicht voller Blut mit weit aufgerissenen Augen: eine Maske des Horrors.

Chloé blieb vor Schreck über diesen grausigen Anblick stehen.

Die Maske öffnete einen riesigen schwarzen Mund, in dem weiße Zähne ohne jede Blutspur blitzten. Was für ein Kontrast! Chloés Magen zog sich zusammen.

Der Mann versuchte sich aufzurichten, doch es gelang ihm nicht, und sein ganzer Körper zitterte vor Anstrengung. Sein Atem ging schnell und rasselnd, er spuckte und röchelte gleichzeitig, während er zu sprechen versuchte, doch er brachte nur unverständliches, konfuses Zeug hervor.

Chloé ging, magisch angezogen und wie hypnotisiert, weiter in seine Richtung.

Der Mann streckte ihr die Hand entgegen, in der er allem Anschein nach einen Stein hielt, oder etwas Eiförmiges, das einem Stein ähnelte (erst hatte sie es für eine besondere Taschenlampe gehalten, diesen Gedanken jedoch gleich wieder verworfen). Sie bekam es wieder mit der Angst zu tun, denn sie fürchtete, der Mann richte eine Waffe gegen sie, doch dann sah sie, dass es wirklich nur ein Stein war. Ja, ein Stein, der auf ungewöhnliche Weise schwach strahlte.

Sie fragte sich: *Bist du jetzt wirklich verrückt geworden, oder spult hier ein völlig blödsinniger Belphegore-Film ab?* Doch eine Sekunde später packte sie vollends das Grauen.

Sie hörte den Mann schreien, und ein paar Worte drangen aus dem jammervollen Geräusch. Sie gingen Chloé durch Mark und Bein.

»Der Stein …«, kam es aus dem schmerzverzerrten Mund.

Chloé vergaß die Worte sofort, doch sie gruben sich in ihre Haut und ihr Unterbewusstsein.

Plötzlich tauchte ein schwarzes Ding aus dem Gebüsch neben ihr auf.

Eine Art riesige Klaue – eine unsägliche Monstrosität!

Wie eine Sprungfeder hüpfte diese unförmige, nicht identifizierbare Klaue auf das verletzte Bein des Mannes, klammerte sich daran fest und zog den Mann in das Gebüsch, wo rumorende Schatten aufzuckten. Der Mund des Mannes war immer noch offen, und sein Hals schien aufgeschlitzt, von einer Klinge, nein, nicht von einer Klinge, von einem grauenhaften versteinerten Schrei. Verzweifelt versuchte der Mann, irgendwo Halt zu finden und krallte sich am Kies fest, den er mit den Fingernägeln durchharkte, während er mit dem phosphoreszierenden Stein auf den Boden schlug.

Chloé sah zu, wie der Mann nach und nach im Gebüsch verschwand, fortgerissen von einer schrecklichen, dunklen Macht, deren Hecheln durch die Nacht schallte. Hilflos aufgesogen.

Als er vollständig in dem Busch am Wegrand verschwunden war, konnte sie ihn immer noch hören. Er schrie kurz auf. Ein Schrei, so kalt und scharf wie ein Eiszapfen, aber auch ebenso zerbrechlich. Er klang nach Einsamkeit, fast wie der Schrei eines Kindes. Er klang auch nach etwas Spitzem, das man irgendwo hineingestoßen hatte wie ein Messer. Es folgte eine Stille, die Chloé an eine alles erstickende Decke erinnerte, die vom endlosen, finsteren und metallisch glänzenden Himmel gefallen war. Der einsame Park mit dem scheinbar menschenleeren Haus im Hintergrund lag nun mitten in dieser Stille. Doch dann vernahm Chloé, wie die Knochen den Unglücklichen krachten.

Sicher hatte sie aufgekreischt, doch keiner hatte sie gehört, niemand würde sie je hören. Niemand!

Sie rannte wie in einem Albtraum durch den Park, aber sie hatte die Beherrschung über ihre Beine verloren; sie kam nicht von der Stelle. Bei ihren verzweifelten Fluchtversuchen knirschte der Kies derart laut, dass sie das Gefühl hatte, der Krach drehe ihr Gehirn zu Kordeln, hacke ihr die Knochen des Gehörgangs in Scheiben und durchbohre sie mit Nadeln und Klingen.

Meine Güte, hörte sie denn niemand rufen?

Sie warf sich gegen das geschlossene Tor, weil sie glaubte, es sei verriegelt, denn vorhin war es weit offen gewesen, und sie hatte es nicht hinter sich zugezogen. Die Wucht des Aufpralls erschütterte ihren ganzen Körper, doch das Tor gab schließlich quietschend nach.

Chloé rannte ohne anzuhalten, bis sie den Park nicht mehr sehen konnte.

Sie hechelte, und ihre Kehle brannte. Wie verrückt pochte ihr Herz. Tränen standen in ihren Augen. *Herr im Himmel!* Ihr drehte sich der Magen um. *Guter Gott!*

Sogleich sagte sie sich, dass sie nur geträumt haben konnte. Nichts davon konnte wahr sein. Eine Halluzination. Selbstverständlich zog sie die verrücktesten, die hirnrissigsten Schlüsse: Der Typ in der Bar hatte ihr heimlich irgendein Mistzeug ins Glas gemischt, das in Trance versetzte, das einen ausrasten ließ, das Bewusstsein einschränkte und den Sinn für Realitäten betäubte, und das nur, um sich ein Mädchen ins Bett zu holen und zu missbrauchen. Irgendetwas in diesem Stil dachte sie sich aus, irgendeinen Unsinn dieser Art, wie man ihn in manchen Zeitungen unter der Rubrik »Allgemeines« findet.

Wen konnte sie nur anrufen? Sie kam auf die Telefonnummer, die sie auf Wunsch ihrer Mutter bei ihrer Ankunft in dieser Stadt als erste hiesige Nummer in ihrem Handy gespeichert hatte. Nach dem ersten Klingeln nahm jemand den Hörer ab.

Bereits am Klang der Stimme des Polizisten hatte Chloé gemerkt, dass er sie nicht für voll nahm. Weil sie seine Zweifel ahnte, hatte sie auf ihrem Anliegen beharrt, ja, sie hatte sogar übertrieben, und sie konnte sich lebhaft vorstellen, wie ihr Gesprächspartner die Augen zum Himmel verdrehte und sie für übergeschnappt hielt.

Natürlich bereute sie den Anruf jetzt. Sie hatte ihn sofort bereut, nachdem sie das Gespräch beendet hatte. Nun traf die Polizei mit Blaulicht ein, und sie wäre am liebsten schnellstens davongelaufen, aber sie musste bleiben, denn sie Dummerchen hatte Namen und Telefonnummer angegeben.

Sie wusste ohnehin, was die Polizisten vorfinden würden …

Oder besser: was sie ganz bestimmt nicht vorfinden würden.

Der Polizeiwagen stand quer vor dem Parkeingang. Geräuschlos rotierte das Blaulicht, und gespenstische Schatten glitten über das Blattwerk, doch bis zum Haus reichten die Strahlen nicht. Chloé hoffte, die Polizisten würden so schnell wie möglich wieder verschwinden. Hoffentlich würden Licht und Lärm keine Neugierigen anziehen, hoffentlich tauchte niemand ausgerechnet jetzt zufällig auf; sie wollte nur noch in Ruhe gelassen werden.

Um Viertel nach zwei waren alle Bewohner des Hauses offenbar heimgekehrt und schliefen. Während sie auf die Polizei gewartet hatte, waren nacheinander zwei Pärchen durch das Tor gekommen, sie hatten Chloé anscheinend nicht gesehen, doch vor allem war niemand schreiend aus dem Park gerannt …

Ein Dunkelhaariger mit Schnauzbart und einer Gauloise im Mundwinkel und ein seit Tagen unrasierter Blonder schauten sie erwartungsvoll an.

»Da ist es«, murmelte sie niedergeschlagen. »Ich bin ganz sicher. Warum hätte ich Sie sonst gerufen?«

Mit einer vagen Handbewegung wies sie auf den Busch und den Kiesweg, wo jedoch keine Spur einen fortgeschleiften Mann verriet. Nicht die geringste Spur. Nichts! Weder auf dem Weg noch unter dem Busch, den die Polizisten großzügig mit ihren Taschenlampen ausleuchteten.

Sie warteten.

Der Polizist mit dem Schnauzbart seufzte laut. Der andere räusperte sich und sagte: »Und dann kam ein Arm dort … also hier hervor und hat … das Opfer gepackt. Ist das richtig?«

Sie nickte zerstreut. Auf keinen Fall wollte sie sagen, dass der Arm in ihrer Erinnerung eher einer Klaue mit gewaltigen Krallen ähnelte, einer überdimensionalen Vogelklaue … Auf keinen Fall durfte sie Derartiges von sich geben!

»Es war nicht irgendein normaler Arm«, sagte sie.

Sie biss sich auf die Zunge.

»Kein normaler Arm?«

Sie schüttelte den Kopf. Plötzlich musste sie gähnen, und ihr Kiefer bebte. Sie war aufs Höchste angespannt.

»Ich weiß nicht mehr«, fügte sie tonlos hinzu. »Sie glauben mir ohnehin nicht. Das ist klar.«

»Unglaublich ist, dass Sie sich darüber wundern, dass wir Ihnen nicht glauben. Was ist daran so erstaunlich?«, fragte der Schnauzbärtige.

Er schien sich mehr darüber zu ärgern als sein Kollege, dass man ihn grundlos gestört hatte.

Sie wartete ab. Niemand sprach, während der Blonde im schwachen Lichtschein der Parkbeleuchtung irgendetwas in sein Notizbuch kritzelte. Sie versuchte, den Blicken der Polizisten auszuweichen, außerdem begann sie zu frieren.

Doch das Schweigen wurde auf Dauer unerträglich, und sie sagte: »Bei Tageslicht kann man bestimmt die Spuren im Gras und in den Büschen sehen. Da bin ich sicher ...«

»Na klar. Morgen schicken wir ein Team vom Labor rüber ...«, witzelte der Schnauzbärtige.

Den Bruchteil einer Sekunde lang hatte sie geglaubt, er meinte dies im Ernst.

»Und was mache ich jetzt?«, fragte sie.

Der Blonde steckte sein Notizbuch ein, schraubte die Kappe auf seinen Füller und schob ihn in die Tasche seiner Windjacke.

»Sie gehen jetzt schlafen!«, antwortete er. »Sie brauchen nicht in die Tüte blasen, und wir nehmen Sie nicht mit auf die Wache, weil morgen die Uni beginnt, und weil ich eine Tochter wie Sie habe, die seit vier Tagen mit den Nerven runter ist, weil ich sehe, in welchem Zustand Sie sind, und weil wir wirklich nette Menschen sind.«

»Aber wenn ...«

»Aber wenn Sie jetzt auf Ihrer Geschichte bestehen wollen, verpassen wir Ihnen eine Geldstrafe, schon allein, damit Sie begreifen, dass wir unsere Nächte im Allgemeinen mit Nützlicherem verbringen. Ist das klar?«

Sie nickte. Klarer konnte es nicht sein. Dennoch zögerte sie. Sie wusste nicht, ob sie den Polizisten zum Abschied die Hand reichen sollte. Schließlich ließ sie den Gedanken fallen. Sie nickte nochmals.

Kaum hatte sie sich zwei Schritte entfernt, wandte sie sich zu ihnen um und fragte: »Können Sie noch einen Moment bleiben und warten, bis ich im Haus bin?«

In der Dunkelheit konnte sie ihre Gesichter nicht sehen. Sie antworteten nicht, blieben aber mit verschränkten Armen stehen.

Sie spürte ihre Blicke, während sie zum Perron des Eingangs lief. Vom Treppenabsatz aus schaute sie in ihre Richtung: Sie waren nicht mehr auf dem Parkweg, doch sie sah noch das rotierende Blaulicht, das bläuliche Strahlen auf das dunkle Blattwerk warf.

4

Ein elender Albtraum hatte ihr den kurzen Schlaf verdorben, in den sie kurz vor Sonnenaufgang endlich gefallen war. Schweißgebadet und in ihrem Bettzeug verheddert war sie aufgewacht. Wahrscheinlich hatte sie dieser angstvolle Schrei geweckt, der ihr Ohr wie ein Echo erreichte und der, wie ihr schien, immer noch in ihrem Zimmer widerhallte.

Das Durcheinander von Stimmen, das aus der Halle zu ihr ins Sekretariat der Fakultät für Geisteswissenschaften drang, beruhigte sie keineswegs, wie sie nach der schrecklichen Nacht in ihrem einsamen und stillen Apartment gehofft hatte. Ihr wurde schwindlig, als sie die vielen Gesichter betrachtete, die wie bündelweise aufgehängte Masken wirkten. Ihr war, als wären die Unterhaltungen Wellen, auf denen sich die Masken hin- und herwiegten, sich ihre Münder und Augenpaare bewegten, und dann verschwammen die Bilder vor Chloés Augen. *Kind, wenn das so weitergeht, fällst du gleich in Ohnmacht.* Das hätte gerade noch gefehlt, hier, am ersten Tag, vor dieser Karikatur von einer vertrockneten Sekretärin umzufallen, obwohl deren unerschütterlicher Gesichtsausdruck besagte, dass es Sensationellerem als einer Ohnmacht bedurfte, um sie aus der Ruhe zu bringen. Chloé riss sich zusammen.

Sie hätte richtig frühstücken sollen, statt nur diese Tasse Tuocha-Tee zu schlürfen. »Hallo, Sie da …!«

Gestern Abend hatte sie ihr Apartment zu groß und zu leer für eine einzige Person gefunden und das Licht von den Decken- und Wandspots zu grell, wie in manchen Hotel-Badezimmern, oder in Krankenhäusern.

Die zu großen und zu schwarzen Fenster öffneten sich zum Park. Vom ersten Stock aus ließ er sich gut überblicken, und Chloé hatte ihn im trüben, von der ständigen Bewegung des dunklen Laubs zusätzlich abgeschwächten Licht der Laternen an den Parkwegen betrachtet. Darüber hatte nichts als die unförmige Nacht gelegen, und nur der schwache Widerschein in der Ferne ließ die funkelnden Lichter der Stadt erahnen.

Für kurze Zeit hatte Chloé sich von ihrer Angst durch pure Verdrängung befreien können, es war wie ein Reflex zur Selbsterhaltung. Die Gegenwart der Polizisten und die damit verbundenen anderen Gefühle hatten sie abgelenkt, doch jetzt war die Angst wieder da. In Wogen stieg das Grauen immer wieder in ihr hoch.

Chloé war vom Fenster weggetreten, hatte die Vorhänge zugezogen und sogar die schweren Metallrollos heruntergelassen, die grässlich in ihren Gehäusen quietschten. Ganz allein in dieser Wohnung! Ein Apartment war besser als ein Zimmer, man war freier, konnte tun und lassen, was man wollte, kochen beispielsweise und Freunde empfangen. Aber an diesem Abend, es war ja immer noch einer der ersten Abende, erschien ihr die Wohnung riesig und zu weitläufig, um ein behütendes Heim, das schützende »Mauseloch« zu werden, in dem sie sich verkriechen konnte.

Sie hatte nicht geduscht – das grelle Licht im Badezimmer ließ alles zu steril und kalt wirken, als dass sie gern hineingegangen wäre, geschweige denn sich dort ausgezogen hätte. Sie fühlte sich überaus verletzlich.

Dann hatte sie sich ausgezogen, ihren »Klein-Mädchen«-Biber-Schlafanzug mit langer Hose und Jacke übergestreift, das Licht aus- und den tragbaren Fernseher eingeschaltet. Die Sendung war blöd, aber wenigstens erhellte der Fernseher ein wenig den Raum, ohne zu blenden. So hatte sie gemütlich im Bett gesessen, zwei Kopfkissen und eine Rolle im Nacken, die Bettdecke bis zum Kinn gezogen. Die hüpfenden Bilder auf dem Bildschirm beachtete sie nicht weiter und lauschte auch nicht den sehr leisen, doch hörbaren, sogar verständlichen Tönen im Fernseher: Sie hatte nachgedacht. Immer wieder hatte sie über das Ereignis gegrübelt. »Sie da! Hallo! Sie sind dran!«

Folgerichtig und zwingend musste sie zu diesem für sie wenig vorteilhaften Ergebnis kommen: Sie hatte geträumt. Aber was für ein Traum! Sie war das Opfer einer Halluzination, und sie fühlte sich schuldig, weil sie sich von der Panik hatte überwältigen lassen und die Polizei gerufen hatte, wobei sie sich nur zu gut vorstellen konnte, was die Polizisten von ihr gedacht haben mochten. Sie hatten es ja angedeutet, als sie sagten: »Sie brauchen nicht in die Tüte zu blasen.«

So hatte sie also in ihrem Bett gelegen, ohne einer Menschenseele die Geschichte erzählen zu können.

Sie hätte so gern mit jemandem gesprochen. Nicht nur über die Vorfälle des Abends, sondern sie hätte gern von sich erzählt, von ihrer zwanzigjährigen Existenz, hätte gern ihre eigene, ihre ganze Geschichte erzählt.

Sie hatte auf ihr Handy gestarrt, das neben ihr auf der Bettdecke im blauen Schein des Fernsehers lag, und überlegt, wen sie um diese Uhrzeit anrufen könnte. Niemand fiel ihr ein.

Eine Halluzination!

Schließlich hatte sie den Fernseher ausgeschaltet und war eingeschlafen, während sie das erste morgendliche Gezwitscher der Vögel im Park wahrnahm. Wann immer man aus einem Traum erwacht, und sei es aus einem Albtraum, sind die Vögel bereits munter.

»He, Sie da! Ja, Sie! Nicht alle Leute haben Zeit zum Tagträumen wie Sie …«

Endlich erreichte die Stimme Chloé. Unangenehm

und lästig! Sie erschrak, als sie sich der Wirklichkeit wieder bewusst wurde und begriff, dass die unfreundliche Frau sie wahrscheinlich schon mehrmals aufgerufen hatte.

Chloé entschuldigte sich, ging vor, beugte sich zur Sekretärin hinüber, nannte deutlich ihren Namen und sagte ihr Sprüchlein auf. Und schon zeichnete sich das nächste Problem am Horizont ab.

Es war wie verhext. Allerdings war es keine Überraschung. Sie regte sich nicht einmal auf. Es war lediglich eine kontinuierliche Folge von unangenehmen Begebenheiten. Es gab kein ärgerliches oder enttäuschtes Grimassenschneiden. Vorprogrammierte Hindernisse waren überwindbar. Sie wusste, dass sich solche Probleme sehr schnell lösen ließen, doch der Zwischenfall ärgerte die anderen Wartenden in der Schlange, und ihre Blicke waren unfreundlich, vorwurfsvoll oder abweisend. Chloé hatte absolut nicht das Bedürfnis, im Mittelpunkt des allgemeinen Interesses zu stehen. Im Gegenteil! Ganz unauffällig normalen Dingen nachzugehen, ohne dass irgendjemand Anstoß nehmen konnte, wäre ihr viel lieber gewesen, als dieses bittere plötzliche Verstummen der Gespräche.

Aber so war es nun einmal.

Bedauernd hob die Sekretärin die Hände, als sei das Vorzeigen ihrer Handflächen der eindeutige Beweis dafür, dass sie alles in ihrer Macht Stehende unternommen hatte, um die offenbar verlorene Akte wiederzufinden.

»Bitte«, drängte Chloé, »schauen Sie doch noch einmal nach. Ich bin ganz sicher, dass meine Akte hierher geschickt worden ist.«

»Aber wenn ich Ihren Ausweis doch nicht finde … Wie war noch gleich der Name, Séveran?«

»Séverin, Chloé Séverin.«

»Ich kann Ihren Ausweis nicht finden, und das bedeutet, dass Sie hier nicht immatrikuliert sind, so einfach ist das, mein Kind.«

Die Frau hatte ein hässliches Gesicht aufgesetzt, müde und gereizt. Ihre Art, »mein Kind« zu sagen, hörte sich an wie »dumme Gans«.

»Könnten Sie nicht trotzdem ein wenig freundlicher sein?«

»Ich bin freundlich, mein K…«

»Ich bin nicht Ihr Kind, und ich habe meine Akte hierher schicken lassen! Wie oft soll ich es wiederholen, damit Sie mir glauben? Ich bin in der Fachrichtung Geschichte eingeschrieben und hier ist ja wohl das Sekretariat der Fakultät für Geisteswissenschaften, oder? Also bitte …«

»Werden Sie nicht unverschämt, mein Kind«, sagte die vor Ärger bleiche, vertrocknete Frau nun erheblich lauter, und ihre Stimme wich einem Krächzen. »Sie stören den friedlichen Ablauf unseres Betriebs. Sie sind hier nicht die einzige Studentin, falls Sie das noch nicht bemerkt haben sollten.«

»Was ist los, Madame Béjard?«

Augen blau wie der Stahl einer Klinge. Offenes Gesicht, scharfkantig, blass. Halblanges, glänzendes, schwarzes, lockiges Haar. Er hatte etwas von einem Latino. Selbstsicher. Zorro. Weiche Lederjacke, verwaschene Jeans und Turnschuhe. Er warf einen Blick auf den Bildschirm seines Handys und drückte mit dem

Daumen ein paar Tasten. An seinen Bewegungen, an seiner ganzen Gestik ließ sich Willensstärke und Selbstbeherrschung erkennen.

»Ja, hallo, Erwann!«, sagte Madame Béjard. »Das Fräulein tut so, als hätten wir ihre Papiere verloren.«

Er hob den Blick von seinem Handy und schaute kurz zum Aktenstapel auf einem Bord hinter der Sekretärin, ohne Chloé weiter zu beachten.

Chloé hasste ihn in dieser Sekunde. Ein wenig. Aber viel zu früh.

Mit einem Kopfnicken in Richtung besagten Aktenstapels sagte er: »In dem Stapel könnte die Akte doch liegen, oder?«

»Da liegen nur die Studenten, die die Einschreibungsgebühr nicht bezahlt haben«, erwiderte die Sekretärin wichtigtuerisch.

Herausfordernd schaute sie Chloé an. »Und was sagt das Kind jetzt?« Die Antwort lag Chloé auf der Zunge. Ihr Mund fühlte sich trocken an. Kaum hatte sich ihr Ärger richtig entfalten können, war er schon nicht mehr berechtigt. Sie wurde dunkelrot und hatte Lust, irgendjemanden zu erwürgen – doch in erster Linie ärgerte sie sich maßlos über sich selbst.

»Ich muss in diesem Stapel sein«, sagte sie.

Madame Béjards Miene drückte Unglauben aus.

Das Handy des schönen Erwann vibrierte … Er hielt es an sein Ohr, sagte »Ja?« und warf endlich einen Blick auf Chloé, mit einer Miene, die eher Verstimmung als Bedauern ausdrückte. Er verließ das Büro.

»Warum sollten Sie in diesem Aktenstapel sein?«, fragte die Sekretärin ungeduldig.

»Ich habe mein Stipendium gerade erst erhalten …«, sagte Chloé kleinlaut.

Wenn sie wollte, war sie durchaus in der Lage, schamlos die Unterwürfige zu spielen … In diesem Fall kostete es sie wenig Mühe, denn diese Madame Béjard war trotz des kratzbürstigen Gehabes einer alternden Lehrerin sicher eine gutmütige Frau. Mit einem vorwurfsvollen Blick (das hätten Sie auch früher sagen können, mein Kind!) erhob sie sich von ihrem Stuhl, suchte in dem Aktenstapel Chloés Papiere, wandte sich triumphierend, die Akte in der Hand, zu Chloé um und schien sogar ein wenig zu lächeln.

Er stand, weit entfernt von den Grüppchen, allein in der Halle, das Handy am Ohr. Finsteren Blicks und mit zusammengezogenen Brauen verfolgte er abwesend das Kommen und Gehen der Studenten.

Als sie aus dem Büro kam, sah sie ihn dort stehen und fragte sich, ob sie ihm höflichkeitshalber für sein Eingreifen danken müsse. In diesem Augenblick sah er sie, winkte ihr zu und brach seine Unterhaltung am Telefon ab. Sein Lächeln hatte definitiv etwas Raubtierhaftes. *Ich hasse diese Art Typen*, sang eine kleine Stimme äußerst ironisch in Chloés Kopf.

»Na, ist alles erledigt?«

Die Antwort kannte er ganz genau.

»Entschuldige, ich habe deinen Namen vergessen«, sagte sie.

»Du hast ihn nicht vergessen, du kennst ihn gar nicht.«

»Doch, die Sekretärin hatte dich mit deinem Vornamen angeredet.«

»Bravo! Erwann. Und du?«

Sie antwortete artig, und er fragte: »Ist das dein erstes Jahr an dieser Uni?«

Sie nickte.

»Kennst du dich hier aus?«

»Nicht so gut. Ich komme aus Grenoble. Seit einer Woche bin ich hier. Na, seit genau neun Tagen …«

»Aha, ich verstehe.«

Was gab es da groß zu verstehen?

»Übrigens vielen Dank für deine Hilfe vorhin.«

»Oh, *de nada, Señorita.*«

Unwillkürlich waren sie ein paar Schritte durch die Halle in Richtung Ausgang gegangen. Die Studenten hasteten zu zweit oder in kleinen Gruppen an ihnen vorüber. Erwann stoppte und sah auf seine Uhr.

»Ganz allein und verlassen unter Wölfen? Ist heute mein Glückstag?«

Sie war plötzlich verlegen. Seine Art zu sprechen war locker und ruhig, so unverschämt selbstsicher.

»Weder allein noch verlassen«, erwiderte sie, »und Wölfe sehe ich auch nicht. Noch nicht jedenfalls.«

Er schien nachzudenken.

»Dann habe ich das falsch eingeschätzt«, sagte er. »Na, vergessen wir das. Du bist nicht allein … gut, dann bist du also nicht allein.«

»Richtig!«

»Also dann … Dann ist dieser Tag doch nicht mein Glückstag, wie ich gedacht hatte. Doch, ich hatte das Glück, dem blonden, blassen Mädchen aus dem Osten zu begegnen.«

Er machte sie nervös.

Sie lächelte, um die Unterhaltung nicht zu abrupt zu beenden oder unhöflich zu wirken, und sagte: »Schönen Dank auch, und bis bald.«

»Bis bald, Chloé«, antwortete er.

Auch er lächelte. Es war ihr, als hörte sie ihren eigenen Namen zum ersten Mal. Der Schuft! Er legte federleicht seine Fingerspitzen auf ihr Handgelenk: »Ehrlich, wenn du Probleme hast … sagen wir, mit der Eingewöhnung? Also, wenn du Probleme hast, bin ich eine gute Anlaufstelle. Ich kenne mich hier aus. Das ist meine Gegend. Hier sind meine Wurzeln. Die Bretonen sind meine Freunde, und wenn sich der Umgang mit ihnen nicht lohnt, sehe ich das auf hundert Schritt.«

»Aha, der Erwann aus der Bretagne.«

»Fast.«

Aus der Innentasche seiner Lederjacke zog er eine Visitenkarte und reichte sie ihr mit Eleganz und spitzen Fingern – der perfekte Zauberkünstler!

Sie nahm die Karte und las »Erwann de Tillinoc'h« unter einem mit Profil aufgedruckten Wappen.

»Super!«, sagte sie. »Wenn ich Visitenkarten brauche, sage ich dir Bescheid.«

»Visitenkarten oder mich?«

»Rate mal!«

Er öffnete den Mund, um zu antworten, doch in diesem Augenblick klingelte sein Handy. Er schob die Hand in die Tasche, zog das Handy mit der gleichen Eleganz heraus wie zuvor die Visitenkarte, und antwortete, während er Chloé mit einer Geste zu verstehen gab, sie solle nicht gehen, sondern noch ein wenig warten, bis er das Gespräch beendet hatte.

»Ja? Hör zu, mein Häschen, du kannst doch nicht ...«

Aha, ein Gespräch mit seinem »Häschen« ...

Sie entfernte sich und zwinkerte ihm belustigt zu.

Ein rennendes Pärchen – das Mädchen schien gut gelaunt, der Junge nicht im geringsten – erinnerte Chloé daran, dass die Zeit nicht still stand, und sie warf einen Blick auf die Uhr an der Wand, deren Digitalziffern unwiderlegbar anzeigten, wie spät es war. Chloé winkte Erwann zu und lief dem rennenden Pärchen hinterher, das sie erst einholte, als die Tür wieder ins Schloss fiel.

»Knapp!«, sagte das Mädchen. »Tut mir Leid.«

»Ja, knapp!« erwiderte Chloé. »Meine Schuld.«

»Ich hätte dich fast ...«

»Macht nichts. Ist heute sowieso ein Scheißtag.«

»Verstehe«, entgegnete das Mädchen.

Mit einer Kopfbewegung wies sie auf etwas hinter Chloés Rücken. Sie wandte sich um und sah Erwann, der mitten in der Halle stand und weitertelefonierte, aber in ihre Richtung schaute.

»Ich habe dich vorhin mit ihm im Sekretariat gesehen. Irre gut, seine Nummer, was? Hat er dir auch seine Karte gegeben und Hilfe angeboten?«

Sie drückte sich an die Wand, um eine Gruppe von Studenten vorbeizulassen, und zog Chloé nach draußen. Ihr Begleiter, schon weit hinten auf dem Hof, drehte sich um und rief: »Beeil dich, Léa!«

»Bitte, sagt man!«, rief Léa zurück und sagte: »Ich bin Léa, und du?«

»Chloé.«

»Super. Erster Tag, erster Kurs, erste Verspätung. Du auch?«

»Ich fürchte, ja.«
»Wo gehst du hin?«
»Seminar …, in Hörsaal …«
»Bei Professor Vernet?«
»Ja, ich glaube so heißt er.«
»Bingo. Dann komm! Wir müssen laufen. Was ich über Erwann gesagt habe, ist ein bisschen übertrieben, aber es stimmt trotzdem. Der da vorne, das ist Thomas. Von Thomas lässt du die Finger, verstanden?«
»Von Thomas lasse ich die Finger«, wiederholte Chloé wie ein gehorsames Kind.
Léa zwinkerte.
»Und besser auch von Erwann.«
»Ein freundschaftlicher Rat?«
»Klar! Zum Wohl der Menschheit!«
Wieder zwinkerte Léa.

Der Mann trug seine fünfzig Jahre – es mochten ein paar mehr sein – mit lässiger, sportlicher Eleganz und der gerade richtigen Dosis Grau an den Schläfen seines dunkelhaarigen Kopfes. An Kinn und Wangen trug er die ebenfalls gerade richtige Dosis Bart, grau und kurz. Er hatte Lachfältchen und an den Augen Krähenfüßchen, die das leuchtende Blau seiner Augen noch unterstrichen. Mit einem Blick auf die Neuankömmlinge unterbrach er seinen Vortrag, erhob sich langsam von seinem Platz hinter dem Pult und vor der Tafel, auf die jemand mit bunter Kreide einen großen Plan gezeichnet hatte.

Spontan folgte Chloé Léa, die ein paar freie Plätze im Saal ansteuerte.

Vernet schüttelte mit gespieltem Mitleid und lachenden Augen den Kopf, als die drei hintereinander, zwischen Pult und erster Bankreihe, an ihm vorbeiliefen, um ihre Plätze aufzusuchen.

»Léa!«, rief er mit warmer und ruhiger Stimme. »Léa!«

Leises Kichern. Léa schnitt eine lustige Grimasse, zuckte die Achseln und hob bedauernd die Hände.

»Ich weiß«, fuhr Vernet fort. »Ich weiß es nur zu gut, meine arme Léa. Die Zeit ist eine teuflische Erfindung, die man nicht nach Wunsch manipulieren kann ... im Gegensatz zu so vielen anderen Dingen. Na, und wie geht es Thomas seit dem letzten Semester?«

Hier und da ließ sich ob der klaren Anspielung vereinzelt Gelächter vernehmen.

»Cool«, antwortete Thomas.

»Wunderbar. Ich hatte nichts anderes von euch beiden erwartet, aber dass ihr gleich am ersten Tag Gefolgsleute mitbringt, das erstaunt mich dann doch, ehrlich gesagt.«

Nach einem kurzen Blick auf das Pärchen, blieb sein Blick an Chloé haften. Sie stammelte: »Ich ... Es ist nicht ihre Schuld, im Gegenteil, ohne sie hätte ich den Saal gar nicht gefunden. Ich hatte ein paar Probleme ... mit meinen Papieren. Ich kenne mich noch nicht so gut aus ...«

»Das macht nichts«, erwiderte Vernet. »Wie ist Ihr Name?«

»Chloé Séverin.«

»Herzlich willkommen, Chloé Séverin. Nehmen Sie Platz ...«

Sie folgte Thomas, der wiederum Léa folgte, und setzte sich neben ihn auf die Bank.

»Dann wollen wir mal wieder ran an die Arbeit«, sagte Vernet, »und an die Dolmen ...«

Er richtete sich auf, deutete mit schwungvoller Geste auf die Zeichnung an der Tafel hinter seinem Rücken und konferierte mit fester Stimme: »Sie haben wirklich Glück, ich übrigens auch. Wir alle haben das ausgesprochene Glück, in einer ganz ungewöhnlichen Ausgrabungsstätte arbeiten zu können. Brocéliande ist der umfangreichste Rest des antiken Waldgebietes der Bretagne. Achttausend Hektar Boden voller Legenden! Es sei dahingestellt, ob sie der Artus-Sage oder den vielen sagenhaften Geschichten des Volksmundes entsprungen sind – ihre Anfänge mögen die gleichen sein. Brocéliande ist der Schauplatz der Heldentaten von Lancelot, Gawain, Parzival und Galahad – oft wird da vieles schamlos vermischt. Sie alle kennen diese Geschichten. Doch gleichzeitig gab es hier die unsterblichen guten und schlechten Feen, die Wäscherinnen der Nacht, die verhexten Steine und den blauen Stier ... Egal, wie empfänglich wir für die wunderbaren Legenden und Mythen sein mögen, eines ist sicher: In diesem Wald befinden sich archäologische Schätze und Zeugnisse einer ungemein bewegten Vergangenheit, in der zwei Welten zusammentrafen, die Welt der lebenden und die Welt der *silentes*, die von den mysteriösen Inseln gekommen waren, vielleicht vom Ende der Welt. Ja, hier hat eine Begegnung mit der Welt der anderen, nennen wir sie die Welt der Toten stattgefunden. Zu jenen Zeiten lebten die Toten, zumindest in den Augen der Lebenden, und manchmal sogar vor ihren Augen ...«

Er machte eine Pause. Gespannt lauschten die Studenten, sie hingen an seinen Lippen und an seinen stahlblauen Augen. Er lächelte.

»In diesen heiligen Stätten wurzelt so manche Sage. Und wenn auch viele von ihnen vergessen wurden, so sind die Wurzeln vielleicht noch da. Heilige Stätten, sagte ich, in denen die Druiden aus geheimen Quellen ihre Macht schöpften … Die neuen Ausgrabungen, die wir jetzt angehen, befinden sich an einer Stelle, die – davon bin ich überzeugt – von enormer Bedeutung ist.« (Noch einmal wies er mit einer schwungvollen Armbewegung nach hinten auf die Tafel, während er seine Zuhörerschaft mit glänzenden Augen ansah.) »In den Grabungsstätten, in denen einige von Ihnen in diesem Semester arbeiten werden, haben wir bereits Gebrauchsgegenstände und Knochen gefunden. Ich vermute, dass wir in dem ganzen Bereich, den wir gemeinsam untersuchen wollen, ungeheure Schätze finden werden. Ich bin fast sicher, dass wir eine Art Totenstadt entdeckt haben.«

Diesem Mann hörten die Studenten mit offenen Mündern zu. Man ließ sich leicht von seiner warmen Stimme betören und ebenso leicht von den Bildern fesseln, die seine Worte suggerierten. So erging es zumindest Chloé, und sie war bestimmt nicht die Einzige.

Als die Studenten nach dem Seminar den Saal verließen, stand Vernet im Gang und wartete. Er lächelte kaum merklich, als er Chloé in Begleitung von Léa sah, als würde ihn eine solche Verbindung nicht verwundern, eher amüsieren.

Er wandte sich ab, um nicht den Blicken Léas oder Chloés zu begegnen, und während er den Kopf drehte, hob er die Hand, strich sich so natürlich wie möglich eine Strähne aus der Stirn und verbarg einen Teil seines

Gesichts hinter der feingliedrigen Hand, an deren Ringfinger ein imposanter Ring aus hochkarätigem Silber mit keltischer Inschrift prangte.

Von Thomas gefolgt, gingen die Mädchen an ihm vorbei.

5

Na, mein Schatz!«, rief eine fröhliche Stimme.

»Hallo, Mama!«

»Wie geht es dir, mein Schätzchen?«, flötete ihre Mutter.

An manchen Tagen fühlte sich Chloé so unendlich fern ihrer Mutter … »Chloé, mein Schatz!«, hatte ihre Mutter mit bleichem Gesicht gesagt und die Tränen tapfer zurückgehalten, damals, im Gang des Krankenhauses, nachdem ihnen der Doktor mit traurigen Cockeraugen mitgeteilt hatte, es sei vorbei, nun gelte es, stark zu sein. »Nicht weinen, wir sind beide stark, du und ich, nicht wahr?«, hatte ihre Mutter gesagt, was Chloé als Versprechen gewertet hatte, als Vorsatz. Arme Mama.

Sie erzählte ihrer Mutter, es ginge ihr gut, die Lehrer seien sympathisch, der Unibeginn sei ohne Zwischenfälle verlaufen, ihre Wohnung schön, alles stehe zum Besten, perfekt! Sie sagte, sie habe schon Freunde gefunden und dass die Arbeit in der Bar abends nicht zu anstrengend sei. Lauter positive Dinge. Drei Minuten lang. Während der folgenden zehn Minuten wiederholte ihre Mutter, wie sehr sie es bedauere, dass sie nicht zu ihr hatte kommen können und wie gern sie ihr bei der Wohnungseinrichtung geholfen hätte.

»Mama, mein Akku ist fast leer.«

»Ich freue mich, dass alles gut klappt«, sagte ihre Mutter. »Küsschen, mein Schatz!«

Sie hatte eingehängt, und Chloé blieb eine Zeit lang regungslos im Schneidersitz auf ihrem Bett sitzen und starrte auf das Display ihres Handys und das Wort »Beenden«, bis sie mit dem Daumen auf die entsprechende Taste drückte.

Natürlich klappte alles bestens.

Nicht ein Tag verging, ohne dass die scheußlichen Bilder der Halluzination plötzlich wieder auftauchten, mehr oder weniger klar und präzise. Sie waren unbezwingbar wie wilde Tiere, die sich im Halbschlaf bewegen und jeden Augenblick zu erwachen und aufzuspringen drohen.

Die Horrorvisionen waren in ihrer Erinnerung immer noch gegenwärtig und hatten sie nicht in Ruhe gelassen, jederzeit bereit, sie mit Angstschauern zu traktieren.

Alles ist gut, Mama.

Nur, dass die Bilder sie auch nachts quälten. Doch warum sollten sie ausgerechnet in der Nacht verschwinden, schließlich gehörten sie der Nacht, dort waren sie heimisch, dort fühlten sie sich am wohlsten, und sie schlichen sich grundsätzlich in den Schlaf. Die Bilder lauerten selbst hinter den Wänden der Wohnungen und Zimmer der anderen Schläfer, hinter dem leisen Gelächter, das aus dem Flur oder vom anderen Ende des Treppenaufgangs zu ihr drang. Es ist alles in Ordnung, Mama.

»Das muss ja schlimm gewesen sein«, sagte Léa, die den Kopf schräg gelegt und die Zigarette zwischen die Lippen geklemmt hatte, wobei sie das Gesicht verzog, damit ihr der Qualm nicht in die Augen stieg.

Das Rauchen war an der Ausgrabungsstätte verboten. An dieses Verbot hatte Brennos ausdrücklich erinnert, als die Gruppe von Vernet vor Ort erschien. Der Professor für keltische Geschichte war mit den Studenten seiner Gruppe, die an den Ausgrabungen teilnahm, schon eingetroffen, und unter ihnen hatte Chloé sogleich Erwann Vonundzu erkannt.

Léa gehörte offensichtlich nicht zu den Leuten, die sich an Verbote hielten.

»Nein der Tod meines Vaters war nicht gerade erhebend«, hatte Chloé zugegeben. »Man trauert nicht sofort, das kommt erst später.«

»Das glaube ich gern«, sagte Léa. »Und das mit zehn Jahren!«

»Ja, ich war damals zehn.«

Léa schloss die Augen, nahm die Zigarette aus dem Mund, schaute kurz in den Grabungsschacht, zog ein letztes Mal an der Kippe, inhalierte tief und zertrat dann den Stummel mit dem Absatz.

Um sie herum wimmelte es wie in einem Bienenstock, die kleine Kolonie der Studenten kratzte, entstaubte, grub, schaufelte und hackte, während Vögel um sie herumschwirrten und Zwitschergirlanden in das braune Blattwerk rund um die Arbeitsstelle flochten. Ab und zu rief jemand irgendetwas. Bei Brennos' Studenten, die in einem tiefen Graben arbeiteten, spielte Musik, die, soweit man sie aus der Ferne hören konnte, offenbar die

Stimmung und das Arbeitsklima hob, sicher der Grund, weshalb sie der eher steife Professor duldete.

Chloé seufzte und klang nicht so optimistisch wie die Musik, als sie fragte: »Sollen wir wirklich etwas in unserem armseligen Loch finden?«

»Ja, wir sollen, und wir werden etwas finden. Wir haben schon etwas gefunden. Das heißt, *sie* haben schon etwas gefunden, die Anhänger des *Pennbard.*«

Mit einer Kopfbewegung machte sie Chloé auf die Gruppe aufmerksam, die hundert Meter von ihnen entfernt unter den Bäumen arbeitete, jenseits der symbolischen Grenze aus bunten Plastikstreifen, die die beiden Grabungssektoren voneinander trennte, und wo Brennos' Studenten werkelten. Léa richtete sich auf und betrachtete die Gruppe, die geräuschvoll und mit Musikuntermalung arbeitete. Chloé ahmte Léa nach und reckte sich, denn von der gekrümmten Haltung begann ihre Wirbelsäule zu schmerzen.

»Die Anhänger von was?«

»Pennbardd«, wiederholte Léa und versuchte angestrengt und mit halb geschlossenen Augen, die Fortschritte von Brennos' Klasse trotz der Entfernung einzuschätzen. »Pennbardd, das ist der Chef der Druiden. So nennt man Brennos. Na, es ist einer seiner Spitznamen. Big Boss wird er auch genannt, und Guru, oder der ehrwürdige Alte. Seine Majestät.«

»Na, wenn's weiter nichts ist!«

Plötzlich blinzelte Léa, als würde sie zu grelles Licht blenden. Sie hob eine Schulter und schob mit dem Finger eine dünne, kitzelnde Haarsträhne beiseite, die der Wind vor ihren Augen tanzen ließ.

»Doch, er hat noch einen Namen. Manche nennen ihn den großen Arsch …«

»Aha, verstehe. Und was ist er für dich?«

Léa zwinkerte ihr zu. »Lächeln« war vielleicht das passendste Wort, um ihre Grimasse zu beschreiben, wirklich treffend war es jedoch nicht.

»Ich weiß nicht recht«, antwortete sie. »Ich denke mal dies, mal das. Du verstehst schon.«

Chloé verstand nicht unbedingt, was Léa meinte. Sie lächelte zurück, aus Höflichkeit. Sie betrachtete die Erdhaufen, Schächte und Gräben, die innerhalb der Begrenzung aus roten und gelben Plastikstreifen in alle Richtungen verliefen, die Pfade aus Brettern auf Bauziegeln und die mit großen, blauen oder grünen Plastikplanen abgedeckten Flächen inmitten dieses Schlachtfelds, dieser Schneise im malträtierten Wald von Paimpont. Das Unwetter von 1999 hatte hier arge Schäden angerichtet, wie in vielen Teilen Frankreichs. Léa zufolge hatte Brennos sich keine Mühe gegeben, seine Freude zu verbergen, als der vorbeiziehende Orkan Bäume entwurzelt und den überwucherten, unterirdischen Teil der archäologischen Fundstelle, hier im Herzen des Waldes, freigelegt hatte. »Also, was haben sie denn gefunden?«, fragte Chloé, um das plötzlich zwischen ihnen lastende Schweigen zu unterbrechen. Léa hielt ihre Augen immer noch halb geschlossen und hatte ein geheimnisvolles Lächeln aufgesetzt.

»Ja, hier, vielleicht genau an dieser Stelle …«, erwiderte sie leise und ohne den Gesichtsausdruck zu ändern. »Ein richtiger Matschboden, das wirst du sehen, wenn es regnet. Aber darunter sind diese Galerien – und Knochen. Ein Heiligtum, sagt der große Druide. Zumindest ein geheimnisvoller Ort, laut Vernet. Und wir schänden ihn, indem wir darauf herumtrampeln und -springen.«

»Brrrrr«, machte Chloé, um der Eintracht willen.

»Schau an, hier kommt unser netter Professor«, sagte Léa und fuhr im gleichen Ton fort: »Hast du Erwann gesehen?«

»Genau wie du vorhin, aus hundert Metern Entfernung.«

»Na?«, fragte Vernet. »Wie ist der erste Tag, Chloé?«

Lächelnd antwortete sie, dass alles zufriedenstellend verlaufe.

»Dann bin ich ja beruhigt«, erwiderte Vernet.

Es stimmte. Vernet wirkte genau so, wie ihn Léa vorhin genannt hatte – der Titel »der nette Professor« stand ihm ausgezeichnet, im Gegensatz zu Brennos, dem man offenbar gern die Rolle des »garstigen Professors« aufdrückte. Vernet, der »nette Professor«, war zweifellos ein wenig zerstreut und legte keinen Wert auf seine äußere Erscheinung: An seiner Wange klebte Erde, der Ellenbogenflicken an seiner Kordjacke, die reinste Karikatur, begann sich abzulösen, und den Hut von undefinierbarer Form, oder besser, diesen völlig unförmigen Hut, hatte er sich *irgendwie* auf den Kopf gedrückt, sicher trug er ihn sonst nie, nur hier bei den Ausgrabungen. Wenn er rauchte, dann bestimmt nur Pfeife, etwas anderes als eine gebogene Bruyèrepfeife war unvorstellbar.

Vernet hockte sich nieder und untersuchte sorgfältig den bearbeiteten Sektor. Eine plötzliche Explosion im Wald, ein durchdringender, kurzer Knall, ließ ihn nicht aufschrecken, nicht einmal mit der Wimper zucken, während Léa und Chloé gleichzeitig erschrocken aufschrien. Er beruhigte sie: »Die Arbeiter sprengen große Baumstümpfe weg, damit die Wagen tiefer in den Wald fahren können.«

Alle Teilnehmer der Ausgrabungen waren aufgesprungen und hatten sich in die Richtung gewandt, aus der die Detonation gekommen war. Vernet stand behäbig auf: »Wenn Sie Durst haben«, sagte er, »können Sie sich im Häuschen des Wächters Wasser und Saft holen.«

Sie dankten für seine Aufmerksamkeit und schauten ihm nach, als er zum Nachbarsektor hinüberging, wo vier Mädchen mit Bürsten und Spachteln in den Händen wie versteinert zum Wald starrten, bis sie Vernet sagen hörten, dass sie sich nicht zu fürchten brauchten.

»Und was denkst du?«, fragt Léa. »Sag es ganz ehrlich«, und gerade als Chloé den Mund öffnete, um zu antworten, fügte sie hinzu: »Ich spreche von Erwann. Was hältst du von ihm?«

Chloé zog mehrmals am Ausschnitt ihres T-Shirts, um sich Luft zuzufächern, und zuckte leicht mit den Achseln. »Nichts … nichts Besonderes.«

Léa warf ihr einen Blick zu, der ausdrückte: »Das glaubst du doch selbst nicht.«

»Überwache deine Triebe, der Typ ist ein Sammler. Das Einzige, was ihn interessiert, ist mit dir ins Bett zu steigen, dann sucht er sich das nächste Opfer. Das betreibt er wie einen Sport. Er will dich nur auf der Habenseite seiner Bilanz eintragen.«

»Haha«, entgegnete Chloé freudlos.

Léa betrachtete sie wieder aus den Augenwinkeln. »Wie, haha?«

»Haha, nichts weiter. Meine Triebe haben damit nichts zu tun. Ich bin gerade ein paar Tage hier. Lass mich erst mal Luft holen!«

»Triebe können einem manchmal den Atem verschlagen. Glaub mir. Hast du einen Typen irgendwo?«

»Nein, Euer Ehren, nicht dass ich wüsste.«

»Ich hab ja nur mal gefragt. Nimm es mir nicht übel.«

»Und ich habe nur geantwortet.«

Léa verzog das Gesicht, schob das Kinn vor und spielte mit der Zunge an der Innenseite ihrer Wange. Dann sagte sie: »Hör auf die frühreife Expertin: Typen sind wie Autos. Nimm dir lieber einen Panda als einen Ferrari. Thomas zum Beispiel: Ich kann ihn ewig auf dem Parkplatz stehen lassen, und niemand kommt auf die Idee, ihn mir zu klauen.« Leiser fügte sie hinzu: »Während der Revolution wäre diese Sorte Aristokrat geköpft worden … Er und seine nicht minder degenerierten Anhänger.«

Nun verzog auch Chloé das Gesicht bei dem Versuch, den letzten Satz zu verstehen. Sie folgte Léas Blick und entdeckte am Rand des zweiten Grabungssektors Brennos, der mit Erwann diskutierte, als sich eine sehr junge Studentin zu ihnen gesellte, deren extravaganter Aufzug wie eines der *Spice Girls* besser zu einer verrückten Nacht in der Disco passte als auf die Baustelle, wo man auf allen vieren kauernd Steine aus der Tonerde kratzt.

»Die auch?«, fragte Chloé. »Ist dieses hässliche Entlein auch degeneriert?«

Léa stöhnte, als sei sie plötzlich aus einem unschönen Traum erwacht.

»Sie ist die Ausnahme. Eine richtige Kanaille. Nachhilfestunden beim Professor. Möchtest du Iris heißen?«

»Ich heiße Chloé.«

»Na und?« zischte Léa und schaute ins Leere. Der Ausdruck in ihrem für gewöhnlich lebhaften Gesicht war hart und maskenhaft geworden. »›Iris‹, das soll ein Name sein!«

Plötzlich war sie mit ihren Gedanken offenbar ganz woanders.

6

Während Chloé die Esplanade in Richtung Boulevard de la Liberté entlangging, überfiel sie plötzlich der Gedanke, dass sich das, was sie derzeit erlebte, Abenteuer nannte.

Es war sonnenklar.

Diese Entdeckung war ein regelrechter Schock, und sie verlangsamte den Schritt, bis sie fast zum Stehen kam.

Ich erlebe ein Abenteuer, wiederholte Chloé immer wieder, als sagte sie eine Formel auf. Nein, sie musste sich nicht erst davon überzeugen. Sie wusste es. Jede Faser ihres Körpers wusste es, bis hin zu dem kaum sichtbaren Flaum auf ihrem Arm, der sich mit einem Mal aufrichtete.

Sie war von der Überzeugung durchdrungen.

Es war ein ausgewachsenes Abenteuer mit allem, was dazugehörte. Alles spielte sich in ihrer nächsten Nähe ab, so nah, dass sie einbezogen sein musste wie eine Auserwählte. Auf geradezu natürliche Weise war sie in dieser abenteuerlichen Lage gelandet. Sie dachte nach und brauchte nicht einmal ihre grauen Zellen zu benutzen, es reichte, die Augen zu öffnen – und es gab keinen Zweifel: Das Abenteuer, das große, echte Abenteuer hatte sie auserkoren.

Während sie weiterging überlegte sie, welche Indizien ihr zur Verfügung standen, und erstellte eine Liste mit Ausdrücken wie »ein unübersehbares Indiz« oder »ein unwiderlegbarer Beweis«, alle möglichen Worte, die mit »bar« endeten, flogen ihr zu wie Eisenspäne dem Magneten.

Selbstverständlich begann alles mit der ersten Nacht (eigentlich war es zwar nicht die erste Nacht, doch in ihrer Erinnerung war jene Nacht, in der es geschah, die erste), jener Nacht der Halluzination …

Um auf den Boden der Tatsachen zurückzukehren, hatte sie sich einreden wollen, es wäre nichts weiter als eine Halluzination gewesen, doch jetzt zweifelte sie mehr denn je.

Sie sah sich wirklich nicht als ein verirrtes Opfer des Alkohols.

Auch vor jener Nacht der »Halluzination« war etwas geschehen. Ohne es genau erklären zu können, und auch wenn sie sich noch so sehr bemühte, eine klare Erinnerung aus dem Nebel in ihrem Gehirn hervorzuholen, hatte bereits ihre Ankunft am Bahnhof einen unangenehmen Beigeschmack gehabt. Wie ein schlechter Geruch, der einem an der Haut klebte. Es war ein undefinierbares Gefühl, das sie nicht nur auf ihre allgemeine Seelenlage in jenem Augenblick zurückführen konnte, auch nicht auf ihre Nervosität, als stünde unweigerlich eine Enttäuschung bevor. Es war etwas anderes.

Ein ungutes Gefühl.

Es war wie eine beständige, immer gegenwärtige Bedrohung, und jetzt ahnte sie, dass es Anzeichen gegeben hatte, an bestimmten Orten und zu bestimmten Zeitpunkten, die sie jedoch nicht hatte erkennen können.

Irgendwann, bald, würde ihr ein Licht aufgehen.

Andererseits fragte sie sich, ob der kurze Spaziergang mit Erwann nach dem ersten Tag an der Grabungsstätte im geheimnisvollen Forêt de Brocéliande einen anderen Teil des Abenteuers ankündigte, wie Léa zu glauben schien.

Was wusste sie von Léa?

So gut wie gar nichts. Sie studierte im zweiten Jahr und arbeitete an ihrem Diplom in Geisteswissenschaften, Schwerpunkt Soziologie. Danach wollte sie sich auf Ethnologie, insbesondere Anthropologie, spezialisieren: »Theorien und Methoden« und »Anthropologie und Religionen«. Léa kam irgendwo aus der Auvergne. Chloé hätte schon Mühe gehabt, die Grenzen der Auvergne auf einer Frankreichkarte genau zu bestimmen. Sie wusste nichts von Léas familiärem Hintergrund oder von ihren Eltern. Auch sie mietete ein Apartment auf dem Campus. Dennoch hatte sie sich an zwei Abenden hintereinander bei Chloé eingefunden, um ein Gläschen zu trinken. Mit Thomas …

Was wusste sie von Thomas?

Meine Güte, was wusste sie schon von den anderen? Doch was wussten sie von ihr? Den zweiten Teil ihrer Frage beantwortete sie automatisch: Alles!

Thomas? Thomas war eben Thomas. Léas Freund, von dem sie, laut Léas Befehl, gefälligst die Finger zu lassen hatte. Dabei wirkte Léa nicht gerade verliebt, und er auch nicht, es gab kaum zärtliche Gesten zwischen ihnen. Thomas: schwarzes, dichtes Haar mit zwei oder drei Strähnen, die immer stachelig in unvorhersehbare Richtungen abstanden. Ein drolliges, spitzes Gesicht.

»Na?«, hatte Léa triumphierend gerufen und von ihrer Pizza aufgeblickt, die sie aus der Hand aß. »Du gehst ran, ohne nach rechts oder links zu schauen, was? Am Vormittag sage ich noch: Sei vorsichtig! Und zwei Stunden später bist du auch schon reingefallen.«

Reingefallen hatte sie es genannt.

Nicht mehr als eine knappe viertel Stunde hatte Chloé mit Erwann allein zugebracht, denn er war ganz plötzlich, als sei es die natürlichste Sache der Welt, neben ihr aufgetaucht, ein wenig abseits der Schneise mit den umgestürzten Bäumen und Stümpfen, die die Holzfäller am Morgen in die Luft gejagt hatten. Der Arbeitstag war beendet, und die Studentengruppen hatten im Schlepp ihrer Professoren die zukünftigen Ausgrabungsstellen in Augenschein genommen. Kleine Gruppen hatten sich gebildet. Ohne jede Absicht hatte Chloé sich einen Augenblick lang von den anderen abgesondert, einen Hintergedanken hatte sie nicht. Sie war um einen entwurzelten Baumstumpf herumgegangen, und auf einmal hatte Erwann vor ihr gestanden. Rote Erde zierte sein Gesicht, und er lächelte. »Na, wie geht es?«

Liebenswürdig war er gewesen. Das war eine ganz neue Facette seines Wesens. Nicht zu vergleichen mit dem selbstsicheren, hochmütigen Junker uralten Geschlechts, in einem Wort dem unausstehlichen Typen, den sie am ersten Tag getroffen hatte. Vor allem nicht zu vergleichen mit dem Porträt, das Léa ihr von ihm gezeichnet hatte. Was hielt sie vom heutigen Tag? War sie zum ersten Mal an Ausgrabungen beteiligt? Wie gefiel es ihr? Lauter solche Fragen hatte er gestellt und seine eigenen Gedanken geäußert ... Es war eine nette Unterhaltung gewesen, und er hatte sich ganz offensichtlich für ihre Meinung zu diesen Themen interessiert.

Reingefallen?

Sie war nirgends reingefallen. Wahrhaftig nicht. Sein Interesse an der Materie, an den Ausgrabungen im Wald, an den Eingängen zu den Galerien, die Brennos und ein paar andere Studenten seines Kurses entdeckt, aber noch nicht erforscht hatten, war nicht gespielt. Er hatte sie vorsichtig gefragt: Interessiert dich das? Und sie hatte ebenso vorsichtig geantwortet: Ja.

Wärmstens hatte er ihr empfohlen, auf keinen Fall Brennos ersten Kurs am nächsten Morgen zu versäumen.

Mit klopfendem Herzen schob sie sich durch die halb offene Tür, hinter der sie entsetztes Tuscheln wie ein Rauschen vernahm. Verkrampft drückte sie ihre große Kladde gegen das wild klopfende Herz.

Auf der riesigen Leinwand des Audimax war das drei mal zwei Meter große Konterfei einer zusammengekrümmten, finsteren, glanzlos ledernen Mumie mit gebleckten, gelblichen Zähnen zu sehen und ihr grausam lippenloses, erstarrtes Grinsen. Der Projektor machte Klick, und der Saal glitt für ein paar Sekunden in ein

Dämmerlicht, das Brillengläser und weiße Kleidung aufleuchten ließ. Das nächste Dia erschien auf der Leinwand: wieder eine Mumie in Großaufnahme, diesmal mit Zoom auf ihr vertrocknetes Gesicht und die Augenhöhlen, in denen mit keltischen Zeichen versehene Silberstücke steckten, die von der Korrosion schwarz angelaufen waren.

Im Lichtkegel des Projektors waren die Abmessungen des Audimax und die Sitzbänke im Halbkreis mit der Studentenschaft wieder sichtbar. Abgesehen von denen, die bei der Tür saßen und einen kurzen Blick auf sie geworfen hatten, hatte offenbar niemand ihr plötzliches Erscheinen bemerkt, auch Brennos auf seiner Estrade nicht, dessen Schatten im Projektorlicht, kaum halb so groß wie der blinde Totenkopf, in einer Ecke des Bildes tanzte. Mit lauter und tiefer Stimme sagte er: »Das bedeutet, dass Zeitreisen und Metamorphosen in den Mythen der keltischen Kultur sehr häufig zu finden sind. Taliesin spricht davon in seinen zahlreichen Gedichten, die sicher zu den erstaunlichsten der gallischen Literatur gehören. Doch wer ist Taliesin? Er selbst ist ein Mythos. Es heißt, er sei eine in der Zeit reisende Inkarnation oder das Ergebnis zahlreicher Metamorphosen gewesen. Er soll viele Gestalten besessen haben. Dabei ist eines sicher: Unter seinem Namen erschienen zahlreiche Texte in verschiedenen Sprachen und Epochen. Das führt uns zu dem Schluss, dass er keine historische, materielle Realität ist … was jedoch nicht ausschließt …«

Chloé sah in der Dunkelheit ein ihr zugewandtes Gesicht. Ein Handzeichen, so diskret wie möglich. Er saß ganz dicht, in der zweiten Reihe, und der Platz neben ihm, direkt am Gang, war frei. Mit drei Schritten war sie bei ihm, setzte sich und legte ihre Kladde auf den schmalen Klapptisch vor ihr. Erwann beugte sich über sie und drückte ihr einen Kuss auf die Wange. Seine Lippen waren kühl.

»... und die antiken Manuskripte, die Iolo Morganawc im neunzehnten Jahrhundert gesammelt und veröffentlicht hat, stellen Taliesin als einen Barden des fünften Jahrhunderts dar«, fuhr Brennos fort.

»Tut mir Leid«, flüsterte Chloé. »Ich weiß nicht, wie ich das immer mache ... Ich habe auf Léa gewartet und ...«

»Da siehst du doch, wie du es gemacht hast ...«, murmelte Erwann.

Lächeln und Augenzwinkern.

Zwei Studenten vor ihr hatten sich zu Chloé umgewandt, und sie lächelte ihnen etwas unsicher, entschuldigend zu.

Weitere Dias. Noch mehr Mumien, manche in Großaufnahme. Brennos stand nun reglos neben dem Bild, und das unruhige Projektorlicht huschte über den Rand seines Gesichts. Hin und wieder funkelten die Gläser seiner Brille, die er beständig auf- und absetzte, dann funkelten seine Augen, weil er die Brille in der Hand hielt ... Mit seiner tiefen, warmen und ernsten Stimme fuhr er fort: »Das irische Samhain entspricht dem gallischen Samonios im Kalender von Coligny. Bei den Kelten entsprach das Samhain der ersten Nacht des neuen Jahres. Das Samhain-Fest war das wichtigste Fest der Druiden und fand nach unserer Zeitrechnung am 1. November statt. Wir dürfen nicht vergessen, dass die Kelten die Zeit in Nächte unterteilten. Unsichtbar war für sie nicht das Gegenteil von sichtbar, sondern das Unsichtbare war ein Teil des Sichtbaren, und ›tot‹ bedeutete bei ihnen nicht ›ohne Leben‹, sondern eine ›andere Form von Leben‹.«

»Bin ich sehr spät dran?«, wisperte Chloé ihrem Nachbarn ins Ohr.

Sie hatte ihren Satz noch nicht beendet, als er sein Gesicht zu ihr drehte, und seine Lippen berührten ihren Mund. Sie rückte von ihm ab und meinte, in seinen Augen mehr Überraschung zu lesen, als sie selbst verspürte. Er lächelte immer noch. Beruhigend legte er seine Finger auf ihr Handgelenk und versicherte ihr, dass sie nicht viel versäumt hatte. Sie ließ seine Hand, leicht und warm, auf ihrer ruhen.

Nimm die Hand weg, Mädchen!

»Der Ritus ...«, fuhr die schwingende Stimme Brennos nun mit Nachdruck fort, »... fand in der Nacht vom 31. Oktober zum 1. November statt. Während dieser Nacht verbanden sich die beiden Welten, die der Lebenden und die der Toten, um eine perfekte Einheit zu erlangen. Das christliche Allerheiligenfest lässt sich direkt auf das Samhain-Fest zurückführen. Es hat den Aspekt der Verbindung mit dem Jenseits bewahrt. In den angelsächsischen Ländern tragen manche Bräuche des Halloween-Festes ausgesprochen keltische Züge.«

Nun mach schon! Zieh endlich deine Hand weg, Mensch! Lass ihn diesen Coup nicht so leicht landen!

Aus den Augenwinkeln betrachtete Chloé Erwanns Profil, die Umrisse seines Haarschopfes. Seine Hand lag auf ihrer, als sei es die normalste Angelegenheit der Welt. Erwann hatte sich locker zurückgelehnt und schrieb mit ausgestrecktem Arm Notizen auf seinen Block, der auf der Schreibplatte vor ihm lag, anscheinend ohne hinzuschauen.

Sich Notizen machen, gute Idee!

Die Beleuchtung, oder vielmehr die Dunkelheit veränderte sich im Rhythmus des Projektors und mit jedem neuen Bild auf der Leinwand. Weiterhin stellten die Dias mumifizierte Leichen dar. Diesmal ein halbes Dutzend in einem Graben.

Klick.

Neues Dia. Großaufnahme einer Mumie, der man einen Arm auf den Rücken gebunden hatte. Angewidertes Murmeln im Saal, wie ein Responsorium, ein Ritual.

»Die Kelten führten nicht nur während des Samhain-Festes Opferhandlungen aus, sondern auch bei anderen religiösen Zeremonien, auf die verschiedenen Varianten kommen wir noch zurück. Beispielsweise wurden riesige Gestalten aus Binsen, Stroh und Holz hergestellt, in die Vieh und Menschen eingeschlossen wurden, bevor man sie in Brand setzte. Bei manchen solcher Weihungen wurden die Opfer ertränkt oder erstickt. Oder aber man hängte die Opfer an den Ästen der heiligen Eichen auf und zog ihnen bei lebendigem Leibe die Haut vom Körper …«

Chloé zog ihre rechte Hand fort und öffnete die Kladde. Ganz natürlich führte sie ihre Gesten aus. Aus der Innentasche ihres Blousons fischte sie den Kuli und begann zu schreiben: *Opfer, Gestalten aus Binsen, Tiere, Menschen, ersticken, ertränken, heilige Eichen, Opfer aufgehängt, gehäutet.* Doch dann änderte sie »ersticken« in »durch Ersticken getötet«.

Die Tür zum Saal öffnete sich und zwei gut bekannte Personen traten ein und blieben eine Weile neben der Tür stehen, um ihre Augen an die ständig wechselnden Lichtverhältnisse zu gewöhnen. Chloé und Erwann tauschten Blicke aus.

Genau in diesem Augenblick trat eine weitere Gestalt durch eine der Türen in Höhe der oberen Sitzbänke in den Saal, blieb eine Zeit lang an der Türverschalung aus schwerem Holz stehen und suchte mit den Augen die halbkreisförmigen Sitzbänke ab.

Niemand hatte die Anwesenheit dieser Person bemerkt.

Chloé beobachtete Léa und Thomas, wie sie leise durch eine Reihe huschten, bis sie auf der anderen Seite des Saals Plätze gefunden hatten, und stellte fest, dass sie sich neben das Mädchen setzten, das wie eine Popsängerin aussah und das sie am ersten Tag an der Ausgrabungsstätte im hitzigen Gespräch mit Brennos gesehen hatten, das Mädchen, das Léa zufolge Nachhilfestunden beim »Pennbardd« nahm.

Léa entdeckte Chloé und winkte ihr zu, worauf Chloé lediglich die Nase in ihre Kladde steckte.

Erwann beugte sich zu ihr und flüsterte: »Würden dich Ausgrabungen außerhalb des Programms interessieren?«

Sie fragte sich, was er damit meinte und ob sie ihn richtig verstanden hatte. Er warf ihr einen Blick aus den Augenwinkeln zu und hoffte, in ihrem Gesichtsausdruck die Antwort zu erraten. Es schien ihm ernst zu sein.

»... Das Ziel der Opferhandlungen bestand im Allgemeinen darin, den Göttern für ihre Wohltaten zu danken. Wir dürfen voraussetzen, dass die Kelten eine Zusammenarbeit zwischen Menschen und Göttern als selbstverständlich betrachteten. In diesem Fall hier …«

Das Dia zeigte ein Dutzend übereinander liegende Skelette, und zwischen den Gebeinen, wahllos verstreut, Schädel.

»… hatten die Götter ihnen zweifellos besonders großzügige Gaben gewährt. Etwa vierzig Menschenopfer mit abgehackten Händen und Füßen hat man in dieser Höhle in Böhmen gefunden …«

Die Person, die durch die obere Tür den Hörsaal betreten hatte, saß nun in der hintersten Reihe, auf einem der zahlreichen leeren Plätze. Sie legte ihre ausgestreckten Hände vor sich auf die Platte. Ihr silberner Ring trug ein Relief-Ornament, das den Motiven auf den Silberscheiben in den Augenhöhlen der Mumie auf einem der ersten Dias erheblich ähnelte.

»Nun?«, fragte Erwann leise.

Ihre Kopfbewegung konnte »warum nicht«, aber auch »mal sehen« bedeuten. Sie wusste offenbar selbst nicht genau, was sie wollte. Erwann wirkte zufrieden, zwinkerte zustimmend und widmete sich seinen Notizen, die er weiterhin mit ausgestrecktem Arm aufschrieb.

»Ausgrabungen außerhalb des Programms«, waren seine Worte …

Brennos Stimme klang gleichzeitig aus weiter Ferne und doch eindringlich: »… und sie stellten für die Kelten zweifellos einen heiligen Schatz dar, die Einlösung eines Paktes, den sie mit den Göttern geschlossen hatten …«

Chloé neigte sich zu Erwann und fragte: »Was war für die Kelten ein heiliger Schatz?«

Leise erwiderte Erwann ihr ins Ohr: »Abgehackte Köpfe.«

Aha! …

»Die Druiden«, fuhr Brennos fort, »praktizierten das Ritual des Kopfabhackens mit gleichzeitigen Stoßgebeten an die Götter und Geister bis zum Höhepunkt …«

Nervös kicherte ein Mädchen bei dem Wort Höhepunkt auf. »Sie benutzten für ihre Anrufungszeremonien Kessel wie diesen hier …«

Auf der Leinwand erschien das Bild eines dickwandigen Kupferkessels, dessen oberer Rand mit Gravierungen verziert war. Sie stellten Priester dar, die Frauen ins Feuer warfen.

Von seinem Platz aus konnte der Fremde den gesamten Saal mit den im Halbkreis angeordneten Reihen überblicken. Offenbar hatte er unter den vielen Studenten Chloé ausgemacht und wandte den Blick nicht mehr von ihr. Gleichzeitig drehte er den Ring an seinem Finger, langsam und regelmäßig, wie ein Perpetuum Mobile …

»Während der Opferzeremonien strebten Druiden und Krieger einen Zustand an, in welchem die Geister des Krieges von ihnen Besitz ergriffen. Erreichten sie ihr Ziel, so multiplizierten sich ihre Kräfte, und sie wurden für Schmerzen unempfindlich. Im Kriegsfall glaubten die Kelten dementsprechend, unter der Führung eines unbezwingbaren Häuptlings in den Kampf zu ziehen …«

Irgendjemand starrt mich an.

Sie fühlte es wie ein Gewicht in ihrem Nacken.

Irgendjemand in diesem Saal stiert mich ununterbrochen an.

Ihre Kopfhaut prickelte. Sie spürte Hitze in sich aufsteigen und fühlte, wie ihr in der Magengegend flau wurde. Sehr unangenehm.

Léa?

Mit riesiger Anstrengung wandte Chloé den Kopf zur Seite. Es war wie in ihren Albträumen, die beim Erwachen nachklangen und sie im klammen Bettzeug gefesselt hielten, als wäre sie eine Mumie.

Es war nicht Léa. Léa blickte mit offenem Mund auf die Leinwand und trank förmlich Brennos Worte. Thomas war ebenso aufmerksam, und sein Gesichtsausdruck ähnelte dem Léas auf erstaunliche Weise. Iris, an seiner Seite, kaute auf ihrem Kuli und sah in eine andere Richtung.

Irgendjemand, irgendwo.

Erwann schaute sie an, was ihr in die Wirklichkeit zurückverhalf.

In dem grünlichen Schein des folgenden Dias veränderte sich Erwanns Gesichtsausdruck.

»Dieser Stein«, konferierte Brennos, »war ein äußerst wichtiger Kultgegenstand bei den Anrufungsritualen. Man sprach ihm enorme magische Kräfte zu, phänomenale Macht. Steine dieser Art haben sich extrem selten bis in unsere heutige Zeit erhalten.«

Verdammt!

Guter Gott!

Das grünliche Licht schimmerte auch in Erwanns Augen.

»Man nannte sie Druidensteine«, erklärte Brennos nach einer Pause, und der Ton seiner Stimme kündigte das Ende des Vortrags an.

Das Dia zeigte den Stein auf einem offenen Tuch, das Tuch auf einem Tablett, das Tablett auf einem Tisch.

Ein eiförmiger flacher Stein, mit glatter, blassgrüner Oberfläche, der ausgesprochen hart wirkte!

Das ist der Stein, den der blutende Mann in der Hand hielt, im Park, in der besagten Nacht.

Chloés Kreislauf geriet ins Stocken.

»Das ist alles für heute«, schloss Brennos.

Es war wie ein Schwerthieb, als das grelle, blendende Licht wieder anging.

Chloé befahl sich: *Tief durchatmen!*

»Alles okay?«, fragte Erwann.

Der Fremde hatte den Saal bereits durch dieselbe Tür verlassen, durch die er gekommen war.

»Ich muss noch mit ihm sprechen«, sagte Chloé, »warte auf mich.«

Erwann zog die Augenbrauen zusammen, sagte jedoch nichts.

Sie war nicht die Einzige, die aufgesprungen war, um Brennos mit Fragen zu bestürmen.

»Warte auf mich!«, wiederholte sie. »In Ordnung?«

Erwann runzelte die Stirn und nickte ratlos.

7

Erwann hatte Chloé eine Nachricht und eine Verabredung hinterlassen: Er würde sie am folgenden Tag vom Campus abholen.

Sie hatte die Nachricht erst zur Kenntnis genommen,

als Léa und ein paar andere Bekannte ihre Wohnung verlassen hatten. Es schien eine Gewohnheit zu werden, den Abend im Tarentino zu verbringen und dann bei Chloé ausklingen zu lassen. Wieder einmal hatte sie eine grauenhafte Nacht verbracht und auf den Schlaf gewartet, obwohl sie ihn wegen der Albträume fürchtete. Dementsprechend hatte sie die ganze Nacht kein Auge zugetan. Der Wachzustand war jedoch auch nicht besser: Der Gedanke, dass es keine Halluzination war, terrorisierte sie.

Jetzt saß sie neben dem rätselhaften Erwann im Auto, und sie rollten der nächsten Etappe des Abenteuers entgegen. Ihr Weg führte sie durch die bretonische Landschaft.

Es regnete.

Sie sagte: »Ich weiß nicht, wie lange ich gewartet habe, um überhaupt in seine Nähe zu gelangen. Sie waren ein gutes Dutzend und belagerten ihn wohl aus dem gleichen Grund wie ich. Brennos meine ich.«

»Ich habe ziemlich lange draußen auf dich gewartet«, antwortete Erwann. »Dann dachte ich mir, du hast den anderen Eingang benutzt, oder Ausgang, na, halt eine andere Tür.«

»Genau das habe ich auch getan.«

Tatsächlich war sie Brennos nachgegangen, der den Saal durch eine Seitentür verlassen hatte, in seinem Gefolge die beharrlichsten Studentengroupies, und unter ihnen die schwarz gekleidete, bleiche Iris.

Chloé war ihnen gefolgt, bis …

Sie war nicht sicher, ob Erwann gewisse Einzelheiten sonderlich interessierten, denn bestimmt war er, wie alle Studenten Brennos', über dessen Beziehung zu Iris informiert. Warum sollte sie da zusätzlich dick auftragen? Was gingen sie schon Brennos' Privatleben oder engere Beziehungen zu manchen Studentinnen an? Schließlich waren diese Mädchen volljährig und fern von Mutters Schürzenzipfel. Abgesehen davon schienen sie wahrhaftig nichts und niemanden zu fürchten.

Erst als die Gruppe aus dem Saal verschwunden war, hatte Chloé ihre Verfolgungsjagd aufgenommen. Die Gänge und Säle waren leer, manche Türen standen weit offen, andere waren geschlossen.

Sie war nicht schnell genug gewesen, und der Widerhall der Unterhaltungen, die Brennos mit seinen Fans führte, klang aus immer weiterer Entfernung, verstummte plötzlich in einem Treppenhaus oder in einem Gang, der unerwartet einer Biegung im rechten Winkel folgte. Nur die Schritte auf den Fliesen ließen sich noch vernehmen, doch dann – nichts mehr. Geschlossene Fahrstuhltüren. Der Flur: leer. Gähnende Leere überall. Sollte sie den Fahrstuhl benutzen oder den Flur entlanglaufen? Geräusche hinter der Fahrstuhltür. Sie stürzte zum Treppenhaus und rannte ein paar Stufen hinunter. Da! Von weiter unten hörte sie wieder die Stimmen, doch nicht mehr die der Studenten. Sie konnte nur Brennos' Stimme und die einer anderen Person ausmachen (Brennos' Stimme hätte sie unter Tausenden erkannt). Er sagte: »Zum Donnerwetter, du weißt doch ganz genau, dass du so etwas in aller Öffentlichkeit nicht machen kannst.«

»Donnerwetter«! Dass er solche Flüche benutzte! »Ich hab keine Knete mehr!«, antwortete Iris. »Ich bin total blank! Aber du willst ja nicht, dass ich bei dir wohne …«

»Iris, schrei doch noch lauter!«

Er klang heiser und sprach nun leiser.

Die Stimme entfernte sich.

Chloé stand wie angewurzelt. Der Disput verhallte im Treppenhaus, und das Echo verebbte mit Brennos und Iris, wie von einem Wirbelsturm davongetragen, in irgendeinem Stockwerk.

»Was wolltest du denn von ihm wissen?«, fragte Erwann beiläufig.

Sie zuckte zusammen.

»Von Brennos«, fügte er hinzu. »Nach den Dias schienst du mir reichlich aufgewühlt.«

»Och«, antwortete sie, »ich wollte nur etwas über Taliesin und die Iolo-Manuskripte wissen. Viel hatte er darüber nicht gesagt, oder habe ich etwas verschlafen?«

Erwann brummte, Brennos habe kaum mehr zu diesem Thema verlauten lassen, als das, was sie hörte, als sie im Saal eintraf. Sie habe nicht viel verpasst, nur den üblichen Vorstellungsspruch: »Im nächsten Semester haben Sie es mit mir zu tun.«

Er schlug kurz mit der flachen Hand auf das Steuerrad, dann griff er nach einer Kassette auf dem Armaturenbrett, schob sie in den Rekorder, stellte die Lautstärke ein und sagte: »Du wirst sehen! Es wird dir gefallen!«

Sie lauschte der Musik und fragte: »Warum sollte mir das gefallen?«

»Ich rede nicht von der Kassette, sondern von dem, was wir nachher sehen werden, was ich dir nachher zeige.«

Es regnete so heftig, dass man kaum noch die Seitenstreifen an der Straße erkennen konnte. Graues Land in Nebelschwaden! Breite Bänder aus Regen lagen wie Rauchschwaden in der Luft. Auf einem Schild mit Touristenwerbung stand zu lesen: »Das Land der Sagen, Brocéliande, 20 km«.

Chloé hatte ihren Mund einen Augenblick geöffnet, und die Worte wollten herausplätschern: *Nicht über Taliesin, auch nicht über gallische Poesie, sondern über den Stein wollte ich mit Brennos sprechen … Aber es standen zu viele Leute um ihn herum, und diese Iris … Ja, ich wollte mit ihm über den Stein sprechen, den Druidenstein.*

Stattdessen sagte sie, den Blick starr geradeaus gerichtet: »Ist noch jemand dort, außer uns beiden?«

Er warf ihr einen amüsierten Blick aus den Augenwinkeln zu.

»Wahrscheinlich«, antwortete er. »Die Ausgrabungen an den Wochenenden sind recht zwanglos. Es kann sein, dass wir zu dritt, zu viert oder mehr sind. Und vielleicht triffst du den großen bösen Wolf persönlich.«

»Oh, oh!«, sagte sie.

»Himself!«, bekräftigte er.

Sehr ernst fragte sie ihn plötzlich: »Kann ich dir vertrauen?«

Er schien ausgesprochen überrascht, dann hellte sich sein Gesicht auf, und statt zu antworten, brach er in schallendes Gelächter aus. Gut, sie hatte sich falsch ausgedrückt, und sie schnitt eine Grimasse, die eher zu Léa gepasst hätte. Sie nahm sich vor, die ganze Geschichte ebenfalls wie einen Witz zu belachen, doch im Stillen ärgerte sie sich über ihre Blödheit.

Sie fuhren durch ein Dorf. Doch sie waren zu schnell gefahren, um den Ortsnamen auf dem Schild lesen zu können. Niedrige, graue Häuser. Ein Kind in gelbem

Ölzeug strampelte sich auf einem viel zu großen Fahrrad ab.

Erwann warf ihr einen fragenden Blick zu. Ein neues Musikstück begann. Ausgedehnte und langsame synthetische Klänge, orchestrale Sätze, dann wieder Angelo Badalamenti.

Sie schloss die Augen und lauschte der Musik und der Stimme, die ihr unter die Haut ging. Mit gekrümmtem Zeigefinger tippte sie den Takt auf ihrem Schenkel, und der rote Fingernagel hüpfte vergnügt auf ihrer Jeans auf und ab. Nach einer Weile fragte Erwann: »Nun?«

Schlagzeugsolo. Stimmung.

»Nichts«, erwiderte sie.

Sie öffnete die Augen und erkannte in den feinen Regenschleiern die Abzweigung wieder, die zur Ausgrabungsstelle führte, und etwas später tauchte das Häuschen mit dem Werkzeug und Arbeitsmaterial auf. Der Wächter trat vor die Tür und winkte. Erwann ließ den Wagen im Schritttempo rollen. Durch das heruntergekurbelte Fenster fragte er, ob die anderen schon eingetroffen seien, und der Wächter, der sich die Mütze tief in die Stirn gezogen hatte, nickte wortlos. Nachdem sie das Häuschen hinter sich gelassen hatten, fuhr Erwann den Weg zur Ausgrabungsstätte weiter, während die musikalische Untermalung sich dramatisch steigerte. Er schaltete den Rekorder aus und sagte: »Eigentlich dürfen wir außerhalb des offiziellen Studienbetriebs nicht hier sein. Besser, wir suchen uns einen unauffälligen Parkplatz.«

»Unauffällig?«, fragte Chloé und suchte durch das Guckloch, das sie auf die beschlagene Scheibe gewischt hatte, nach einer Menschenseele in dieser Einöde.

»Manchmal kommen hier Spaziergänger und Neugierige vorbei.«

Er lächelte und zwinkerte. Dann erlosch sein Lächeln. Er parkte das Auto auf der Lichtung unter einem Baum und stellte den Motor ab. Der Regen trommelte auf das Dach.

»Brennos findet, dass die offiziellen Ausgrabungen nicht schnell genug vorankommen«, sagte Erwann. »In gewisser Weise machen wir Überstunden. Und wir finden, dass es auch mit Brennos nicht schnell genug geht, deshalb arbeiten wir seither wie die Verrückten. Manchmal auch ohne den Oberdruiden ... Übrigens konnten wir ihm schon so manche schöne Überraschung bescheren.«

»Was habt ihr gefunden?«

»Eine ganze Menge«, antwortete Erwann, »und wir werden noch mehr finden.«

»Bringst du alle Mädchen, die du anmachst, mit hierher?«, wollte Chloé wissen. »Erzählst du allen die gleiche geheimnisvolle Story?«

»Du hast es erfasst!«

Er lächelte nicht. Sein Gesicht war ausdruckslos, nicht ein einziger Muskel spielte auf seinen Zügen, während er finster vor sich hinblickte. Doch dann fügte er hinzu: »So ein Unsinn! Natürlich nicht!«

Er neigte den Kopf ein wenig zur Seite und sagte: »Ich glaube wirklich, dass es dir hier gefallen wird. Und du hast es verdient, dich hier gründlich umzuschauen.«

Seinen markigen Spruch bekräftigte er mit vehementem Kopfnicken, dazu zwinkerte er auf seine charmante Art.

Der Regen erschien ihr erst warm, dann eiskalt. Sie verschloss den Kragen ihres Ölzeugs, klappte ihn bis knapp unter die Augen hoch, zog den Kopf ein und versteckte sich so vor der Kälte und der Nässe.

Erwann ging um das Auto herum, öffnete den Kofferraum und holte zwei Helme für Bauarbeiter heraus. Er gab Chloé einen Helm mit Stirnlampe und zeigte ihr, wie der Lichtknopf zu bedienen war. Dann nahm er sie bei der Hand.

Ihr Weg führte durch den Wald, der zunächst vom Sturm, später von den Planierraupen entstellt worden war. Sie folgten in etwa dem Pfad, den sie kürzlich nach dem ersten Ausgrabungstag gegangen waren, als Erwann nach den Arbeiten und der Explosion zu ihr gestoßen war und sie beiseite genommen hatte. Sie gingen Hand in Hand und ließen ihre Helme in den freien Händen baumeln.

Nach ein paar Schritten über den schlammigen Boden voller modernder Wurzeln und Zweige sagte Chloé auf einmal: »Vor dem Haus im Campuspark habe ich gesehen, wie jemand ermordet wurde. In der Nacht, bevor die Uni begann.«

Erwanns Finger zuckten in Chloés Hand. Ein Schatten flog über sein Gesicht, der einem ironischen Grinsen wich, als wollte er sagen: »Was ist das denn für ein Unsinn?«

»Du hast die Leiche doch hoffentlich entsorgt?«, ließ er fröhlich verlauten. »In Sachen Sauberkeit ist mit der Parkaufsicht nicht zu spaßen, habe ich gehört. Du wirfst einen Apfelstrunk neben die Mülltonne, und schon …«

»Ich konnte dem Mann nicht helfen. Er schrie um Hilfe. Da bin ich sicher. Es war spät nachts. Er wollte mir irgendetwas sagen, aber ich habe es nicht verstanden …«

Erwann war stehen geblieben. Sein ironischer Gesichtsausdruck war verflogen.

»Ich bin weggelaufen, total in Panik. Und da war so ein Schatten im Parklicht … Ich schwöre, dass ich die Wahrheit sage. Erwann, ich habe niemandem etwas davon erzählt, auch Léa nicht, niemandem, nicht einmal meiner Mutter …«

»Großer Gott, Chloé!«

Er wollte sie in den Arm nehmen, doch sie wich zurück. Nicht hastig, aber entschieden. Er ließ die Hand, in der er den Helm hielt, wieder sinken.

»Du denkst, dass ich durchgedreht bin, was? Ich bin nicht verrückt. Ich habe die Polizei gerufen, Erwann. Ich hatte solche Angst, und niemand war da … Deshalb musste ich die Polizei kommen lassen.«

»Und?«

»Jetzt fragst du dich, bis wohin diese Irre ihre Geschichte weiterspinnt, was? Nichts! Die Polizisten haben mir einfach nicht geglaubt. Der Mann war verschwunden. Nichts und niemand war mehr da. Ich meine den Ermordeten. Das ganze Blut und die, die ihn umgebracht haben. Diese Schatten. Nichts! Nichts mehr da. Die Polizisten haben mir einfach nicht geglaubt. Die haben bestimmt gedacht, ich sei nicht klar im Kopf oder ich hätte einen sitzen … Ja, für sie war das die Erklärung.«

»Aber deiner Meinung nach war das nicht die Erklärung.«

Erwann nickte und ging weiter. Er hatte ihre Hand nicht losgelassen. Chloé fühlte die Wärme seiner Finger.

Auf einer Wurzel rutschte sie aus, er fing sie auf und rief noch einmal: »Großer Gott!«, was sie in diesem Augenblick ungemein albern fand. Sie erzählte ihm, dass sie den Abend im Kariboo verbracht und auch ein wenig getrunken hatte, vielleicht ein bisschen mehr als wenig. Vielleicht sogar ein wenig zuviel. Aber betrunken war sie nicht. Mit Sicherheit war *das* nicht die Erklärung.

»Weißt du was? Ich glaube, jemand hat dir einen dummen Streich gespielt. Es gibt Leute, die finden so etwas komisch. Manchmal erfährst du, wer dir den Streich gespielt hat, manchmal nicht. Meistens bleiben die Urheber anonym. An einigen Unis gehört das zum Empfangsritual für Neuankömmlinge. Im Grunde steckt nichts Böses dahinter, nur sind solche Streiche oft wirklich bescheuert. Außerdem ist bald Halloween.«

Sie starrte vor sich in den Wald. Unter den hohen Bäumen, in dem Schlachtfeld aus umgestürzten Stämmen, Stümpfen und aus dem Boden gerissenem Wurzelgestrüpp voller Erde und Steine, erblickte sie ein paar geparkte Autos. Der Regen war in ein Nieseln übergegangen, und die Luft so dunstig, dass man sie förmlich anfassen konnte.

»Ich hatte das Gefühl, der Mörder war kein menschliches Wesen.«

»Großer Gott!«, rief Erwann. »Was war es dann, die Bestie von Gévaudan? Roswell?«

»Hör auf, die ganze Zeit ›großer Gott!‹ zu rufen. Scheiße! Der Typ war voller Blut, er kroch in meine Richtung, und ich habe gesehen, wie eine … ich weiß nicht … wie eine … überdimensionale Klaue ihn packte und in die Büsche zerrte. Der Mann hatte einen Stein in der Hand. Er hielt ihn in meine Richtung. Und dann habe ich seine Knochen krachen hören, Erwann.«

»Einen Stein?«

»Ja, einen Stein. Genau den gleichen, wie der, den Brennos uns gestern im Unterricht gezeigt hat. Der magische Stein. Der Druidenstein. Und der Mann hatte so einen in der Hand. Jetzt weißt du alles. Das war es, worüber ich mit Brennos sprechen wollte.«

Einen Augenblick lang reagierte Erwann überhaupt nicht. Dann seufzte er, ließ Chloés Hand los und wischte ihr mit dem Finger einen Regentropfen von der Nasenspitze. Das kitzelte, und sie rieb sich energisch die Nase.

»Gut, dass du es nicht getan hast, glaub mir.«

»Und warum?«

»Großer … Sie fragt warum«, stöhnte Erwann. »Das Ganze ist nichts weiter als ein schlechter Scherz, glaub mir, meine Gute, und Brennos ist so ziemlich der Letzte, der so etwas gutheißen würde. Deshalb ist es besser, dass du nicht mit ihm gesprochen hast.«

»Ich bin nicht deine Gute! Ich habe gesehen, dass man einen blutüberströmten Mann ermordet hat. Und der hatte diesen Stein hochgehalten und mich um Hilfe angefleht. Aber mir dummer Kuh ist nichts besseres eingefallen, als vor Angst fast zu sterben.«

»Irgendwelche Mistkerle haben sich einen Spaß mit dir erlaubt. Mistkerle, die etwas über den Druidenstein wissen, sonst hätten sie ihn nicht in ihrer Aufführung verwendet. Abgesehen davon gibt es nur einen einzigen, mit Sicherheit identifizierten Stein dieser Art in Europa, und der liegt in einem Museum in Dublin. Die Witzbolde wussten das, also dürften sie zu den …«

»He«, flüsterte Chloé und schaute über Erwanns Schulter nach hinten.

Langsam wandte er den Kopf.

Von den letzten dunkelroten Blättern an den Bäumen tropfte der Regen. Darunter standen drei Gestalten, deren grüne Regenmäntel vor Nässe glänzten. Still standen sie zwischen den starken, von den feuchten Schwaden mehr oder minder dunklen, grauen Baumstämmen. Die drei Männer waren von gleicher Größe, breitschultrig und kräftig. Zwei von ihnen trugen Gummistiefel in der gleichen Farbe wie ihre Mäntel, einer hingegen trug leuchtend gelbe Gummistiefel. Kapuzen bedeckten ihre Gesichter fast vollständig. Aus der Entfernung von vierzig oder fünfzig Metern war es nicht genau zu erkennen, doch schienen alle drei Bärte zu tragen.

»Auch das noch«, zischte Erwann durch die Zähne und fügte ironisch hinzu: »Na dann viel Spaß im schönen, nassen Wald.«

Aber es klang überhaupt nicht lustig. Auch nicht ungezwungen.

»Wer ist das?«, fragte Chloé, die begriffen hatte, dass es sich weder um Freunde noch Bekannte handelte, die möglicherweise an den Ausgrabungen teilnahmen.

»Bretonen. Echte. Besser, wir kümmern uns nicht weiter um sie …«

Dann kehrte er den Männern zur Bekräftigung seiner Worte den Rücken zu, ging weiter, als sei nichts geschehen, und zog Chloé hinter sich her.

»Komm!«, sagte er. »Die anderen sind bestimmt schon unten.«

Chloé warf einen letzten Blick auf die drei Männer

und stellte fest, dass auch sie sich in Bewegung setzten. Leise teilte sie es Erwann mit und beschleunigte den Schritt. »Es ist klar, dass sie uns folgen«, raunte Erwann.

Sie marschierten etwa hundert Meter, ohne sich umzudrehen, so hastig, dass die Indifferenz, die sie ihren Verfolgern vorgaukeln wollten, wenig glaubwürdig wirken durfte, denn sie folgten ihnen weiterhin, mit gleichmäßigen Schritten, ohne zu laufen, ohne zu hetzen. Offenbar hatten sie beschlossen, zumindest für eine Weile die gleiche Entfernung zu ihnen zu halten.

Irgendwann sagte Erwann: »Immer geradeaus. Es sind vielleicht noch dreihundert oder vierhundert Meter.« Dann schwieg er mit zugekniffenem Mund. Die drei- oder vierhundert Meter schienen Chloé endlos. Immer geradeaus. Das war leicht gesagt. Der Boden war eben, aber von einer Humusschicht bedeckt, die bei jedem Schritt unter den Sohlen ein dumpfes, schmatzendes Geräusch erzeugte. Sie liefen unter weit auseinander stehenden Laubbäumen entlang. Kein Dickicht, kein Unterholz. Ein gepflegter Wald.

Dann erblickte Chloé plötzlich die Massen der übereinander gestapelten Findlinge. Ungeheuerlich. Als hätte man sie irgendwann aufgerichtet, und als wäre die Konstruktion zusammengefallen. Bauruinen der Natur: wie zufällig aus schweren, gigantischen Blöcken verschiedener Formen und Größen gefertigt. Als stammten sie aus einer anderen Welt, aus unwirklichen Zeiten. Als wären sie unter dem Gelächter und dem Toben der namenlosen Menschen eingestürzt, die hier in diesem Chaos das Gedächtnis der Welt durchschritten hatten.

Ein paar Schritte von den Findlingen entfernt warf

Chloé einen weiteren Blick über ihre Schulter. Es lief ihr kalt über den Rücken, als sie sah, dass einer der drei Männer ein Jagdgewehr am Riemen über der Schulter trug, den Lauf zum Boden gerichtet. Nicht mehr als zwanzig Schritte waren die Männer nun von ihnen entfernt, und sie ließen sie nicht aus den Augen. Chloé meinte, sie beobachteten nur sie, obwohl sie ihre Augen unter den Krempen ihrer Kapuzen aus gummiüberzogenem Segeltuch, die ihre Gesichter überschatteten, nicht sehen konnte. Sie hätte schwören können, irgendwo in der Ferne das blecherne Kratzen eines Banjos zu hören …

»Gut«, sagte Erwann.

Er packte Chloé am Arm und marschierte weiter in die Richtung der Steine. Leise sagte er: »Unter der mittleren Platte …«

»Was wollen diese Typen?«, fragte sie.

»Die machen sich nur wichtig. Keine Angst.«

Sie kamen immer näher, und da sollte sie keine Angst haben!

Das war der reinste Horrorfilm! Drei Verrückte mit einem Gewehr, die ihr derart unverschämt auf den Busen starrten, dass sie das Gefühl hatte, ihre Kleidung müsse augenblicklich zu Staub zerfallen, und da sollte sie keine Angst haben!

Erwann ging noch schneller, ohne anzuhalten.

Noch einmal schaute Chloé sich nach den Männern um. Sie standen nun dicht beieinander, und der eine hielt weiter den Riemen seines Gewehrs umklammert.

Was Erwann betraf, so war er nur ein wenig blasser geworden, und sein Gesichtsausdruck härter, doch er schien nicht übermäßig beeindruckt zu sein. Er wirkte stark und selbstsicher, Herr der Lage und unerschütterlich, was den Fortgang der Dinge anging.

»Dieses Gebiet ist der Universität Rennes für Ausgrabungen überlassen worden«, sagte er so leise, als würde er sich an Chloé richten, und nicht an die zwanzig Schritt entfernten Verfolger. »Wenn euch das nicht passt, tut es mir Leid.«

Er drückte Chloés Arm, zog sie zu dem gigantischen Steinhaufen und befahl ihr: »Los, lauf! Unter der Zentralplatte ist ein Loch. Dort kannst du einsteigen. Du brauchst keine Angst zu haben. Die anderen sind schon da.«

»Seid ihr Studenten?«, rief einer der Typen.

Sie kamen näher.

»Ich kriege das schon geregelt. Geh du nur runter und warte auf mich. Ich bin gleich da.«

»Ich soll allein ...«

Am Boden befand sich eine Art Falltür, direkt unter einer riesigen Granitplatte, die locker mehrere Dutzend Tonnen wiegen durfte und deren Unterseite gut zwanzig Quadratmeter maß. Zwei Steinblöcke stützten sie auf einer Seite, so dass sich die Platte dort fast zwei Meter über den Boden erhob. Man musste sich bücken, um zu der Falltür – in Wirklichkeit war es nur ein blau gestrichenes Sperrholzbrett – zu gelangen. Chloé schob sich in den granitgrauen Schatten der Steinplatte und stieß mit dem Fuß die blaue Holzplatte beiseite, die den Eingang zur Unterwelt verdeckte. Eine Art Brunnenschacht tat sich vor ihr auf, dessen oberer Rand, etwa einen Meter tief, aus gestampfter bröckeliger Erde bestand, darunter war er gemauert. Eine Holzleiter, die offenbar an Ort und

Stelle aus Balken, Ästen und Kunststoffgurten zusammengebastelt worden war, führte in die Finsternis.

»Nun mach schon!«, drängte Erwann, und seine Stimme tönte wie aus weiter Ferne zu ihr unter den Felsen.

Sie kauerte sich zusammen, setzte sich an den Rand des Lochs, stellte einen Fuß auf die oberste Sprosse der Leiter gegenüber, den anderen auf die Sprosse darunter, überzeugt, die größte Dummheit ihres Lebens zu begehen. Doch dann stieg sie mutig hinab. Sie hörte noch, wie Erwann zu den Männern sagte: »Also hört mal zu …«, und wie die antworteten: »Was sucht ihr da unten in den Galerien?«

Doch als sie den Abstieg in den Schacht unterirdisch fortsetzte, drang kein anderes Geräusch mehr zu ihr als das Echo ihres Atmens und das Knirschens ihres Gummimantels.

8

Sie war die Leiter sehr langsam heruntergestiegen, hatte ihren Fuß jeweils vorsichtig den Balken entlanggleiten lassen, um die nächste Sprosse sicher zu erreichen, und sie war erstaunt, so rasch festen Boden unter den Füßen zu spüren. Sie schaute nach oben. Dort glänzte das graue, kreisrunde Loch wie ein großer Luftballon. Sie wartete.

Eine Weile.

Um sich herum spürte sie stagnierende Feuchtigkeit – klamm, aalglatt. Gräuliche, geradezu greifbare Schatten tanzten in der Dunkelheit.

Sie wartete noch einen Moment, und bald gewöhnten sich ihre Augen an die Finsternis. Nach und nach erkannte sie, dass sie sich in einer Art Tunnel befand, einer Galerie, einem Gang. Er verlief von der Leiter aus in zwei Richtungen.

Ein Tunnel lag hinter ihr.

Der andere vor ihr.

Sie wartete immer noch.

Ihre Atmung ging wieder ruhig, und ihr Herz schlug in einem fast normalen Rhythmus. Bei jeder Bewegung quietschte ihr Regenmantel gespenstisch laut, denn die Wände warfen das Geräusch zurück. Sie lauschte angespannt. Gleichzeitig blickte sie nach oben und hielt mit beiden Händen die Leiter fest, als könne sie ihr jemand da draußen von oben wegziehen. Sie fragte sich, wie sie in eine solche Lage hatte geraten können.

Was treibe ich hier bloß? Jetzt ist Schluss mit diesem blöden Spiel. Ich mache nicht mehr mit.

Plötzlich spürte sie einen Stoß in den Händen, die Leiter zitterte, und das spärliche Licht von oben erlosch. Die Leiter bebte unter den Tritten der Person, die gerade die Sprossen herunterstieg.

»Es ist alles in Ordnung«, sagte Erwann. »Die Typen stammen aus der Gegend. Es stört sie halt, wenn irgendjemand genau da gräbt und wühlt, wo sie in ihrer Kindheit gespielt haben. Ich glaube, wir bräuchten nicht lange zu bitten, und sie würden glatt als Freiwillige mitarbeiten.«

Er schob Chloé zur Seite, und sie ging blind ein paar Schritte, ohne jedoch irgendwo anzustoßen. Sie sollte den Helm aufsetzen, den er ihr gegeben hatte. Richtig, sie hatte ganz vergessen, dass sie ihn immer noch an der

Schnalle hielt. Sie setzte ihn auf den Kopf und fummelte an dem Lichtknopf. Ihre Lampe leuchtete im gleichen Augenblick auf wie Erwanns.

»Hast du niemanden gesehen?«, fragte er.

Er nahm ihren Arm, zeigte ihr die Richtung, und sie betraten eine Galerie von ungefähr zwei Metern Höhe, je nach Tunnelabschnitt. Chloé berührte hin und wieder die Deckenwölbung, um sich durch den Gang zu tasten. Er war in den Felsen geschlagen und wies an manchen Stellen an Decke und Wänden trockenes Mauerwerk auf. Die Lichtkegel ihrer Helmlampen hüpften wie Bälle über das Gestein.

Nach geraumer Zeit erreichten sie eine Art Kreuzung, ein weitläufiges, in den Fels gehauenes Rondell mit zahlreichen Abzweigungen. Manche der Tunnel waren erst vor kurzem mit Brettern versperrt worden, andere waren von Geröll und Gestein halb zugeschüttet und zusätzlich durch Bretter verschlossen.

»Still«, flüsterte Erwann.

Sie lauschten, doch Chloé vernahm keinen Laut und spürte lediglich, wie ihr Herz das Blut in ihre Ohren pumpte.

»Man kann sie nicht hören«, sagte er. »Das heißt, sie sind schon an Ort und Stelle.«

»Was ist das?«, murmelte sie.

»Was?«

»Wo sind wir hier?«

»Fünftes Jahrhundert. Vielleicht noch älter. Unterirdische Nekropole, zumindest ein Teil davon, zweifellos. Ein Ort, an dem Zeremonien stattfanden. Wir haben ihn gefunden.«

»Eure Gruppe mit Brennos?«

»Yes. Unsere Gruppe mit Brennos. Und ohne Brennos. Wir haben noch andere Gänge gefunden, von denen er noch nichts weiß. Zumindest einen.«

»Was für Gänge?«

»Leise!«

Wassertropfen: Plitsch, platsch. Nicht weit.

Dann ein fernes Geräusch, das wie ein Ausruf klang …

Dumpfes Gelächter.

»Sie sind da«, flüsterte Erwann. »Komm!«

Er wählte den ersten Tunnel zu seiner Rechten, dicht gefolgt von Chloé. Etwa zehn Meter legten sie in der klammen Finsternis zurück. Chloé war in Schweiß gebadet. Immer noch pochte das Blut in ihren Ohren. Ruhig atmen! Selbst die Atemgeräusche erschienen ihr unendlich laut, gigantisch, unproportioniert, und sie glaubte, man müsse sie sogar in einer Entfernung von drei Kilometern hören können.

Wieder vernahmen sie so etwas wie das dumpfe Echo einer Unterhaltung, von irgendwoher. Für Chloé war es unmöglich auszumachen, woher die Geräusche kamen. Von vorn? Von hinten? Erwann wandte sich zu ihr um, zwinkerte ihr im Licht der Lampe zu und gab ihr mit einer beruhigenden Geste zu verstehen, dass sie ihr Ziel erreicht und dass sie nichts zu befürchten hatte. Hatte sie etwa je gedacht, sie habe etwas zu befürchten?

Ein Schweißtropfen rollte aus dem Helm mitten über ihre Stirn.

Sie gingen gut weitere fünfzehn Meter, dann hielt Erwann so plötzlich an, dass sie gegen seinen Rücken stieß. »Schau dir das hier an«, sagte er und atmete tief durch.

»Das hier« war ein Loch, das jemand in die linke Tunnelwand gegraben hatte. Eine Höhlung von ungefähr sechzig Zentimetern Durchmesser. Dahinter nichts als Finsternis. »Da drin«, sagte Erwann nun sehr leise, »da ist irgendwas! Als wir es Brennos erzählt haben, sagte er, dass wir uns das später ansehen würden.«

»Und?«

»Wir haben nicht gewartet. Stattdessen haben wir ein wenig gegraben, und ich bin sicher, dass wir dort etwas finden werden.«

»Was denn?«, fragte Chloé und beugte sich über den Rand des Lochs. Sie lehnte sich an den Erdaufwurf und reckte den Oberkörper so weit wie möglich in das Loch. Die Höhle dahinter maß etwa einen Kubikmeter, und die Wand gegenüber der Öffnung und des Geröllhaufens erwies sich als ein regelmäßiges Mauerwerk. Der Höhlenboden lag auf gleicher Höhe wie der Boden der Galerie und war ebenfalls gemauert. Der Zement zwischen den Steinen wirkte ausgesprochen bröckelig, und an manchen Steinen fehlte er ganz; er hatte sich offenbar aufgelöst. Chloé lehnte sich noch weiter vor und suchte Halt im Innern der Öffnung. Doch dieser leichte Druck brachte den Erdwall ins Rutschen, Steine lösten sich und rollten in die Höhle hinein. Ein größerer Stein verschwand dort, als hätte ihn ein schwarzes Maul verschlungen. Chloé konnte nicht sehen, wohin der Stein verschwunden war, obwohl auch sie vorwärts gerutscht war. Sie verlor ihren Helm. Er schlug auf die lose zusammengefügten Steine am Boden der Höhle, der sich plötzlich auftat. Mit einem Mal hing sie unsicher, bäuchlings auf dem rutschenden Erdhaufen, der in Bewegung geriet, während ihre Hände ins Leere griffen. Verzweifelt suchte sie im Innern der Höhle einen Halt. Die Lampe ihres Helms blendete sie, obwohl er etwa einen Meter tiefer unten im Loch unter dem Höhlenboden lag, der sich soeben geöffnet hatte. Sie fand keinen Halt und rutschte nach vorn. Sie rief: »Erwann!«

Dann glitt sie immer tiefer. Ihr Oberkörper befand sich nun auf der Höhe des Helms in dem Loch.

Sie rührte sich nicht. Die Wände um sie herum schienen fest, der Boden gab offenbar nicht mehr nach. Plötzlich musste sie lachen, denn sie hing dort in einer wirklich ungewöhnlichen Stellung, die Beine immer noch in der oberen Höhlenöffnung.

Sie hörte Erwann fragen, ob alles in Ordnung sei, und sie spürte seine Hand, die ihre Fessel umfasst hielt und schüttelte. Sie antwortete, dass es ihr soweit gut ginge, er ihr jedoch nicht unbedingt das Bein brechen müsse. Nachdem sich ihr nervöser Lachkrampf gelegt hatte, fügte sie ruhiger hinzu: »Warte, lass mich durchatmen …«

Sie atmete langsam ein und aus und wartete, bis ihr Herz nicht mehr so wild trommelte. Zwei- oder dreimal wiederholte Erwann besorgt seine Frage nach ihrem Befinden, und sie beruhigte ihn: Abgesehen von dem Druck des Felsens in ihrem Rücken sei alles in Ordnung. Es sei nichts gebrochen. Vorsichtig bewegte sie sich, tastete die Felsen ab und vermied tunlichst, ihren Rücken dem scheuernden Gestein auszusetzen. Mit einem Mal rutschte sie wieder ab, noch mehr Steine am Höhlenboden sackten weg, und sie glitt weitere fünfzig Zentimeter tiefer. Bäuchlings lag sie in einem engen Gang. Sie ergriff ihren Helm, dessen Lampe wie durch ein Wunder immer noch funktionierte, und richtete den Lichtstrahl auf die Wand vor ihr. Sie steckte in einer Art Schlauch von einem Meter Länge, der sich mit dem weiteren Einbrechen von Gestein noch mehr verengt hatte. In den abgestürzten Erdbrocken blitzte etwas auf.

»He!«, rief sie. »Ich glaube, ich habe etwas gefunden! Hier ist ein … eine schmale Passage …«

Sie glaubte Erwann rufen zu hören, sie solle zurückkommen.

»Machst du Witze? Erst schaue ich mir das hier an. Warte!«

Nachdem sie ihren Helm aufgesetzt hatte, robbte sie auf Ellenbogen und Knien vorwärts.

»Chloé!«, hörte sie Erwanns halb erstickte Stimme rufen. »Komm sofort zurück! Jeden Augenblick kann alles einstürzen …«

Vorsicht war für sie kein Thema mehr. Den Bauch am Boden, die tastenden Hände an den Wänden, schob sie sich mühsam weiter und achtete nicht auf die kleinen, brennenden Verletzungen an ihren Fingerspitzen.

Sie hielt inne.

Schluss! Keine Bewegung mehr! Ihr Atem stockte.

Das Geräusch von rieselnder Erde. Kleine Steine rollten. Brach noch mehr Gestein ein? Löste es sich von den Wänden?

Klick, klick, klick.

Es bedurfte einer gewissen Zeit, bis sie begriffen hatte, welchen Ursprungs dieses Blinken in der Finsternis war. Es stammte von dem Goldstück in der Augenhöhle eines Schädels, der mit dem Gesicht nach oben im Geröll lag.

Sie war erstarrt.

Unfähig zu atmen.

Sie spürte eine schleimige, finstere Weite um sich herum. Warum plötzlich dieser Eindruck? Nur ein Eindruck. Der Geruch von Pilzen und Feuchtigkeit, ein fader, brackiger Geruch …

Langsam drehte sie den Kopf, denn sie konnte nur mit Mühe den Blick von dem starren, goldenen Auge wenden. Der Lichtkegel ihrer Lampe wanderte über die verzerrte Grimasse des Knochengesichts und fiel auf das gebogene und gezahnte Blatt einer Klinge, die aus dem Boden ragte. Es waren zwei Klingen, eine über der anderen.

Chloé schluckte trocken. Ihr war, als habe sie einen Knoten im Hals. Wieder das Trommelfeuer ihres Herzschlags an den Schläfen!

Die Zeit schien stillzustehen. Unendlichkeit. Ein kleines Stückchen Zeit, gestreckt und gedehnt wie ein Gummiband.

Der Schmerz machte sich zunächst in den gespannten Muskeln ihrer Schenkel bemerkbar. Ihre Beine waren eingeschlafen.

Sie öffnete den Mund. Ihr Gaumen war trocken, selbst am Zahnfleisch und an den Zähnen spürte sie diese Trockenheit. Ein stechender Schmerz in der Kehle. Sie schluckte nochmals, und ihre Ohren verstopften sich wie bei einem abrupten Höhenabfall. Sie wechselte ihre Handstellung, wandte in einer plötzlichen Wallung von Angst hastig den Kopf und sah, wie weit sie in dem Schacht vorgedrungen und eingekeilt war. Sie rief: »Ich habe etwas gefunden!«

Sie streckte die Hand aus, berührte mit der Fingerspitze eine der Klingen, ergriff sie und zog sie aus der Erde. Es bedurfte keiner Anstrengung, die Hippe glitt aus dem Lehm wie aus einer Scheide, und Chloé begriff, dass die Hippen mit dem Geröll abgestürzt sein mussten, und nicht hier unten vergraben worden waren. Sie packte eine der Hippen bei ihrem Griff aus Horn. Oder aus Knochen. Er war mit grünlichen, verwitterten, rundköpfigen Nägeln beschlagen. Die Waffe besaß ein stolzes Gewicht. An der Klinge mit dem gekrümmten und eigenartig gezackten Blatt fehlte an manchen Stellen der Goldbelag und gab das dunkle, korrodierte Metall frei.

Auch die zweite, in Form und Gewicht identische Hippe ließ sich leicht aus dem Boden ziehen.

Jemand rief nach ihr. Sie hörte nicht nur Erwann, sondern auch noch andere Stimmen.

»Wo sind Sie? Was haben Sie gefunden?«

Sie glaubte, Brennos' Stimme erkannt zu haben. »Erwann?«, rief sie.

»Ja. Komm zurück, Chloé. Komm da raus!«

»Ich will versuchen … mich wenigstens schon mal umzudrehen.«

Mehrere Lichtkegel glitten über die Wände. Als sie endlich mühsam eine Kehrtwendung vollbracht hatte, blendete sie ein greller weißer Lichtstrahl. Sie verschränkte die Arme vor dem Gesicht und hielt sich die Hippen vor die Augen, um sie vor dem gleißenden Licht zu schützen.

»Was haben Sie gefunden?«, fragte Brennos, dessen Stimme Chloé nun eindeutig wiedererkannt hatte.

»Zwei Hippen, glaube ich«, antwortete sie. »Zumindest sehen sie ganz danach aus. Und einen Totenschädel, mit einem Auge …«

»Fassen Sie bloß nichts an, Unglückselige!«, rief Brennos. »Lassen Sie alles so, wie es ist und kommen Sie sofort wieder nach oben.«

Sie lauschte mit offenem Mund. Die Antwort blieb ihr im Hals stecken.

Unglückselige!

»Ich komme gern sofort nach oben. Das ist an sich kein Problem. Aber nichts anfassen, dafür ist es zu spät. Soll ich Ihnen die Hippen mitbringen oder soll ich sie wieder eingraben?«

9

Wie war es?«, wollte Léa mit glänzenden Augen wissen.

Was für eine Frage!

»Was meinst du?«, fragte Chloé zurück.

Sie war nicht sicher, ob dies der richtige Zeitpunkt war, um von den Ausgrabungen zu erzählen, und sie glaubte, Léa und ihre Bande interessierten sich nicht wirklich für die Geschichte über ihren Fund der Hippen. Das wichtigste Ereignis des Tages war offensichtlich Thomas' neues Auto. Genauer gesagt, er hatte das Auto seiner Eltern bekommen. Es handelte sich um eine Art Fiat Punto, zu drei Vierteln weiß. Nur der rechte vordere Kotflügel war verspachtelt und mit einer orangefarbenen Rostschutzschicht versehen, die auf den Lack wartete, der wahrscheinlich nie aufgetragen werden würde.

Als Erwann und Chloé in die Stadt zurückgefahren waren, waren sie sofort mit ein paar anderen, die auch in den Galerien gearbeitet hatten, im Tarantino eingekehrt, um ein Glas zu trinken und die Ereignisse zu besprechen. Brennos war nicht mit von der Partie. Für Chloé war es eine Gelegenheit, in den »Geheimclub« eingeführt zu werden. Vielmehr war es aufgrund ihres Fundes ein Seiteneinstieg in den »Geheimclub«. Auf jeden Fall hatte sie lange nicht mehr so einen guten Kakao getrunken. Die Gruppe unterhielt sich über alles Mögliche. Vor allem erzählte jeder von sich selbst, wie und warum er an diese Universität gekommen war, was er nach dem Studium machen wollte, wie er sich die Zukunft vorstellte und was er in der Vergangenheit erlebt hatte. Von den Galerien war nicht mehr die Rede, auch nicht von Chloés Fund, den Brennos, unter den wenig beeindruckten Blicken des Wächters, voll andächtiger Sorgfalt mit datierten und nummerierten Etiketten versehen und in eine Metallbox geschlossen hatte.

Sie hatten gehofft, Léa und die anderen im Tarantino anzutreffen. Besonders Chloé vermisste Léa, denn diese Gruppe hier weckte nicht unbedingt ihre und Erwanns Sympathien. Der Kellner des Tarantino sagte, Léa und ihre Freunde seien zwar da gewesen, aber bald wieder gegangen. Vielleicht kämen sie später noch einmal vorbei, er sei nicht sicher. Mit skeptischer Miene hatte er hinzugefügt, dass Thomas' Auto, mochte es auch ein italienisches Modell sein, kaum Hoffnung auf Langlebigkeit zuließ. Auf diese Weise erfuhren sie von dem neuen Auto, noch bevor sie es in seiner ganzen Herrlichkeit aus Blech und Kunstleder zu Gesicht bekommen hatten.

Auf Chloés Wunsch machten sie sich auf die Suche nach ihren nun motorisierten Freunden. Nur Erwann und Chloé. Die anderen gingen ihren eigenen Beschäftigungen nach. Chloé und Erwann schauten in mehreren Stammcafés und Bars, auch im Kariboo, wo sie eine kurze Pause einlegten, in Restaurants und vor den Kinos, in die sie am häufigsten gingen, doch sie fanden ihre Freunde nicht. In manchen Lokalen hatte man sie gesehen, in anderen nicht. Offenbar erschwerte das Auto den Kontakt erheblich. Schließlich aßen sie an dem Stand vor dem Majestic zwei Crêpes mit Zucker. Chloé hatte die Nase voll vom Suchen. Erwann brachte sie zum Campus zurück. Sie hatte ihm nicht vorgeschlagen, sie nach oben zu begleiten, und er hatte in keiner Form angedeutet, dass er eine solche Einladung erwartet hätte. Sie sagten sich einfach »Tschüs«, und Erwann machte sich davon.

Doch Chloé ging nicht sofort nach Hause, sondern klingelte an Léas Tür, wo sie trotz ihrer schmutzigen Kleidung gleich in die ausklingende Party hineingezogen wurde, mit der man das neue Auto feierte. Léas funkelnder Blick lag prüfend auf Chloé. Ihr Höhlenforscheraufzug war Léa nicht entgangen. Wusste sie bis dahin nicht, wie Chloé ihren Tag verbracht hatte, so erriet sie es jetzt im Bruchteil einer Sekunde und noch bevor Chloé etwas sagen konnte.

Außer Léa waren vier Personen anwesend, Thomas inbegriffen. Mok reichte Chloé einen weißen Plastikbecher und sagte, sie hätten leider keine Gläser mehr.

Es war Champagner. Chloé dankte mit einem Augenzwinkern und sagte lieber nicht, dass sie Champagner nicht mochte, nippte höflich, ließ drei Bläschen an ihren

Lippen prickeln und sagte: »Schon eigenartig, diese Ausgrabungen mit Brennos. Ich meine die Ausgrabungen außerhalb des Programms.«

»Es gibt nichts außerhalb des Programms. Außerhalb des Stundenplans vielleicht. Aber bestimmt keine Ergebnisse außerhalb des Programms. Zum Wohl!«, sagte Léa, legte ihr Gesicht in freundliche »Lasst uns anstoßen«-Falten – und hob ihren Becher.

Thomas reichte Chloé den Joint.

Sie musterte Léa und ihren angestrengt vergnügten Gesichtsausdruck: Unter den geschminkten Lidern, in Léas halb geschlossenen Augen, lag so etwas wie ein Vorwurf, den sie zumindest jetzt noch nicht deutlich aussprach.

Chloé zog an dem Joint und setzte sich auf ein Kissen neben dem Klappsofa. Sie sagte, sie wollte nur schnell ein Glas mittrinken und dann nach Hause gehen, sie sei völlig erschöpft. »Das glaube ich gern«, sagte Léa mit zusammengekniffenen Augen, in denen die Pupillen wie Quecksilberkugeln blitzten.

Die anderen verließen die kleine Wohnung erst gegen Mitternacht. Auch Thomas. Als Autobesitzer musste er nun der Tradition gerecht werden und die Fußgänger, die weit entfernt wohnten, nach Hause fahren.

»Erzähl das nicht allen Leuten!«, sagte Léa, als die beiden allein waren und Chloé sich bückte, um ihre Schuhe aufzulesen.

Sie wusste sofort, wovon Léa sprach. Und sie wusste ebenfalls, dass sie auch Léa nicht alles erzählen konnte. »Ich frage mich ... ob die nicht irgendwas hinter Brennos' Rücken verkaufen. Ist das möglich?«

Léa setzte ihre wissende Miene auf und erwiderte nach einer Weile: »Und ob das möglich ist, meine Gute! Was meinst du, welchen Wert diese Gegenstände haben, auch wenn sie schwarz an irgendwelche Antiquitätenhehler verhökert werden. Und alles passiert genau vor Brennos' Nase. Manche nehmen kein Blatt vor den Mund und beschuldigen ihn hinter seinem Rücken, selbst an den Schmuggelgeschäften beteiligt zu sein. Meine Güte, wie soll man diese heimlichen Ausgrabungen außerhalb des Stundenplans sonst verstehen?«, gab Léa zum Besten.

Ihre Augenlider flatterten. Sie schwieg eine Weile und dachte mit fast geschlossenen Augen nach. Sie zog ein letztes Mal an ihrer winzigen Kippe, sodass sie sich fast die Finger verbrannte, und drückte sie dann im nächstbesten überfüllten Aschenbecher aus.

»Findest du nicht auch, dass es hier unheimlich nach Qualm stinkt? Weißt du, was ich mache, wenn ich mal Zeit habe? Dann gebe ich das Rauchen auf.«

Während sie Chloé zur Tür schob, sagte sie, dass sie leider zu müde sei, um sie bis zu ihrer Wohnung ein Stockwerk tiefer zu bringen. Chloé ging auf Strümpfen die Treppe hinunter, ihre Schuhe in der Hand. Sie brauchte genauso lange, wie das Treppenhaus durch die automatische Lichtschaltung erhellt war. Das Licht ging aus, als sie gerade ihre Tür öffnete. In dem Augenblick, in dem sie ihre Wohnung betrat und die Tür hinter sich schloss, hörte sie, wie der Lichtschalter im Hauseingang wieder angeknipst wurde. Das war sicher Thomas, der zurückkam, und sie fand, dass er wirklich nicht lange gebraucht hatte, um die anderen nach Hause zu fahren.

Vorsichtig stellte Chloé ihre Schuhe in das Waschbecken des Badezimmers, besann sich eines Besseren, nahm sie bei den Schnürsenkeln und stellte sie auf den Boden. Als sie sich wieder aufrichtete, sah sie ein völlig erschöpftes Mädchen im Spiegelschrank über dem Waschbecken. Sie zwinkerte sich zu und sagte zu sich selbst: »Tja, so ist das alles, mein gutes altes Mädchen«, und erschrak über den Klang ihrer eigenen Stimme. Sie beugte sich über die Badewanne und drehte an den Hähnen. Wieder begegnete sie dem Blick des jungen Mädchens im Spiegel. Das Mädchen hatte ein rosiges, kräftig durchblutetes Gesicht, als hätte es eine Weile über einem Badewannenrand gelehnt ... Chloé schaute dem jungen Mädchen dabei zu, wie es erst seinen Pullover, dann sein T-Shirt auszog. Es hakte den Büstenhalter auf, zog die Schultern nach vorn und ließ zunächst die Träger über die Schultern gleiten, dann entledigte es sich des Kleidungsstücks ganz. Chloé blickte kurz auf den Busen, und das Mädchen legte die Finger auf die Brustwarzen, die wie große Augen wirkten. Nun betrachtete Chloé den ganzen Oberkörper des grinsenden jungen Mädchens mit den auseinander stehenden Schneidezähnen. Es bewegte die Hüften und knöpfte seine Jeans auf. Chloé schaute dem Mädchen zu, wie es sich herabbeugte, um die Hose und die Unterhose über die Schenkel zu streifen. Chloé zupfte sich eine Art Tannennadel vom Bauch und rieb mit den Fingerspitzen die gerötete Stelle, die sie auf der Haut hinterlassen hatte. Dann richtete sie sich auf, Rücken kerzengerade, Bauch rein, Brust raus ... So, so, sagte sie zu sich selbst.

Das Wasser, das plätschernd in die Badewanne lief, überdeckte alle anderen Geräusche.

Es überdeckte beispielsweise auch das plötzliche Klappen des halb geöffneten Wohnzimmerfensters, als sich eine Klaue durch die Öffnung schob und mit dunklen Krallen den Riegel verstellte, um das Fenster zu öffnen.

Chloé hatte Durst. Sie zwinkerte dem unbekleideten Mädchen im Spiegel zu und lief splitternackt, auf Strümpfen, bis zur Küche. Ihre runden Brüste mit den großen rosa Augen hüpften vergnügt bei jedem Schritt. Ohne einen Blick hinter sich zu werfen, stieß sie die Küchentür auf. Sie öffnete die Tür des Kühlschranks, dessen schwaches Licht große Schatten in den schmalen Raum warf und einen Teil ihres Körpers blass und weißlich beleuchtete. Nun griff Chloé nach dem Orangensaft, schraubte den flachen Deckel ab, führte die Flasche an die Lippen und trank drei Schlucke, wobei ihre Kehle bebte. Sie schraubte die Flasche wieder zu, stellte sie in den Kühlschrank zurück und schloss die Tür. Ihre helle Gestalt in Söckchen war nun wieder nichts weiter als die eines nackten Mädchens, ohne irgendwelche Lichteffekte. Sie unterdrückte ein Rülpsen, sagte *hick*, ging aus der Küche und ließ die Tür, von der Wand blockiert, weit offen.

Sie überhörte das Atmen der Gestalt, die sich hinter der Tür versteckt hielt, was nicht verwunderlich war, denn der Eindringling hatte seit einer Weile den Atem angehalten.

Chloé kehrte ins Badezimmer zurück, blieb neben der Badewanne stehen, schaute dem wirbelnden und steigenden Wasser in der Wanne zu und spannte ihre Gesäßmuskeln an. Sie zählte bis fünf, ließ sie locker, zählte wieder bis fünf, Pause, und immer so weiter, nach einer Methode zur Straffung der Muskeln, über die sie in irgendeiner Fitness-Zeitschrift gelesen hatte. Sie stützte sich auf den Wannenrand, hob ein Bein, streifte die eine Socke ab, dann hob sie das andere Bein und streifte die andere Socke ab und warf die Strümpfe auf ihre Schuhe. Gerade als sie in die Wanne steigen wollte, überlegte sie es sich anders, verließ noch einmal das Badezimmer, ging schnurstracks zu ihrem Bett, ohne auf den Windzug zu achten, der durch das halb offene Fenster drang. Sie griff nach dem Walkman auf dem Nachttisch, suchte eine Kassette aus, setzte den Kopfhörer auf, lief tanzend, im Rhythmus der Musik, die sonst niemand hören konnte, zur Badewanne zurück, ließ sich mit glucksenden Lauten des Wohlbefindens in das warme Wasser gleiten und legte den Walkman auf den Schemel neben der Badewanne. Sie schloss die Augen und lehnte den Kopf an den Rand der Emaillewanne. Das Wasser stand bis zu ihrem Kinn, nur ihre Brustwarzen ragten hervor.

Natürlich hörte sie nicht, was um sie herum geschah, doch auf einmal war ihr, als huschte ein Schatten über ihre geschlossenen Lider, vielleicht war sie kurz eingeschlafen. Sicher, so war es.

Ja, sie war wirklich eingenickt, doch ebenso wirklich war der Schatten vorbeigehuscht.

Sie richtete sich in dem abgekühlten Bad auf, ihre runden Brüste tauchten wieder ganz auf und glänzten feucht. Durch die offene Tür konnte sie den Teil ihres Zimmers überblicken, den die Nachttischlampe auf der anderen Seite des Betts erleuchtete, und sie sah, wie der Wind die Gardine aufbauschte.

Doch sie glitt wieder tief in das Badewasser und hörte die Kassette zu Ende.

Dann legte sie den Kopfhörer ab, wusch sich die Haare, stand in der Wanne auf, seifte sich ein und duschte sich ab.

Sie stieg aus der Wanne, trocknete ihr Haar und schlug ein Handtuch um den Kopf, zog einen kurzen Frottee-Bademantel an, mit dem sie sich abtrocknete, während sie den Gürtel suchte. Aber sie konnte ihn nicht finden. Also ging sie einfach so aus dem Badezimmer zurück in die Küche, den Bademantel lässig mit einer Hand über den Brüsten zusammengezogen. Sie öffnete noch einmal den Kühlschrank und streckte die Hand aus.

Sie erstarrte vor Grauen.

Der Schrei blieb ihr in der Kehle stecken.

Vom Terror entstellt wich sie zurück, stieß mit dem Po an den Tisch und konnte den irren Blick nicht von dem großen schwarzen Vogel mit dem breiten und ebenso schwarzen, halb geöffneten Schnabel wenden. Nein, sie konnte sich nicht abwenden von dem schwarzen, leblosen Tier, das seinen toten, leeren Blick auf sie richtete. Sie starrte unverwandt auf den großen Vogel im Kühlschrank, dessen Beine mit einem roten Band gefesselt waren.

10

Schlafen konnte Chloé auch in dieser Nacht nicht.

Es war eine lange Nacht.

Sie wartete, bis der Himmel eine zartlila Färbung annahm, und untersuchte dann nochmals ihre ganze Wohnung, öffnete alle Türen und Schränke, schaltete sämtliche Lampen an, schloss die Türen wieder und kleidete sich schließlich mitten in ihrem Zimmer in Windeseile an, als fürchtete sie, jeden Augenblick könne sich im Handumdrehen etwas – was genau, wusste sie auch nicht – vor ihr materialisieren. Als sie fertig angezogen war, öffnete sie das Fenster und kontrollierte zunächst ihren schmalen Balkon, dann, über die Brüstung gelehnt, die Fassade. Natürlich war es leicht, bei ihr einzusteigen. Das Haus war das reinste Klettergerüst mit Gitterbalustraden an den Fenstern, vorstehenden Fensterstürzen mit tiefen Reliefs und voller Efeuranken. Selbst ohne diese Ranken waren die beiden armseligen Stockwerke mühelos zu bewältigen.

Sie schaltete den Fernseher ein, um Lärm zu hören und um den Raum irgendwie auszufüllen.

Gegen halb neun brühte sie sich Tee auf und trug die Kanne und die Tasse zu ihrem Bett. Langsam trank sie die Kanne leer, Tasse um Tasse. Ohne Zucker. Sie hatte versucht, Erwann auf seinem Handy zu erreichen. Anrufbeantworter. Ihre Nachricht war absichtlich alarmierend ausgefallen, und sie hatte die Worte und den Tonfall sorgfältig gewählt.

Kurz vor neun rief Léa an und fragte, ob Chloé heute zur Uni ginge. Wollte auch sie vielleicht von dem neuen Auto Gebrauch machen? Chloé antwortete: »Ja, gern, danke.«

Schweigen in der Leitung.

»Ist alles in Ordnung?«, erkundigte sich Léa.

»Ja, warum?«

»Ich weiß nicht. Du klingst so komisch.«

Chloé spielte die Verwunderte.

»Also gut, dann warten wir auf dich.«

»Ich komme sofort.«

Sie legte auf.

Nachdem sie einen Blick auf das Telefon geworfen hatte, das zu ihrer Wohnung gehörte, erhob sie sich, ging zum geschlossenen Fenster und prüfte, ob es wirklich fest verschlossen war, indem sie den Riegel drehte. Mit gerunzelter Stirn betrachtete sie die graue Parklandschaft und die Bäume, an denen nur noch wenige, wie verbrannte, trockene, goldfarbene Blätter schaukelten. Chloé war sehr blass und hatte tiefe Augenringe.

»Oje«, sagte Léa, als sie die Fensterscheibe herunterkurbelte und Chloé den Kopf durch das Autofenster steckte, um Léa einen Begrüßungskuss auf die Wange zu drücken. Chloé setzte sich auf den Rücksitz und sagte, sie habe schlecht geschlafen. Nicht wirklich schlecht, aber auch nicht gut. Sicher wegen des Champagners, oder vielleicht wegen der Crêpes vor dem Champagner, den sie ohnehin nicht so gut vertrage. Sie hatte zuviel geraucht, das sei sicher auch nicht das Richtige gewesen. Sie sei ein wenig empfindlich in letzter Zeit.

Chloé drückte die dicke Plastiktüte an ihre Brust, die Plastiktüte mit dem schrecklichen Inhalt.

Der Radau, den die Studenten veranstalteten, glich einer Flutwelle, die sich durch die Gänge wälzte, und Chloé wurde schwindlig. Sie senkte den Kopf, um dem Sog zu entgehen. In einer Kurve stieß sie heftig mit einem rothaarigen Riesen zusammen. Er hatte einen heftigen Stoß in die Brust erhalten und wich einen Schritt zurück, fragte jedoch sofort, ob Chloé sich weh getan habe. Nein, ihr tat nichts weh. Er wollte sie zu einem Kaffee einladen, aber sie lehnte ab. Dennoch begann er zu erzählen. Er sei gerade aus Dublin hier eingetroffen. Offensichtlich zählte er zu den Menschen, die drei Minuten nach dem Kennenlernen ihr gesamtes Leben zum Besten geben mussten. Doch Chloé war mit den Gedanken woanders, sie entschuldigte sich und versicherte ihm, sie habe keine Zeit …

Sie hatte wirklich keine Zeit.

Erwann wartete beim Kaffeeautomaten auf sie.

»Nun?«, fragte er mit zusammengezogenen Brauen, als sie vor ihm stand. »Vor einer Viertelstunde habe ich dich angerufen. Chloé, du hast mir vielleicht einen Schreck eingejagt!«

»Da saß ich noch im Auto«, entgegnete sie und drückte ihm die Plastiktüte in die Hand. »Mach auf!«

Ihre Stimme klang heiserer als sonst.

Er warf ihr einen argwöhnischen Blick zu.

»Was ist das?«, wollte er wissen, wog die Tüte in der Hand und befand sie für leicht.

»Eine Überraschung. Für mich war es eine Überraschung. Ich teile gern. Nun mach schon auf!«

Er öffnete die Tüte ein Stück.

»Großer Gott«, hauchte er.

Seine Überraschung war nicht gespielt … (Das Grübeln in der endlos langen Nacht über des Rätsels Lösung und auf der Suche nach Erklärungen hatte sie zu den verrücktesten Schlussfolgerungen und den unglaublichsten Verdächtigungen geführt.) … Auch sein plötzliches Erbleichen war nicht gespielt. Sein Unterkiefer klappte herunter.

»Oh, Scheiße!«, rief er aus.

Hastig schloss er den Beutel und hielt ihn mit ausgestrecktem Arm von sich, als hätte sich der passende Geruch zu seinem Ausruf gesellt.

»Hör zu!«, sagte Chloé. »Bald ist Halloween. Halloween und dieser ganze Zirkus mag ja vom keltischen Samhain-Fest abstammen, soweit alles in Ordnung. Ich bin die kleine Neue, und da sind ein paar Verrückte, die sich einen Spaß draus machen, mir Angst einzujagen, was natürlich kurz vor Halloween besonders spannend ist ...«

»Langsam, Chloé!«, beschwichtigte Erwann.

»Warte!«, sagte sie hastig mit tiefer, rauer Stimme. »Erwann, ich sagte, ich kann durchaus einsehen, dass sich manche Leute sonderbare Dinge einfallen lassen, die sie zum Totlachen finden. Aber das hier geht zu weit, meinst du nicht? Jemand ist bei mir eingestiegen, um dieses arme Tier in meinen Kühlschrank zu legen. Irgendjemand hat es getötet, nur weil das witzig sein soll. Jemand ist heute Nacht bei mir eingebrochen, obwohl ich zu Hause war. Ich lag in der Badewanne. Jemand ist bei mir eingestiegen und hat den toten Vogel in meinen Kühlschrank gelegt. Erwann, stell dir das doch bitte mal vor! Ich dachte, jetzt flippe ich vollständig aus. Die ganze Nacht habe ich diesen Vogel in der Tüte angestarrt und versucht herauszufinden, wie und warum. Vor allen Dingen warum, denn wie, das kann ich in etwa nachvollziehen. Jemand ist die Mauer hochgeklettert und durch das Fenster gestiegen. Das ist machbar. Das Fenster war nicht geschlossen, es war nur angelehnt, das weiß ich noch. Bis dahin ist die Geschichte in Ordnung. In Ordnung? Was fasele ich da! Nichts ist in Ordnung. Erwann!«

»Nun beruhige dich doch!«, sagte er.

Sein Gesicht hatte wieder Farbe angenommen. Er ging einen Schritt auf sie zu und streckte die Hand nach ihr aus. Sie wich zurück.

»Ich bin ruhig. Jetzt bin ich ruhig, Erwann. Heute Nacht bin ich fast ausgerastet. Außerdem hatten wir bei Léa ganz schön geraucht. Das ist mir aufs Gemüt geschlagen. Aber jetzt geht es. Wirklich. Aber was wird hier gespielt, Erwann? Habe ich einen Fehler gemacht? Habe ich zu viel oder zu wenig getan? Weißt du, was der Fehler war? Ich habe diesen blutenden Mann gesehen, den man vor meinen Augen im Park umgebracht hat. Das war der Fehler: Ich war Zeuge eines Mordes. Der Mann hielt den Stein in der Hand, und Brennos sprach von diesem Stein … Und was nun?«

Erwann schwieg. Wieder war er erblasst, und seine Züge wirkten hart und scharfkantig.

Sie fügte hinzu: »Jemand hat den Raben in meinen Kühlschrank gelegt, während ich badete.«

»Bist du sicher, dass er nicht schon dort war, als du die Flasche rausgenommen hast?«

»Ich habe lange genug nackt vor dem offenen Kühlschrank gestanden, um die Kälte zu spüren … Der Kühlschrank war so gut wie leer. Der Vogel war ganz bestimmt nicht drin. Ich will wissen, was ich von dieser ganzen Geschichte halten soll! Verstehst du? Ich will wissen, was dieser arme Vogel in meinem Kühlschrank zu bedeuten hat. Was hat es damit auf sich, Erwann?«

Er zuckte mit den Schultern und schien auf einmal unendlich müde. Er rollte die Tütenöffnung zusammen, hielt das Paket weit von sich gestreckt und sagte: »Ein Rabe mit einem roten Band … Die Kelten warnten auf diese Weise diejenigen, denen sie den Krieg erklärten … Der Rabe, Vögel schlechthin, das ist Morrigane, die Kriegsgöttin …«

Er hielt ihrem überraschten Blick stand und fuhr fort: »Wenn du wirklich Zeuge eines Mordes warst, Chloé, dann hat dich der Mörder vielleicht gewarnt. Möglicherweise ist es doch besser, du verständigst die Polizei.«

Sie lächelte ein wenig verkniffen und erwiderte übertrieben lässig: »Ich habe die Polizei bereits verständigt. Damals. Die Polizisten haben mir zu verstehen gegeben, dass sie mich nur deshalb nicht mit auf die Wache nehmen, weil sie die nettesten Kerle der Welt sind. Ohne einen handfesteren Beweis als diesen Raben melde ich mich bei denen bestimmt nicht wieder.«

Erwann nickte. Mit dem Handrücken rieb er sein Kinn. »Du musst mir helfen«, sagte sie.

Wieder nickte er.

»Du hast gesagt, dass der Ermordete … einen Druidenstein in der Hand hielt.«

»Ich weiß nicht mehr, ob ich es dir so gesagt habe. Kann sein. Ja, es war ein Druidenstein.«

»Ich habe im Internet recherchiert«, sagte Erwann. »Wenn der einzige echte Stein nicht mehr dort ist, wo er hingehört, nämlich im Museum von Dublin, dann wäre das jetzt bekannt … oder?«

»Dublin?«, fragte sie nachdenklich und zog die Brauen zusammen.

»Gib mir einen guten Grund, weshalb ich dir glauben sollte. Nur einen!«

Sie hob die Schultern, zeigte ihre Handflächen vor, breitete die Arme aus und ließ sie ratlos wieder sinken. Mit einem Schritt war sie bei ihm und drückte ihm einen leichten Kuss auf die Lippen.

»Das ist ja nicht gerade eine angemessene Antwort«, sagte er, »aber lassen wir sie gelten.« Er beugte sich zu ihr hinab, um sie zurückzuküssen, als sie plötzlich wieder dieses Gefühl hatte, dass sie jemand beobachtete, wie im Audimax während Brennos' Vorlesung. Sie wandte den Kopf zur Seite, und ihr Blick begegnete dem des rothaarigen Riesen, der vor dem schwarzen Brett stand. Der gleiche, mit dem sie vorhin zusammengestoßen war, und der ihr mitgeteilt hatte, er käme aus Dublin … Er versuchte nicht, ihrem Blick auszuweichen, winkte ihr stattdessen zu und studierte dann wieder die Anzeigen. Ein silberner Ring glänzte an seinem Finger.

»Ist das ein Freund von dir?«, fragte Erwann ziemlich unfreundlich.

»Mit Sicherheit nicht. Kennst du ihn?«

»Ich bin ihm schon mal auf dem Campus begegnet. Eine solche Mähne übersieht man nicht. Nein, ich kenne ihn nicht.«

Sie blickten noch einmal zum Rotschopf hinüber, aber er hatte seinen Platz vor dem schwarzen Brett verlassen und war gegangen. Sein flammender Haarschopf überragte alle anderen, als er sich entfernte.

»Hast du eine Lieblingsmülltonne?«

Er starrte sie entgeistert an, und sie fügte erklärend hinzu: »Na, für den Vogel.«

11

Ken hatte den Film bestimmt schon hundert Mal gesehen, doch er hatte immer noch nicht genug davon.

Der Empfang des kleinen batteriebetriebenen Fernsehgerätes war wahrhaftig nicht der Beste. Doch als Ken in der Programmzeitschrift gelesen hatte, dass dieser Film auf einem der fünf Kanäle lief, die er empfangen konnte, zögerte er nicht eine Sekunde, ihn noch einmal zu sehen, auch wenn das Bild von Störungen verzerrt war.

Am anderen Ende der Fertigbauhütte hing eine Gaslampe an einer Metallstrebe, deren bleiches Licht besorgniserregend flackerte … doch Ken schien es nicht zur Kenntnis zu nehmen. Vielleicht wollte er es nicht zur Kenntnis nehmen. Das Auswechseln der Gasflasche hatte gefälligst zu warten, bis das Monster erlegt war. Die andere Lampe hinter dem Fernseher, neben dem Eingang zum Zelt, glühte hell, brannte und spuckte, was sie nur konnte.

Zwei Nachtfalter schwirrten von der Lampe zum Fernseher. Zwar hatte sich Ken über ihre Gegenwart gewundert, in dieser Jahreszeit und bei diesem kühlen Wetter, doch zollte er ihnen weiter keine Beachtung. Sie waren uninteressant, solange sie sich vom Bildschirm fernhielten.

Er fror ein wenig, obwohl er sonst Kälte gut vertrug. Doch die Feuchtigkeit störte ihn, und er fürchtete, möglicherweise irgendeinen scheußlichen Infekt auszubrüten, seit zwei, drei Tagen schon.

Zweifellos zog er trockene Kälte vor, wie er sie von den Wintern in seiner Heimat im Juragebirge gewöhnt war, dem kältesten Tal Europas. Er hatte davon genug gehabt und etwas anderes kennen lernen wollen, das Meer und Segeln. In der Hoffnung, eines Tages neue schiffbare Horizonte zu entdecken, saß er nun hier in dieser Einöde und fungierte als Wächter für die Universität von Rennes, Fakultät für Ethnologie, Abteilung Forschung.

Er sagte sich, dass dies ein obligatorischer Übergang war.

Er sagte sich auch, dass man nicht immer die Wahl hat: Der Glaube an die gebratenen Tauben, die offene Münder anflogen, zeugte seiner Meinung nach von reiner Dummheit.

Er stellte den Kragen seines wattierten Anoraks aus Kevlar auf, zog seine Mütze bis zu den Augenbrauen und tief über die Ohren, was mit Sicherheit sein Gehör beeinträchtigte, denn der Ton des Fernsehers, obwohl auf volle Lautstärke gestellt, war nicht berühmt: Deutlicher ließen sich jetzt vor allem die störenden Nebengeräusche, das Krächzen und Ächzen vernehmen.

Auch die Heizung taugte nichts. Oder reichte nicht aus. Auf jeden Fall entsprach sie nicht mal bescheidendsten Ansprüchen.

Er würde sich später darum kümmern.

Das Monster schlich langsamen, zögerlichen Schritts durch die Nacht, packte mit beiden Händen Äste und Zweige und bog sie auseinander. Konnte man überhaupt von Händen sprechen? Das Monster glich einer Maschine: einer Zerstörungsmaschine auf Beinen. Im aufschei-

nenden Mondlicht glitzerte Blut, das ihm aus einer Wunde lief und sein struppiges Fell verklebte.

Hinter Ken lagen auf zwei von Böcken getragenen, großen Holzplatten die ausgegrabenen Gegenstände aufgereiht, mal mit Etiketten versehen, mal in Boxen mit einem Gummiband, in dem ein Beschreibungszettel steckte. Bestimmt mehrere hundert solcher Objekte stapelten sich dort. Manche waren mit undurchsichtiger Plastikfolie umwickelt. Auch das Ausgrabungswerkzeug lag dort neben Aktenstapeln, Notizen und Informationsmaterial.

Ken fand dieses Räumsystem völlig chaotisch, aber das war nicht sein Problem. Wer fragte ihn schon nach seiner Meinung? Und wäre es der Fall, würde er sich überfragt fühlen.

Das Monster blieb stehen. Es legte eine Verschnaufpause ein, es war kurzatmig und röchelte.

Mit einem Mal tat sich die Lichtung vor ihm auf. In der Mitte stand das Haus, aus dem schwaches Licht nach außen drang.

Von diesem Licht kaum erhellt, bebten die Bäume in einem golden schimmernden, doch kalten Schein.

Das Monster setzte sich wieder in Bewegung.

Ken griff nach der Kaffeetasse auf einem Schemel, den er in die Nähe seines Campingsessels gezogen hatte, ohne den Blick von der Mattscheibe zu wenden.

Die folgende Szene (wenn das Monster das Haus betritt) erfüllte ihn immer wieder mit dem gleichen prickelnden Lustgefühl.

Die junge Frau ahnte nichts. Sie ahnte natürlich überhaupt nichts. (Nahm man das Drehbuch unter die Lupe, so musste die lässige Ruhe der Frau in der finsteren Nacht und in dem abgeschiedenen Waldhaus unglaubwürdig erscheinen, zumal sie in der letzten halben Filmstunde unendlich viel durchgemacht hatte. Doch Ken war das Drehbuch, ebenso wie Millionen anderen Fernsehzuschauern, völlig egal.) *Nun hämmerte das Monster an die Tür, und es hörte sich an, als wäre ein Mauerbrecher an der Arbeit, doch die Frau reagierte unbekümmert, als erwarte sie einen Freund, oder als hätte auch sie den Film bereits hundert Mal gesehen. Beschwingt lief sie zur Tür und öffnete. Klar, dass sie jetzt losbrüllte.*

Ken führte die Tasse an die Lippen. Der Kaffee war kalt.

Plötzlich verschwand das Bild, und der Ton wich einem Fiepen.

»Zum Teufel!«, ärgerte sich Ken und stand auf.

Doch nicht jetzt!

Mit der Hand im Lederhandschuh schlug er auf den Fernseher, der kurz aufrülpste und zur Antwort feine, laufende Streifen mit Schneegestöber auf den Bildschirm zauberte.

Ken griff nach der Antenne und drehte sie in alle Richtungen, bis er auf eine bestimmte Stelle, einen Fleck auf der Zeltwand zielte, was das Problem bis jetzt immer beseitigt hatte. Das war jedoch Millimeterarbeit.

Er beugte sich vor und richtete die Antennenspitze auf besagten Fleck, als die Zeltwand plötzlich aufriss, zerfetzt von vier rasiermesserscharfen Krallen. Die Wand öffnete sich, und mit zwei Sprüngen stand das Tier oder das schwarze Ding vor Ken.

Kein Ton drang aus Kens offenem Mund.

Seine weit aufgerissenen Augen unter dem Mützenrand traten schier aus den Höhlen. Nachdem er in einer kindischen Anwandlung die Hand nach der Kaffeetasse ausgestreckt hatte, als wolle er vermeiden, dass sie zu Bruch ging, bewegte Ken sich nicht mehr. Der erste Schlag der Klaue mit den scheußlichen Krallen katapultierte den Fernseher auf die andere Seite des Zelts, wo er auf dem Tisch landete und plötzlich wieder funktionierte, mit voller Lautstärke. Der zweite Hieb traf Ken im Gesicht. Er stand immer noch aufrecht da, und seine entsetzte Miene hatte den Ausdruck nicht verändert. Blut drang aus vier regelmäßigen, parallel verlaufenden Schnitten, in denen zersplitterte Knochen sichtbar wurden. Ken brach zusammen, stürzte vornüber und war tot, noch bevor sein Gesicht den Boden berührte.

Währenddessen huschte das Monster brüllend über die Mattscheibe und versuchte das Mädchen zu erhaschen, dem bereits verschiedene Kleidungsstücke fehlten. Das kreischende, halb bedeckte Geschöpf versuchte ihm zu entkommen, indem es mal hierhin, mal dorthin hüpfte, statt direkt durch die offene Tür hinauszurennen.

Ein weiterer Schlag der Klaue setzte dem Geschrei im Fernseher ein Ende. Das Gerät implodierte mit einem dumpfen Knall, einem kurzen Funkenregen und ein paar Rauchwölkchen. Noch ein Schlag, und der Fernseher lag knisternd auf dem Boden, gleichzeitig hatte die Klaue den Tisch leer gefegt: Nur die Metallbox mit der Aufschrift »Zwei Druidenhippen, vergoldete Bronze, 26.10.01.« stand noch dort.

Die Klauen öffneten die Box.

Außerhalb des Zeltes hätte ein Passant im zitternden

Lichtschein ein Profil auf der Zeltwand sehen können, den Schatten einer Gestalt, die wie zum Zeichen des Sieges zwei Hippen schwang. Doch wer sollte in diesem Moment, so spät in der Nacht, hier schon vorbeikommen?

12

Niemand hatte Chloé an diesem Morgen angeboten, sie im Auto mitzunehmen, und sie hatte um nichts gebeten. Also ging sie allein und zu Fuß in die Uni. Der Herbst hatte sich auf den Straßen ausgebreitet und die Bäume entweder braun gefärbt oder kahl geschüttelt. Die kalte, bläuliche Feuchtigkeit, die aus dem Asphalt stieg, konnte nur Oktobernässe sein.

Als sie in der Uni eintraf, bemerkte sie sofort eine gewisse Aufregung in den verschiedenen Gruppen, die sich vor dem Eingang gebildet hatten. Sie sah Léa von weitem, wie immer mit Thomas in ihrem Gefolge, der einen umwerfend gelben Schal trug, so gelb, dass es ein unangenehmes Ziehen in den Zähnen verursachte.

»Du brauchst dir keine Sorgen zu machen«, sagte Léa zur Begrüßung. »Dich wird niemand verdächtigen. Sie haben einen Schuldigen.«

»Na fein!«, entgegnete Chloé. »Worum geht es?«

»Weißt du das denn nicht?«

Nein, sie wusste von nichts.

Léa wandte sich an Thomas: »Sie ist richtig gut in der Rolle der Unschuld vom Lande, findest du nicht auch?«

Thomas zog an seinem Schal und bekundete sein Einverständnis, indem er eine Grimasse schnitt.

»Nicht gerade geistreich«, sagte Chloé.

»Die Hippen. Die Hippen, die du gefunden hast …«, begann Léa.

»Was ist damit?«

»Sie sind aus dem Wärterhaus an der Ausgrabungsstätte geklaut worden. Heute Nacht.«

Chloé riss ungläubig die Augen auf.

»Ken, der Wächter, ist verschwunden«, fügte Thomas hinzu. »Gilles sagt, die Polizei verdächtigt Ken. Also bist du nicht betroffen.«

»Jetzt hört aber mal auf!«, sagte Chloé irritiert und wischte die Anspielung mit einer Handbewegung fort. »Wer ist Gilles?«

Ein geheimnisvolles Lächeln lag auf Léas Lippen, und mit gespieltem Erstaunen fragte sie: »Ja, kennst du Gilles etwa nicht?«

Augenscheinlich entgingen Chloé heute alle Feinheiten. »Bitte klärt mich auf, ich begreife heute Morgen überhaupt nichts«, sagte sie.

Thomas übernahm diese Aufgabe und sagte, bis zur Nase hinter dem Bollwerk seines gelben Schals verborgen: »Gilles irgendwer. Der rothaarige Riese, der uns direkt aus Irland eingeflogen worden ist. Sonderbar, dass du ihn noch nicht getroffen hast.«

»Zumal du ihm anscheinend aufgefallen bist«, mischte Léa sich ein. »Er fragt uns ständig über dich aus, mein Herzchen. Wenn ich die Wahl zwischen Erwann und Gilles hätte, würde ich an deiner Stelle nicht lange zögern.«

Sie zwinkerte. Ja, heute war offenbar der Tag der Zweideutigkeiten.

»Danke! Sehr nett!«, ließ sich Thomas vernehmen, was sie alle zum Lachen brachte.

Natürlich wäre es leichter gewesen, etwas in der Bibliothek zu finden, wenn Chloé sich an die Bibliothekarin oder ihre Assistenten hätte wenden können, denn die riesigen Bücherwände in den Sälen waren nach bestimmten Themenkreisen geordnet. Die Lesesäle waren menschenleer.

Bei ihrem Eintreten hatte Chloé das Gefühl, eine Gegenwart zu spüren und einen Schatten zu sehen, der jedoch durch eine der vielen Türen verschwunden war. Die Bibliothekarin, ein Assistent, ein Dokumentalist oder ein Student? Oder war es ein Schattenspiel im Halbdunkel der Zimmerflucht, das sie getäuscht hatte?

Drei Bücher wählte sie aus: *Der Schädelkult*, *Die magischen Riten der Druiden* und *Die geheime Geschichte Galliens.* Sie klemmte sie unter den Arm und trug sie in den nächsten Leseraum, der neben dem Ständer mit der aktuellen Presse lag. Auch hier konnte sie interessantes Material finden, und sie blätterte verschiedene Fachzeitschriften über Archäologie durch …

Was sie entdeckte, war so unglaublich, so unerwartet und überraschend, dass ihr das Blut in den Adern gefror.

Gleich auf der Titelseite einer britischen Fachzeitschrift prangte ein Medaillon mit seinem Konterfei, direkt unter der Schlagzeile und inmitten einer Landschaft mit aufgereihten Hünengräbern unter blauem Himmel:

Prof. Richard Saxon, Archeological Studies, University of Dublin, lautete der Text.

Ja, das war er!

Der Mann im Park. Der blutende ältere Mann unter dem Busch im Campuspark …

Professor Richard Saxon. *University of Dublin.*

Sie kannte diesen Namen. Sie hatte ihn schon mal irgendwo gehört, irgendjemand hatte ihn genannt.

Mit zittriger Hand öffnete sie die Zeitschrift und blätterte, auf der Suche nach dem entsprechenden Artikel, den sie nicht fand, die Seiten rasch um, begann nochmals und suchte dann im Inhaltsverzeichnis, als sie plötzlich eine Stimme flüstern hörte: »Chloé …«

Vor Schreck schrie sie auf, dann biss sie sich auf die Lippen, richtete sich auf und versuchte herauszufinden, woher die Stimme kam.

»Chloé …«, hörte sie es wieder flüstern, und diesmal war sie sicher, dass jemand aus dem Nebenraum nach ihr rief.

Diesmal hatte sie es deutlich gehört.

Durch den Türrahmen sah sie die Arbeitstische und die herangeschobenen Stühle.

Vielleicht hatte sie doch nichts gehört, und ihre Vorstellungskraft spielte ihr einen Streich.

Trotz des Schrecks riss sie sich zusammen, und sie spürte Ärger aufkeimen.

»Ja?«, erwiderte sie ruhig.

Ihre Stimme dröhnte durch die Stille wie ein Schlag. Die Bücher unter dem Arm, die Zeitschrift in der Hand, lief sie die paar Schritte, die sie vom Nebenraum trennten, betrat ihn und wiederholte: »Ja?«

Sie ging zum ersten Tisch, auf dem jemand eine Schere und einen kleinen Topf mit weißem Klebstoff vergessen hatte, legte die Bücher und die Zeitschrift ab und ergriff die Schere.

»Sie haben mir Angst gemacht«, sagte die Stimme hinter ihrem Rücken, worauf sie noch einmal erschrocken aufschrie.

»Und offenbar habe ich Ihnen auch Angst gemacht«, fuhr Vernet fort. »Entschuldigen Sie bitte!«

Beim Anblick des blassen, jungen Mädchens mit vor Furcht aufgerissenen Augen und Mund, die Schere in der Hand, erlosch das wohlwollende Lächeln des Professors und wich einem besorgten Gesichtsausdruck.

»Chloé ... Sie sind doch Chloé, oder irre ich mich? Es tut mir wirklich Leid«, sagte er.

»Ich war ... Oh, ich habe nicht erwartet ...«, stammelte sie. »Es tut mir aufrichtig Leid«, wiederholte Vernet und legte ihr beruhigend die Hand auf die Schulter.

Er wies auf die Schere und lächelte wieder: »Wollen Sie Ihre Waffe jetzt nicht niederlegen?«

»Ich weiß nicht«, sagte sie. »Ich hatte solche Angst ... Ich hörte, dass mich jemand rief, konnte aber niemanden sehen ... Und außerdem war niemand hier, als ich kam, weder die Chefin noch die Sekretärin ...«

»Theoretisch ist die Bibliothek geschlossen«, entgegnete Vernet. »Ich konnte nicht ahnen, dass Sie hier sind.«

Er warf einen Blick auf die Bücher und tippte auf die Zeitschrift ...

»Hoch beeindruckt von Brennos' Kurs, wie ich sehe ...«

Sie antwortete mit einer Miene, die alles bedeuten konnte.

»Verstehen Sie mich bitte nicht falsch. Ich will ihn nicht schlecht machen. Nein, hier handelt es sich nicht um Eifersüchteleien zwischen Professoren«, sagte Vernet. »Ich schätze Jean sehr. Wirklich. Doch manche seiner Theorien sollten mit wissenschaftlicher Vorsicht genossen werden. Und das ist etwas, was Jean leicht vergisst. Er weiß, was ich davon halte.«

»Von den Druidensteinen?«, fragte Chloé aufs Geratewohl.

»Von denen ganz besonders. Kommen Sie. Wir sollten besser gehen, wenn wir nicht eingeschlossen werden wollen. Übrigens hat uns die Polizei erlaubt, morgen schon an der Ausgrabungsstelle weiterzuarbeiten. Das ist eine gute Neuigkeit, nicht wahr? Um das zu feiern, spendiere ich einen Drink ...«

Sie nahm die Bücher und die Zeitschrift und folgte ihm. »Ich hätte Professor Brennos gern ein paar Fragen zu den Druidensteinen gestellt, aber außerhalb der Kurse ist er nicht sehr ... abkömmlich.«

Vernet verzog das Gesicht zu einem verständnisvollen Lächeln.

»Ach, die Steine ... Mit seinem alten Freund Saxon hat er darüber eine Theorie aufgestellt. Vor langer Zeit haben sie gemeinsam eine Grabungskampagne organisiert. Saxon ist ebenfalls ein sonderbarer Kauz. Ein Spezialist für keltische Kultur. Er war es, der diesen Stein in einem Grab bei Dublin gefunden hat. Soweit ich weiß, existieren zwei authentische Steine, und einer davon liegt im Museum von Dublin.«

Chloé räumte die Zeitschrift wieder in den Ständer im Nebenraum und fragte: »Kann ich die Bücher behalten?«

»Ja, ich regle das«, antwortete er.

Während sie Seite an Seite durch die Säle gingen und Vernet jeweils das Deckenlicht ausschaltete, fragte er: »Magische Steine, nicht wahr? Hat Brennos im Kurs darüber gesprochen?«

»Kaum.«

»Hat er noch nicht seinen Vortrag über die ›gereinigten‹ Körper gehalten, die rituellen Opfer des Steins und seiner magischen Kräfte? Er illustriert seinen Vortrag mit einer Reihe von Mumien, die man an verschiedenen Stätten und in Nekropolen gefunden hat. Nein? Noch nicht? Dann wird er es noch tun. Das ist ein ergreifender Augenblick und unglaublich überzeugend, das muss ich gestehen, aber ... Gut, es ist sein Programm. Doch was ich unterstreichen möchte: Dahinter steckt zu viel persönliche Überzeugung und zu wenig wissenschaftlicher Abstand!«

»Die magischen Kräfte des Steins ...«

Vernet wies auf die Bücher, die sie an ihre Brust gedrückt hielt: »Darin steht alles über die magischen Steine aus ineinander verschlungenen, kompaktierten und versteinerten Schlangen. Waren die geschulten Druiden durch ihre Verdienste im Besitz eines solchen Steins, benutzten sie ihn, um eine Verbindung zwischen den Lebenden und den Geistern der Verstorbenen herzustellen. Sie betrachteten diesen Vorgang als einen zwangsläufigen Übergang von dem einen Zustand in den anderen und hofften, durch den Tod ewiges Leben zu erlangen ...«

Immer noch war die Empfangshalle menschenleer. Die Stille lastete schwer auf den leeren Räumen. »Na, dann will ich mal schauen, ob ich Ihnen einen Leihschein ausstellen kann«, sagte Vernet.

Durch den Raum mit dem Informationsmaterial, Abteilung Presse und Medien, schlich die schwarze, gekrümmte Gestalt durch die Dunkelheit zu den Zeitschriftenständern, legte eine Klaue mit scharfen Krallen auf das Heft, das Chloé soeben zurückgelegt hatte, öffnete es, riss mehrere Seiten aus seiner Mitte und knüllte sie zusammen. Dann wählte die Gestalt drei weitere Zeitschriften aus, mit denen sie auf die gleiche Weise verfuhr. Die herausgerissenen, zerknüllten Seiten drückte sie an sich und ging davon, so unauffällig wie ein Atemhauch.

Erwann tauchte kurz nach Mitternacht auf und lehnte sich erschöpft an die Bar. Chloé hatte ihn den ganzen Tag nicht zu Gesicht bekommen. Nicht einmal bei Vernets Umtrunk. Gut, er gehörte nicht zu seinen Studenten, doch ihretwegen hätte er dabei sein können, fand sie …

»Wer hat dir gesagt, dass ich hier bin?«, fragte sie ihn.

»Ich habe bei dir angerufen.«

»Und dort hat dir jemand gesagt, dass ich hier bin?«

»Natürlich nicht. Also habe ich Léa angerufen, und dort warst du auch nicht. Das ist alles.«

»Ich habe wirklich die Nase voll«, sagte Chloé. »Dieser Tag scheint kein Ende nehmen zu wollen.

»Musst du unbedingt vier Tage in der Woche hier arbeiten?«, überbrüllte Erwann die einsetzende Musik.

»Natürlich nicht!«, brüllte sie zurück. »Ich arbeite hier nur aus Spaß, und ich zahle drauf, damit man mir Trinkgeld gibt, aus lauter Spaß an der Freude. Ich finde es irre witzig, nicht zu wissen, wie ich meine Bude bezahlen soll, das Essen und alles andere, was man halt zum Leben braucht.«

»Na gut, mach dich nur über mich lustig!«, sagte Erwann.

»O ja, darf ich?«

Als sie im Auto saßen, wirkte Erwann niedergeschlagen. Er sprach vom Diebstahl der Hippen. Sie hatte sich schon gewundert, wann er dieses Thema endlich anschneiden würde, und nun tat er es mit erstaunlicher Gleichgültigkeit. Erwann wirkte erschöpft und abwesend.

»Nun?«, fragte sie.

»Was?«

»Die Hippen. Ist das alles? Man hat diese Hippen gestohlen, und dir fällt zu dem Thema nichts weiter ein? Macht es dir nichts aus?«

»Was soll es mir ausmachen?«, entgegnete er. »Man wird die Hippen schon irgendwann wiederfinden. Solche Objekte sind unverkäuflich und viel zu leicht wiederzuerkennen. Vielleicht interessieren sich irgendwelche verrückten Sammler für solche Stücke, aber der arme Typ dürfte kaum dieses Milieu kennen.«

»Welcher arme Typ?«

»Ken, der Wächter.«

»Hat er sie gestohlen?«

Sie waren auf dem Parkplatz des Campus eingetroffen.

Erwann starrte sie an, als habe sie eine enorme Dummheit von sich gegeben.

Lässig stieg er als Erster aus dem Auto und sagte: »Es ist doch völlig klar, dass er es war. Wer soll es sonst gewesen sein?«

»Ich weiß nicht. Jemand, der das Milieu kennt, oder …«

»Oder was?«

Chloé schloss die Augen, gähnte, öffnete die Augen wieder und sagte: »Ich möchte vor allen Dingen heute Nacht gut schlafen, und zwar allein. Einverstanden?«

»Und wenn ich Nein sage?«, fragte er lächelnd.

Gezwungen lächelte sie zurück.

Erwann drückte ihr einen Kuss auf den Mundwinkel, stieg wieder in den Wagen und winkte ihr zu. Sie sah ihm nach, als er die Allee entlangfuhr.

Sie verriegelte ihre Tür und prüfte, ob sie den Riegel auch zweimal gedreht hatte. Ihr fiel plötzlich ein, dass sie Erwann nicht einmal nach seinem sicher anstrengenden Tag gefragt hatte, zumal er so abgespannt gewirkt hatte. Sie stellte fest, dass es ihr alles in allem ziemlich egal war.

Sie ging rasch durch ihre Wohnung und untersuchte, ob sie sich im Normalzustand befand. Offensichtlich war alles in Ordnung.

Dennoch konnte sie sich nicht dieser Nervosität entledigen, die sie bis unter die Haut spürte. Ein wenig zögerlich öffnete sie den Kühlschrank … und trank zwei große Schlucke Orangensaft aus der Flasche. Ihre Mutter hatte ihr ständig gepredigt, es sei gar nicht gut, am Abend Apfelsinen zu essen oder Orangensaft zu trinken. Viel zu viel Vitamin C! Sie pflegte ihre Worte mit entsetzter Mimik zu begleiten und die Augen zum Himmel zu verdrehen. Das putscht doch nur auf vor dem Einschlafen!

Chloé zog ihre Jacke aus und knotete das schwarze Tuch auf, das sie bei ihrer Arbeit in der Bar trug, löste ihren Pferdeschwanz und entledigte sich ihrer Kleidungsstücke, die sie eines nach dem anderen auf ihr Bett warf. Dann ging sie ins Badezimmer.

Draußen lag in diesem Augenblick ein riesiger Schatten auf der Fassade, schrumpfte und verschwand wie vom Putz aufgesogen in der Hauswand.

Geräuschlos krallten sich die Klauen in die Spalten zwischen den Steinen, als seien sie eigens zu diesem Zweck geschaffen. Die Gestalt schob sich an der Fassade hoch, bis zu dem offenen Fenster …

Chloés ekelhafter Pickel konnte sich einfach nicht entschließen, endlich aufzubrechen, und begnügte sich vorläufig noch mit einer schmerzhaften Rötung am Nasenloch. Chloé betrachtete sich ausgiebig im Spiegel, während ihr Badewasser einlief, als das Klingeln des Telefons sie plötzlich aufschrecken ließ.

Sie rannte ins Zimmer um abzuheben, doch niemand meldete sich. Sie hängte ein.

Im Schatten beim Fensterkreuz hockte die Gestalt. Ihr verzerrtes Bild im Spiegel des Kleiderschranks schien zu grinsen und das Mädchen mit den Augen zu verschlingen, und sie streckte die geöffneten Krallenklauen nach dem Mädchen aus.

Chloé nahm noch einmal den Hörer auf, lauschte und hängte wieder ein. Sie fröstelte, kreuzte die Arme über der Brust und rieb sich die Schultern. Hastig lief sie ins Badezimmer zurück und schloss die Glastür hinter sich.

Die Gestalt verließ ihr Versteck am Fenster und durchquerte rasch das Zimmer. Im Spiegel des Kleiderschranks wuchs ihr Bild, bis die Kreatur direkt davor stand und vorsichtig die Tür ein wenig öffnete. Die Krallen, die einen Gegenstand zu halten schienen, schoben sich in den dunklen Schrank und legten irgendetwas zwischen Chloés Kleidungsstücken ab. Dann zog die Gestalt die Klaue aus dem Schrank und schloss die Tür.

Als Chloé später im Frotteemantel das Badezimmer verließ und ihr Haar in einem Handtuch trocknete, spürte sie, dass der Wind das Fenster weit geöffnet hatte und mit den Gardinen spielte.

Sie zitterte.

Nein, es war nicht die Kälte.

Es war das sehr unangenehme Gefühl, schon einmal etwas Ähnliches erlebt zu haben.

Sie schloss mit klopfendem Herzen das Fenster.

Eine Weile blieb sie vor dem Kühlschrank stehen, und es dauerte einige Zeit, bis sie ihn zu öffnen wagte. Als sie sah, dass ihre Sorge unbegründet war, atmete sie erleichtert auf und erstickte ein Kichern in dem Handtuch, das sie gegen ihren Mund gepresst hatte.

In dieser Nacht träumte Chloé von Saxon. Er tauchte aus eigenartig glänzenden Büschen auf, starrte sie unverwandt an und sagte etwas, wobei er mit übertriebenen Mundbewegungen zu artikulieren versuchte. Sie las »der Stein« auf seinen Lippen. Mit einem Mal begannen die glänzenden Blätter des Busches mit metallischem Geklimper zu zittern. Saxons Kopf fiel auf den Boden und rollte die Allee entlang, bis vor Chloés Füße.

Sie wachte schweißgebadet auf und spürte das Echo ihres eigenen schrillen Schreis in den schmerzenden Ohren.

13

Es war, als hätte der Albtraum nur darauf gewartet, sich gleich beim Erwachen in ihr Gedächtnis zu schleichen. Chloé verdrängte ihn dennoch so gut sie konnte. Sie frühstückte, trank Tee und aß Toastbrot, dann duschte sie und machte sich fertig.

Sie öffnete ihren Kleiderschrank und wählte einen Pullover aus, dann griff sie nach ihrer Lederjacke. Da hing sie, die Kette, am Kleiderbügel, im Jackenausschnitt.

Durch Chloés Zähne drang ein kläglicher Laut. Sie wich zwei Schritte zurück und stieß mit den Waden gegen die Bettkante. Sie presste die Hand auf die Lippen und konnte den Schrei unterdrücken, indem sie in ihre Faust biss. Nein, sie wollte sich auf keinen Fall von Panik überrollen lassen, gleichzeitig stieg Wut in ihr auf. *Lass dich nicht kleinkriegen. Lass dich nicht kleinkriegen,* wiederholte sie und versuchte, so ruhig wie möglich zu atmen. Tief durchatmen. Das unangenehme Kitzeln auf der Kopfhaut, als stünden ihr die Haare zu Berge, ließ endlich nach, und sie warf einen Blick auf ihre Hand mit dem Abdruck ihrer Zähne.

Lass dich nicht kleinkriegen.

Hypothese eins: Jemand war eingebrochen, als sie nicht zu Hause war – wahrscheinlich die gleiche Person, die ihr den Raben gebracht hatte. Hypothese zwei: Es war in dieser Nacht. Unwahrscheinlich, außer … Hypothese drei: Die Kette und der Rabe waren *gleichzeitig* in ihre Wohnung gebracht worden. Das war glaubwürdig, zumal der Lederblouson seit ihrer Ankunft praktisch nur im Schrank gehangen hatte.

Sie wählte letztere Hypothese, weil sie wirklich überzeugend war und vor allem beruhigend auf sie wirkte. Ja, so war es sicher gewesen: Die Person, die bei ihr eingebrochen war, hatte den Raben in ihren Kühlschrank gelegt, während sie badete, und von der Gelegenheit profitiert, die Kette an den Kleiderbügel mit der Lederjacke zu hängen.

Ihr Herzrasen ließ nach. Sie ging zum Kleiderschrank, nahm die Jacke heraus, hakte die Kette ab und betrachtete sie. Anscheinend handelte es sich um Knochen, hohle Knochenfragmente. Vogelknochen? Vielleicht die Knochen eines Raben? Sie waren zu runden Perlen und zu kleinen Röhren von fünf bis sechs Millimetern geschliffen und, wie es schien, auf geflochtenes Pferdehaar gefädelt. Die Enden waren verknotet, und der Perlenkreis durfte einen Durchmesser von knapp zwanzig Zentimetern haben.

Sicherlich hatte das Deponieren dieses Gegenstands in ihrem Kleiderschrank auch irgendeine geheime, symbolische Bedeutung, wie der tote Rabe und seine mit einem roten Band zusammengebundenen Klauen. Die allwissenden Esoteriker des Keltentums vom Schlage Erwann und Konsorten konnten sie sicher zu diesem Thema aufklären. Sie stopfte die Kette in die Jackentasche. Trotz des Schocks, den die Entdeckung der Kette verursacht hatte, fühlte sie sich nun sonderbar mutig und stark. Sie wollte auf keinen Fall klein beigeben, sondern zum Gegenschlag ausholen.

Sie schaute im Stundenplan nach, ob Brennos tatsächlich eine Vorlesung hielt, und überlegte, wie sie ihn unter allen Umständen von der Notwendigkeit eines Gesprächs überzeugen konnte. Diese Notwendigkeit schien ihr von Sekunde zu Sekunde dringender, als hätte der Fund der Kette eine gefährliche Maschinerie in Gang gesetzt, die heimtückisch und unaufhaltsam einem unbekannten Ziel zustrebte.

Vielleicht gab es einen Weg, mit Brennos zu sprechen: die aufdringliche Tour – über Iris.

Konnte sie so dreist ihr Glück versuchen? Bevor sie zur Tat schritt, suchte sie Brennos auf gut Glück und ohne Überzeugung im Telefonbuch von Rennes. Kein Brennos. Sie kannte ja nicht einmal Iris' Nachnamen. Iris' Mysterium. Mist! Sie rief in der Uni an, erfand eine haarsträubende Geschichte von einer Brieftasche, die sie gefunden habe, mit auf den Namen Iris Blondeau ausgestellten Papieren. »Könnten Sie vielleicht freundlicherweise die betreffende Person benachrichtigen, dass ihre Tasche gefunden wurde? Bitte, das wäre wirklich nett.« Doch weit und breit keine Iris Blondeau am Horizont, es musste sich um einen Irrtum handeln. »Sind Sie sicher, dass Sie sich nicht geirrt haben?« Und so wurde sie von Telefon zu Telefon weitergereicht, bis eine Stimme verkündete, dass die einzige Studentin mit dem Vornamen Iris mit Nachnamen Stevens hieß. »Besten Dank!«

Stevens.

Iris Stevens.

Natürlich fand sie niemanden mit diesem Namen im Telefonbuch.

Die Angst stellte sich wieder ein, als Chloé an einem Kinderspielplatz vorbeikam. Hinter der Hecke hüpften und kreischten aufgeregte Kinder in der Vorfreude auf Halloween. Maskiert und verkleidet jagten sie aus dem Park, als Chloé am Eingang vorbeiging. Ein kleiner runder Kürbiskopf blieb vor ihr stehen und knurrte bösartig. Reglos und mit weit offenen Augen blickte sie den Kürbis schweigend an, worauf er, vom Verhalten seines »Opfers« sichtlich durcheinander gebracht, auf der Stelle zu knurren aufhörte und trotz des breiten Grinsens mit seinen hohlen Gemüsezähnen ängstlich zurückwich und hurtig seine Truppe einholte.

Die ganze Stadt war in ein scheußliches, bleigraues Licht getaucht und hatte schmutzig schwärzliche Schatten wie Flecken auf die Straßen geworfen, die aussahen, als hätte die Nacht sie dort vergessen.

Natürlich war es nicht die Schuld des kleinen, dicken Kürbismonsters, dass Chloé plötzlich dieses Angstgefühl übermannte ... Der arme kleine Kürbis, auf einmal stumm und verstört, war panisch davongerannt und in seiner Gruppe verschwunden.

Doch die allzu lange verdrängte Angst hatte Chloé nun gepackt, auch wenn sie immer noch unwillkürlich und *zwanghaft* versuchte, sie fortzuschieben.

Sie sah zu, wie sich die kleinen Hexen und Kürbisse in Reih und Glied entfernten, unter der Aufsicht von zwei jungen Kindergärtnerinnen in Regenmänteln, deren im

Wind wehende Bahnen an das Federkleid von Bachstelzen erinnerten. Das kleine, runde Kürbismonster schaute sich vorsichtshalber mehrmals nach Chloé um, bis die Gruppe an der Ampel die Straße überquerte.

Chloé ging weiter.

Durchatmen!

Du darfst in diesem Spiel nicht zu früh aufgeben, vor allem jetzt nicht. Du musst deinem Gegner kühn die Stirn zeigen. Jawohl.

Aber gegen wen spielte sie eigentlich?

Vielleicht gegen die Person, die ihr auf Schritt und Tritt folgte? Ja, seit sie in dieser Stadt eingetroffen war, hatte sie das Gefühl, ständig beobachtet zu werden.

Sie lehnte sich gegen den Zaun des Spielplatzes, schaute ganz lässig und unbeschwert um sich und klaubte eine Zigarette aus dem Paket in ihrer Tasche, die sie mit zitternden Fingern anzündete. Dann durchstöberte sie die Tasche nach dem Handy, immer noch mit zitternden Fingern …

Wie sollte sie unter den vielen Passanten, die die grauen Straßen entlangeilten oder in den vielen brummenden Autos saßen, ihre Gegenspieler ausfindig machen? Woran sollte sie diejenigen erkennen, die ihr offenbar, hinterlistig kichernd, Böses wollten? Sie besaß nicht die Kräfte einer Lara Croft …

Wo war Erwann? Sie rief ihn an … Er antwortete sofort. »Ich bin es«, sagte sie. »Wo bist du?«

Er war in der Uni.

»Warte auf mich. Ich muss dir etwas erzählen«, fügte sie hinzu, ohne ihm Zeit für eine Antwort zu lassen. Sie löste sich von dem Zaun und ging hastig weiter. Diesmal verfolgte sie eine wilde Horde unsichtbarer Dämonen, finstere Gespenster und geheime, böse Kräfte. So unnatürlich verspannt wie sie weiterhastete, fühlte sie schon bald die Schweißtropfen auf ihrer Haut perlen und schmerzhafte Krämpfe in den Waden- und Gesäßmuskeln.

Kaum hatte sie das Gittertor zum Hof durchquert, erblickte sie von weitem Brennos im Gespräch mit zahlreichen Studenten, unter ihnen Iris und zwei Professoren, die sie nicht kannte. Als sie die Gruppe erreichte, löste sie sich gerade auf. Brennos, Iris und einer der beiden Professoren gingen auf den Haupteingang zu.

»Professor Brennos!«, rief Chloé. »Ich muss Sie unbedingt sprechen.«

Der Blick, den er ihr zuwarf, war eiskalt. Der andere Professor verzog keine Miene, und Iris schien ein wenig aggressiv, oder vielmehr abweisend.

Chloé griff frontal an: »Ich brauche dringend Informationen über den Druidenstein.«

Brennos Blick blieb bei einer Temperatur unter Null, dann wandte er sich ab.

Chloé musste sich anstrengen, um mit ihm Schritt zu halten.

»Wenn ich nicht irre, arbeiten Sie mit Vernets Gruppe«, sagte Brennos, als spräche er zu einer Unsichtbaren. »Ihm sollten Sie Fragen stellen.«

So leicht ließ sich Chloé nicht abschütteln: »Das stimmt, aber Sie sind der Spezialist auf dem Gebiet, und ich ...«

»Tut mir Lleid, ich habe keine Zeit. Vereinbaren Sie einen Termin mit meiner Sekretärin!«

Chloé biss sich fest: »Ich möchte mit Ihnen über Professor Saxon von der Universität Dublin sprechen. Professor Vernet kann nicht …«

»Kenne ich nicht!«, unterbrach sie Brennos. »Entschuldigen Sie, man erwartet mich.«

Brutal stieß er die Tür auf. Der andere Professor lächelte wie ein Roboter, und Iris schnitt eine Léa-Grimasse, die bedeuten konnte, dass sie die Abfuhr bedauerte, aber auch, dass Chloé mit ihr nicht zu rechnen brauchte. Sie ließ die Tür hinter sich zuschlagen. »Na gut«, sagte Chloé.

Brennos hatte sie sauber abgewimmelt.

Kenne ich nicht, waren seine Worte.

Als sie sich umwandte, sah Chloé im Hof den großen rothaarigen Iren und ein paar andere Studenten mit Vernet diskutieren. Der Rotschopf sah zu ihr herüber und kam dann entschlossen auf sie zu. In diesem Augenblick legten sich zwei Hände auf ihre Augen.

»Ich würde doch zu gern wissen, wer das ist«, flüsterte Erwann Chloé ins Ohr.

Ihr Herz setzte für den Bruchteil einer Sekunde aus. Sie schob Erwanns Hände weg und befreite sich aus seinen Armen mit den Worten: »Lass uns gehen!«

Sie zog ihn fort. Zwanzig Schritte von ihnen entfernt stand der Rothaarige und folgte ihr mit dem Blick. »Also. Ich habe es dir gestern nicht erzählt …«, begann Chloé ein wenig überschnell. »Ich wusste nicht, ob … Jedenfalls weiß ich jetzt, wer in der Nacht im Park ermordet worden ist. Er heißt Saxon. Das ist ein irischer Professor, Spezialist für keltische Kultur. Brennos hat mir soeben gesagt, er würde ihn nicht kennen. Meinst du, dass das plausibel ist?«

»Nun mal langsam! Kannst du bitte von vorn anfangen, aber diesmal ruhig, ja?«

»Ich bin total ruhig. Heute Morgen habe ich das hier in meinem Schrank gefunden.«

Sie zog die Kette aus der Tasche.

Erwann erbleichte. Seine Wangen zierten rote Flecken, die nach und nach verschwanden, als wieder Farbe in sein Gesicht zog. Mit tiefer Stimme bat er sie: »Gib mir einen Tag!«

Sie nickte.

Er brauchte nur einen Nachmittag. Einen Nachmittag, den Chloé voll stopfte, so gut es ging. Nach ein paar Stunden in einer Vorlesung über »Anthropologie im Mittelmeerraum« und einer unerträglichen Wartezeit in der Cafeteria, während der sie hoffte, doch noch mit Brennos oder Iris sprechen zu können, war sie mit Léa zum Training in die Turnhalle gegangen, was ihr jedoch zu keinerlei Entspannung verholfen hatte. Léa hatte jedenfalls hundert Liegestütze hintereinander hingelegt wie nichts.

Erwann klingelte um genau zwanzig Uhr. Wie einen Retter empfing sie ihn. Wie die Frau eines Matrosen, die ihren Mann nach langer Abwesenheit endlich wieder in die Arme schließen konnte. Mochte ihm ein solcher Empfang auch ein wenig übertrieben erscheinen, so ließ er sich dennoch mitreißen.

»Glaubst du, dass ich das verdiene?«, fragte er.

»Warum nicht? Nun, was gibt es Neues?«

Sie ließen sich auf das Bett fallen, das entsetzlich knarrte.

»Brennos hat gelogen. Das ist der erste Punkt. Vor ein

paar Jahren hat er gemeinsam mit Saxon an mehreren Grabungen gearbeitet.«

»Woher weißt du das?«

»Aus den Archiven. Ich habe eine Sekretärin umgarnt.«

»Gut so.«

Sie knöpfte sein Hemd auf.

»Sagen wir, Saxon ist nach Frankreich gekommen, um Brennos zu treffen. Liege ich mit dieser Annahme richtig?«, fragte sie.

»Ich glaube schon.«

»Warum hat Brennos mir dann gesagt, dass er Saxon nicht kennt?«

»Weil er etwas mit Saxons Verschwinden zu tun hat?«

»Das wollte ich nicht sagen.«

»Lügnerin! Willst du mehr wissen?«

Sie wollte.

»Zunächst der Stein«, begann Erwann. »Ich zitiere einen Artikel aus der Zeitschrift *Archéo:* Ein weiterer Druidenstein ist von Professor Richard Saxon in einer Grabstätte bei Dublin gefunden worden. Dieser magische Stein soll aus fossilen Schlangen bestehen. Die Druiden bedienten sich seiner, um eine Verbindung zwischen der Welt der Lebenden und dem Reich der Geister herzustellen. Zitat Ende.«

Eine Weile verharrten sie reglos und schauten sich schweigend an, bis Chloé einwarf: »Gilles stammt auch aus Dublin. Wie heißt er mit Nachnamen?«

»Domay. Wenn du den großen Rothaarigen meinst.«

»Genau den meine ich. Mit Sicherheit hat er etwas mit dieser Geschichte zu tun.«

»Meinst du, dass auch er Saxon kennt?«

Wieder schwieg sie. Sie schloss die Augen und legte ihre Hände auf Erwanns nackte Brust.

»Morgen weiß ich es. Morgen gehe ich zu Brennos und presse die Wahrheit irgendwie aus ihm heraus. Und du überwachst solange Gilles.«

»Ach, da ist noch die Kette«, sagte Erwann. »Willst du nicht wissen, was sie zu bedeuten hat? Sie ist die Nachbildung einer Opferkette. Ich sage Nachbildung, weil ich mir nicht vorstellen kann, dass es eine authentische Kette ist. Die Druiden schmückten damit ihre Opfer bei den rituellen Tötungen. Zufrieden, Mademoiselle Marple?«

14

Zum ersten Mal hatte sie bewusst jemanden »umgarnt«. So nannte man es doch, oder? Wegen einer Adresse. Allzu viel Aufwand hatte es sie nicht gekostet: Sie hatte lediglich um Brennos' Adresse gebeten, und Erwann hatte zustimmend genickt und sein Angebot, sie zu begleiten, wiederholt. Wieder hatte sie abgelehnt, worauf er ihr den Zettel mit der Adresse zwischen die Brüste gelegt hatte.

Chloé kontrollierte noch einmal die Hausnummer und steckte den Zettel wieder ein. Es war eine sehr ruhige und leere Straße. Keine Menschenseele. Nicht einmal am Bordstein geparkte Autos. Villen mit roten Weinranken an der Fassade, säuberlich gemähten Rasenflächen und gepflegten Herbstblumenbeeten. Blinde Fenster mit eng gekräuselten Gardinen oder geschlossenen Fensterläden.

Einen Augenblick lang zögerte sie vor der Gartenpforte mit der eingebauten Sprechanlage. Sollte sie etwa in letzter Minute der Mut verlassen? Beherzt drückte sie auf den Klingelknopf. Es klickte in der Leitung, und das folgende Rauschen bedeutete, dass die Verbindung hergestellt war. Sie wartete einige Sekunden, die ihr endlos erschienen, doch niemand sprach zu ihr. Sie nahm ihren ganzen Mut zusammen und sagte laut: »Ich bin Chloé Séverin. Ich muss mit Ihnen sprechen, Herr Professor. Es ist sehr dringend.«

Sie wartete.

»Herr Professor?«

Keine Antwort. Die Verbindung war unterbrochen. Die anhaltende Stille lastete so, dass sie sich fragte, ob sie die Verbindung nicht geträumt hatte. Gerade wollte sie nochmals auf den Klingelknopf drücken, als sie bemerkte, dass die Gartenpforte nur angelehnt war. Geräuschlos öffnete Chloé sie. Schon stand sie im Garten, für eine Umkehr war es nun zu spät. Ein paar Sekunden später – sie war die fünf oder sechs Meter über den Weg bis zum Haus gegangen und die vier Stufen zum kleinen Perron hinaufgestiegen – stand sie vor einer dunklen Eichentür mit einem länglichen Fenster aus gelbem Glas, das von einem Gitter aus hübsch verschnörkeltem Schmiedeeisen geschützt wurde. Auch diese Tür war offen, und ohne nachzudenken, drückte Chloé sie auf und trat ins Haus.

Sie stand in einem langen Hausflur mit gebohnerten Terrakottafliesen, heller Holztäfelung an den Wänden und Stuck an der weißen Decke. Auf den beiden schmalen Kommoden im Flur lagen Papierstapel, Bücher, Akten, Zeitschriften, Dosen und Kartons. Auch am Boden standen Kartons und Bücherstapel an den Wänden aufgereiht. Zwei Türen lagen sich gegenüber, und am Ende des Flurs führte eine Treppe zum oberen Stockwerk, von einer großen Fensterfront erhellt, und auf jeder Stufe lagen und standen weitere Bücher und Kartons. Der Firnis auf den Bildern an den Wänden war so nachgedunkelt, dass man kaum noch ein Motiv erkennen konnte.

Chloé fragte sich: *Was mache ich hier eigentlich?* Nie hätte sie diese Türen öffnen dürfen.

Kurz entschlossen wollte sie rufen, doch kein armseliger Ton kam über ihre Lippen.

Chloé verdächtigte das Mädchen auf dem oberen Treppenabsatz, hinter dem Mauervorsprung verborgen auf sie gewartet zu haben, seit sie das Haus betreten hatte. Das Mädchen wirkte in dieser Beleuchtung käseweiß, zerbrechlich und übermäßig zierlich in ihrer schwarzen Kleidung. Das kurz geschnittene, tief schwarze Haar unterstrich das schmale Gesicht, die vorspringenden Backenknochen, die mageren Wangen, die riesigen, fiebrig glänzenden Augen, den sinnlichen Mund und das spitze Kinn. Das Mädchen stieg die Stufen hinab, hielt sich mit einer Hand am Treppengeländer aus rostfarbenem Holz fest und erwiderte eisern standhaft Chloés Blick.

»Er ist nicht da«, sagte Iris.

Ja, es war Iris, oder eine Zwillingsschwester. Hatte Chloé einen leisen Zweifel gehegt, so war er beim Klang ihrer Stimme verflogen. Iris war nun so brünett, wie sie vorher blond gewesen war.

Sie wiederholte: »Er ist nicht da. Ich weiß nicht, wo er ist. Ich weiß nicht, was passiert ist, Chloé. Ich weiß nicht, was hier gespielt wird.«

Iris schien völlig verstört und am Rande eines Nervenzusammenbruchs.

Schöne Scheiße, wo bist du denn da bloß hineingeraten?, dachte Chloé. Doch alles, was sie hervorbrachte, war: »Wo ist er? Ich muss ihn sehen. Es ist wirklich wichtig.«

Iris ging ein paar Schritte durch den Flur und blieb vor einer der Kommoden stehen, stützte sich mit einer Hand auf den Rand des Möbelstücks, von dem mehrere Umschläge mit Büchern rutschten und auf den Boden fielen. Iris schluckte und stieß hervor: »Er ist nicht da. Hörst du nicht? Nicht da! Chloé, wo ist er?«

Nein, sie spielte keine Komödie. Ihre Frage war ehrlich gemeint, und ihr bleiches Gesicht verriet echte Sorge.

Chloé musste Iris erst einmal beruhigen, denn sie schien einem Zusammenbruch verdächtig nahe. Was hier geschah, war das Letzte, was Chloé in Brennos' Haus erwartet hatte. Allein die Tatsache, das junge Mädchen hier anzutreffen, in diesem Zustand und mit diesem Aussehen, hatte sie ganz schön verwirrt. Doch die Krönung war, was Iris ihr nach unkontrollierten Tränenausbrüchen mit triefender Nase und Schluckauf erzählte, nachdem Chloé beruhigend auf sie eingeredet hatte.

Sie saßen nebeneinander auf einer Treppenstufe, hier in Brennos' stillem Haus, und teilten sich die beiden letzten Zigaretten.

Während Iris, die sich tapfer zusammennahm, ihre Erzählung begann, fühlte Chloé, wie es in manchen Büchern klischeehaft heißt, »den Boden unter ihren Füßen schwanken«. Ihr war, als löse sich die Wirklichkeit in Wohlgefallen auf.

»Ich heiße Iris O'Henry. Ich kann dir meine Papiere zeigen, die echten.«

O'Henry. Na und? Die echten Papiere?

»Warum solltest du?«, stöhnte Chloé. »Warum bin ich bloß hier? Weshalb höre ich dir zu?«

Sie reichte Iris ein Papiertaschentuch.

»Warum wolltest du mehr über den Druidenstein wissen? Weshalb wolltest du mit meinem Vater sprechen?«

»Mit deinem was?«

Iris' Blick war ausdruckslos. Ihre Mundwinkel zuckten. »Professor Jean Brennos ist mein Vater.«

Chloé wandte als Erste den Blick ab und starrte auf die Zigarettenasche, die auf die Treppenstufe aus gebohnertem Holz fiel.

»Erzähl!«, forderte sie Iris auf.

»Du zuerst!«, erwiderte Iris.

Chloé nickte. In ihren Ohren rauschte es, und sie fühlte sich wie benommen. Doch dann erzählte sie von dem alten, blutüberströmten Mann, der den Stein festgehalten hatte, von ihrer festen Überzeugung, nicht geträumt zu haben, und von der Entdeckung, wer dieser Mann war. Je länger sie sprach, umso blasser wurde Iris. Das Blut schien aus jeder Faser ihres Gesichts zu weichen.

»Am nächsten Morgen«, erzählte Chloé weiter, »war die Zeitschrift nicht mehr in ihrem Ständer, auch nicht die Abhandlung über Saxons Forschungen. Ich war Zeuge des

Mordes, und unglücklicherweise habe ich es der Polizei erzählt und verschiedenen anderen Personen. Doch vor allem bin ich sicher, dass der Mörder mich, die Zeugin, gesehen hat. Iris, man hat mir Morddrohungen zugespielt.«

Sie sprach von dem Einbruch in ihrer Wohnung, von dem Raben mit dem roten Band in ihrem Kühlschrank, und sie zog die Kette aus Knochenfragmenten hervor. Da lag sie nun in ihrer offenen Hand wie das Skelett einer kleinen Schlange. »Und dieses Ding habe ich in meinem Kleiderschrank gefunden. Ich glaube, es ist ein authentischer Kultgegenstand. Anscheinend legten die Druiden solche Ketten ihren Opfern um den Hals, bevor sie sie töteten.«

Iris streckte die Hand nach der Kette aus, zögerte und berührte sie schließlich doch nicht.

»Warum ist Saxon vor meiner Nase ermordet worden? Und hast du eine Ahnung, warum er nach Frankreich gekommen ist?«

»Er hatte vielleicht Angst um mich. Ich war in Gefahr, und er wollte …«

Ihre Augen glänzten feucht, aber ihr Blick wirkte nicht mehr gehetzt. Immer noch war Iris kreideweiß. Sie stöhnte und zerzauste mit beiden Händen ihren schwarzen Schopf.

»Erzähl weiter«, sagte Chloé heiser.

Iris fuhr fort: »Auch ich habe ein Apartment auf dem Campus. Unter meinem richtigen Namen und ohne Perücke … Brennos ist wie gesagt mein Vater. Meine Mutter heißt Brenda O'Henry … Sie war eine Studentin meines Vaters, als ich geboren wurde. Das Geheimnis sollte gewahrt bleiben, um einen Skandal zu vermeiden. Deshalb hat meine Mutter ihn später verlassen. Und aus dem gleichen Grund hat sie sich dann wahrscheinlich in die Arme des besten Freundes und Mitarbeiters meines Vaters geflüchtet. Seitdem hat sie mit Richard Saxon zusammengelebt. Das ist die ganze Wahrheit. Siehst du, mein Vater ist nicht gerade jemand, den man romantisch nennen kann. Und dass Richard mich an seiner Stelle großzog, war ihm sicher nur recht. Mein Vater wollte, dass ich in Frankreich studiere, aber unter falschem Namen, heimlich, damit ja niemand erfährt, dass er eine Tochter hat und eine Vergangenheit.«

»Wo mag er nur sein? Ich glaube es ist schlimmer, als wir annehmen. Es steckt mehr dahinter.«

Eine Frage keimte in Chloés Kopf auf …

Zögernd sagte Iris: »Er hat mich angerufen. In meiner Wohnung. Ich wusste, dass er es war. Niemand ruft diese Telefonnummer an. Niemand anderes kennt sie. Der Anschluss läuft auf seinen Namen. Ich wusste, dass nur er es sein konnte.«

Die Frage, die Chloé sich stellte, nahm Form an und setzte sich in ihrem Gehirn fest …

»Es war kurz nach fünf«, fuhr Iris fort, »zehn nach fünf. Ich habe das nachgeprüft. Ganz selbstverständlich. Es war mein erster Reflex. Er sagte, ich solle mich bereithalten. Wir würden fortgehen. Er käme mich abholen und wir müssten sofort aufbrechen, es sei keine Minute mehr zu verlieren. Er sagte: ›Diese Verrückten sind schon im Forêt de Brocéliande. In der einen Nacht habe ich gesehen, dass sie zu allem fähig sind.‹ Und dann sagte er: ›Morrigane…‹ Die Verbindung war unterbrochen, die Leitung tot. Ich habe gewartet. Völlig fertig. Ich wusste nicht, ob ich geträumt hatte, ob ich noch schlief, ob es mein Vater gewesen war oder nicht … Dann habe ich versucht, ihn zurückzurufen, hier zu Hause, und schließlich auf seinem Handy. Es klingelte ins Leere. Niemand war zu Hause. Hier lief nur der Anrufbeantworter. Immer wieder der Anrufbeantworter. Ich bin losgerannt. Iris Stevens ist zum Professor Brennos nach Hause gerannt …«

Chloés Frage schlummerte wie eine zusammengerollte Katze.

Ein paar Sekunden lang schwieg Chloé.

»Das alles tut mir aufrichtig Leid, Iris«, sagte sie.

Iris sah durch Chloé hindurch. Ihre Augen waren vor Müdigkeit blutunterlaufen, und sie zitterte. Tapfer versuchte sie zu lächeln und fragte: »Chloé, wo mag er nur sein?«

Chloé antwortete mit einer nichts sagenden Handbewegung. »Wer ist Morrigane?«, fragte sie.

Iris schob zum Zeichen ihrer Unwissenheit die Unterlippe vor und antwortete: »Soweit ich weiß, eine keltische Kriegsgöttin.«

Sie schwiegen. Sie wussten nicht mehr, was sie sagen sollten. In ihren Köpfen kämpften unklare Gedanken, als wären sie in Treibsand gefangen.

»Wir müssen in seinen Papieren suchen!«, sagte Chloé, und ihre Stimme, die so plötzlich die Stille zerriss, ließ Iris wieder erzittern. »Wir müssen Indizien sammeln. Bestimmt können wir etwas in seinen Sachen finden. Hier oder in der Uni.«

Iris antwortete nicht darauf und sagte stattdessen: »Er war auf der Flucht.«

»Er ist zur Ausgrabungsstätte gefahren«, hauchte Chloé. »Das muss es sein. Er hat Brocéliande gesagt.«

Sie fügte hinzu: »Vernet. Wir fragen ihn. Du kannst ihn bitten, dich im Büro deines Vaters Indizien suchen zu lassen. Als Brennos' Tochter hast du das Recht, dir seine Sachen anzusehen und herauszufinden, was es mit ›Morrigane‹ auf sich hat.«

Iris rieb sich energisch die Augen.

Ja, jetzt konnte Chloé die Frage formulieren, vielmehr die Fragen, die sie Brennos stellen wollte: Warum diese Maskerade, warum die Immatrikulation seiner Tochter mit falschen Papieren, warum diese Geheimniskrämerei, die Verkleidung, warum das unter falschem Namen gemietete Apartment? Und warum war es ihm lieber, als alternder Liebhaber eines jungen Mädchens durchzugehen, als die Vaterrolle zu übernehmen?

»Meinst du, wir sollten die Polizei verständigen?«, fragte Iris mit dünner, unsicherer Stimme.

15

Nur eine geringe Anzahl Studenten hatte sich über den Hörsaal verteilt und arbeitete eifrig, als Chloé mit ihren Büchern unterm Arm eintrat. Sie setzte sich in eine der ersten Reihen, breitete die Bücher und ihre Kladde um sich herum aus, zog die Kette aus der Tasche, legte sie vor sich auf das Schreibpult und öffnete das erste Buch.

Drei Stunden später hatte sie drei Seiten voll geschrieben. Doch das Ergebnis befriedigte sie überhaupt nicht, denn zu häufig waren ihre Gedanken zu Iris' Ausführungen abgeschweift, sie grübelte über Brennos Verschwinden nach und fragte sich, warum nun auch Erwann seit ein paar Stunden nicht mehr auffindbar war.

Die beiden Mädchen hatten das Für und Wider abgewogen und waren zu dem Schluss gekommen, dass es besser war, die Polizei nicht zu verständigen, zumindest nicht sofort, und sie hofften, dass es sich auch später als unnötig erweisen würde. Allerdings fragte sich Chloé jetzt, ob es nicht doch klüger gewesen wäre.

Nach und nach hatten die anwesenden Studenten den Saal verlassen, und neue waren nicht erschienen. Chloé war nun allein im Saal, als plötzlich und ohne Vorwarnung eine Stimme hinter ihr ertönte, die sie aufschrecken ließ: »Du willst wissen, was das ist, nicht wahr? Ich kann es dir erklären.«

Chloé hatte heiser aufgeschrien.

»Tut mir Leid, dass ich dich überrascht habe«, sagte Gilles Domay mit einem vagen, entschuldigenden Lächeln.

»Überrascht nennst du das? Du hast mich in Angst und Schrecken versetzt!«

»Wie gesagt, wenn du wissen willst, was das ist, kann ich es dir erklären.«

Das breite Lächeln, das Gilles jetzt aufsetzte, hatte absolut nichts Beruhigendes. Es war eher ein hartes, hämisches Grinsen. Gilles' Augen schimmerten sonderbar grünlich, wie der Stein …

Sie war aufgesprungen und gegen den Tisch gestoßen, sodass ein Buch zu Boden fiel. Mit einem Mal fürchtete sie sich vor ihm, und diese Furcht legte sich so beklemmend auf sie wie eine Betonplatte. Sie fragte: »Wo ist Erwann?«

Er schien aufrichtig erstaunt.

»Woher soll ich das wissen?«

Beinahe hätte sie erwidert: »Er sollte dich überwachen.« Im letzten Augenblick schluckte sie ihre Worte hinunter.

»Meine Güte, hast du solche Angst vor mir?«

Im gleichen Augenblick stieß Iris die Tür zum Dozentenzimmer auf. Sie wirkte wie ein bleiches Gespenst, und ihre schwarz geschminkten Augen waren immer noch gerötet. Sie zögerte einzutreten, doch dann schob sie sich durch die Tür und zog sie leise hinter sich zu. Mutig schritt sie zu den Schränken mit dem persönlichen Besitz der Professoren und hielt vor der letzten Schranktür der Reihe. Ein Etikett darauf trug lediglich die Initialen JB.

Iris legte ihren kleinen Rucksack ab, öffnete den Reißverschluss der Seitentasche und zog einen Schlüssel heraus.

Brennos' Fach enthielt Unmengen von Papieren in dickbauchigen Ordnern sowie Briefumschläge und ein perlmuttfarbenes iBook.

Den gesamten Inhalt des Faches schleppte Iris zu dem großen Arbeitstisch, an dem auf beiden Seiten die Stühle ordentlich herangeschoben waren. Dieser Tisch in der Mitte des Dozentenzimmers war, abgesehen von der offenen Garderobe, in der zwei Parkas und ein Mantel hingen, das einzige Möbelstück in diesem Raum.

Das war doch Unsinn! Natürlich fürchtete Chloé sich nicht vor Gilles, er hatte sie nur brutal aus ihren Gedanken gerissen. Mit einem Mal war alles Furchteinflößende von dem Rotschopf gewichen. Noch immer lächelte er. Er hob das Buch auf, und sie sah ihm dabei zu. Bevor er es auf den Tisch legte, las er den Titel und wies auf die Kette.

»Nun, interessierst du dich dafür?«

»Gezwungenerma ... Ja, Opferkultgegenstände interessieren mich.«

»In dieser Materie gibt es hier kundige Professoren«, sagte er. »Ebenso gute wie in Irland.«

Er sprach mit einem leichten, recht angenehmen Akzent. »Wie Richard Saxon?«

Es tat ihr Leid, den Namen ausgesprochen zu haben, und sie fühlte die Anspannung wieder aufkeimen.

Er schien verwundert, diesen Namen aus ihrem Mund zu hören, doch schien er nicht peinlich berührt.

»Saxon?«, fragte er. »Kennst du ihn?«

Sie nickte kurz. Sie spürte, wie ihr das Blut in den Kopf stieg und wie es in ihren Ohren rauschte.

»Er war mein Professor, in Irland. Ein unheimlich guter Lehrer. Wirklich, ein netter Typ.«

Sie öffnete den Mund, sagte jedoch nichts, das Blut pochte noch lauter in ihren Ohren.

Gilles Domay fuhr fort: »Saxon hatte offenbar entdeckt, dass sich hier etwas Furchtbares anbahnte. Aber da er manchmal die Tendenz hatte, na, sagen wir mal, abzuheben ... war von seiner absonderlichen Geschichte niemand großartig beeindruckt. Dann hat er Urlaub beantragt ... Und seitdem haben wir nichts mehr von ihm gehört.«

Gilles' Sprechweise änderte sich abrupt, als er hinzufügte: »Vielleicht kannst du mir helfen herauszufinden, was aus Saxon geworden ist.«

Er wartete auf ihre Reaktion.

Nur ein Schritt trennte Gilles von Chloé. Er brauchte lediglich die Hand auszustrecken ... Plötzlich dachte sie, dass er nur aus einem einzigen Grund hierher gekommen war, nur deshalb den Saal betreten hatte.

»Nun mach doch nicht so ein Gesicht!«, sagte Gilles. »Ich werde dich schon nicht ... also wirklich! Zufällig war ich jedes Mal dabei, als du versucht hast, mit Brennos zu sprechen – über den Druidenstein. Und mir ist aufgefallen, dass dich alles, was den Stein betraf, besonders fesselte. Saxon hatte diesen Stein aus Dublin mitgenommen. Die ganze Geschichte hat mit dem Stein zu tun. Und auch du scheinst eine Rolle in dieser Geschichte zu spielen, vielleicht spielst du sogar eine Hauptrolle in dem Stück. Du hast etwas mit Saxon zu tun. Irre ich mich da?«

»Ich traue dir nicht.«

Chloé wich zurück, stieß mit dem Po an den Tisch, und das Buch, das Gilles gerade aufgehoben hatte, fiel wieder zu Boden.

Er seufzte, als würde seine Geduld schwer auf die Probe gestellt. Aus der Innentasche seiner Jacke zog er seine Brieftasche und entnahm ihr vorsichtig einen leicht vergilbten Zeitungsartikel, den er Chloé reichte.

»Vorsichtig! Dieses Dokument ist nicht mehr das Haltbarste.«

Sie nahm den Zeitungsausschnitt entgegen, hielt ihn mit spitzen Fingern und versuchte das Zittern ihrer Hände möglichst zu verbergen. Sie überflog den Artikel, der von Saxon und seinen Ausgrabungen mit ausländischen Studenten handelte. Das Foto zeigte eine kleine Gruppe, und in ihrer Mitte Gilles Domay, dessen Name übrigens in der Bildunterschrift besonders hervorgehoben war. Es bestand kein Zweifel.

»Nun?«, fragte er, als er das Papier wieder einsteckte.

»Konntest du das nicht früher sagen?«, knurrte sie.

Er blickte Chloé verwundert an, und sie hatte plötzlich das Bedürfnis, ihm um den Hals zu fallen, gepaart mit der Lust, ihn zu erwürgen.

Iris hatte nun alle Papiere und Dokumente sowie den Briefaustausch mit Irland sortiert und das iBook geöffnet. Die verschiedensten Codeworte hatte sie ausprobiert, um das OSX-Programm zu öffnen, doch alle Versuche waren erfolglos. Plötzlich öffnete sich die Tür.

Einen Augenblick lang blieb Vernet vor Überraschung starr in der Tür stehen, als er Iris dort am Tisch hantieren sah. Sein Blick glitt von Iris zu den Schränken und zurück zu Iris. Er atmete tief durch, betrat den Raum und schloss die Tür hinter sich.

»Ich erkläre Ihnen alles«, sagte Iris.

Er antwortete, dass er genau das auch erwarte.

Chloé hob die Nase aus dem Buch, ließ den Finger auf der Zeile des Textes, den sie soeben studiert hatte, und sagte: »Weißt du, was Brennos als Letztes am Telefon gesagt hat? Danach konnte Iris ihn dann übrigens nicht mehr erreichen.«

Gilles saß am Nebentisch und las in einem der anderen Bücher. Er schüttelte verneinend die rote Mähne.

»Morrigane«, sagte Chloé und wiederholte: »Morrigane.«

»Das ist der keltische Kriegsgeist«, erläuterte Gilles.

Aus dem Bücherstapel nahm er den Band mit dem Titel *Die magischen Riten der Druiden,* blätterte ihn rasch durch, fand die Seite, die er suchte und schob Chloé das Buch zu. Die Abbildung zeigte eine grausige Kreatur mit einem dunklen Kleid aus Federn und Fell, einem Kopf mit langem Schnabel voller Reißzähne und mit den irren Augen eines halluzinierenden Raubtiers. Seine Glieder endeten in spitzen Klauen, die glänzten, als seien sie aus geschliffenem Stahl.

Chloé las: »Für die Zeremonie an einem heiligen Ort im Wald war das Menschenopfer eines jungen Mädchens notwendig ...«

»Blätter weiter!«

Sie blätterte weiter.

Die nächste Abbildung zeigte eine junge, von zwei Druiden festgehaltene Frau, die am Rand eines Kessels mit brodelndem Inhalt geköpft werden sollte.

»Mit den vereinten Kräften des magischen Steins und der geweihten Hippen gelang es den Druiden anscheinend, den Geist des Krieges zu beschwören. Morrigane galt als die schrecklichste Gestalt aller Dämonen ...«

Chloé hob den Kopf; ihre und Gilles' Blicke begegneten sich.

»Der Stein«, murmelte sie. »Der Stein und die Hippen, die ich gefunden habe ...«

»... sind geklaut worden«, beendete Gilles ihren Satz.

»Wurden sie etwa für eine solche Zeremonie gestohlen?«

»Könnte sein«, flüsterte Gilles. »Genau das hatte Saxon nämlich befürchtet. Ich vermute, dass er nicht aus freien Stücken mit dem aus dem Museum gestohlenen Stein nach Frankreich gekommen ist, sondern dass es dafür einen besonderen Grund gab. Ich glaube, er ist gezwungen worden.«

»Brennos?«

»Ich weiß es nicht. Wo mag Brennos nur sein? Wenn es stimmt, was Iris dir erzählt hat, dann ... Ach, ich weiß auch nicht. Irgendwer ...«

Chloé erwiderte: »Iris war dabei, als ich mir die Frage laut stellte: Warum ist Saxon bloß nach Frankreich gekommen? Und warum ist er im Campuspark umgebracht worden? Iris hat geantwortet: ›Vielleicht hatte er Angst um mich. Ich war in Gefahr ...‹«

»Wenn die Geschichte mit Saxons Mord wirklich stimmt!«

Chloé stöhnte resigniert: »Du glaubst mir also auch nicht.«

»Das habe ich nicht gesagt. Aber wir gehen hier wie auf Eiern. Jede Spur muss untersucht werden, doch wir sollten besser keine unhaltbaren Theorien aufstellen.«

»Unhaltbare Theorien? Oh, Scheiße«

»Es tut mir Leid, ich kann mir schlecht vorstellen, dass dieser gute Mann nur deshalb ermordet worden ist, weil er meinte, irgendeine Wahnsinnstat verhindern zu müssen ...«, sagte Gilles.

»Hast du Erwann heute gesehen?«, fragte Chloé.

Er schüttelte den Kopf.

Heiser sagte sie: »Das macht drei. Er sollte dich treffen, ... um ... etwas über dich in Erfahrung zu bringen.«

Er nickte und sagte: »Vielen Dank für so viel Interesse – ist das das richtige Wort? – an meiner bescheidenen Person.«

Er richtete sich auf und fügte hinzu: »Los, Chloé, lass uns gehen. Und zwar schnellstens. Meiner Meinung nach dürfen wir keine Minute mehr verlieren. Auf die Polizei können wir verzichten.«

Vernet war fündig geworden.

Er hatte Iris geduldig zugehört, schien aber zunächst nicht alles zu verstehen. Plötzlich fragte er: »Wie heißt doch gleich Ihre Mutter?« Und genau dieser Name war auch das Codewort: Brenda.

Iris hatte Vernet das iBook gegeben und das Codewort eintippen lassen. Inzwischen schien er alles begriffen zu haben. Endlich. Alles und vielleicht sogar zuviel. Er blickte sie an, öffnete den Mund, sagte jedoch nichts. Schließlich hauchte er: »Meine Güte! Iris O'Henry, Gott schütze uns …«

Er war bleich geworden. Als wisse er nicht, wohin mit seinen Händen oder wie er sie beschäftigen sollte, führte er sie ratlos zu seinem Gesicht. Als hätte sich der ganze Raum auf einmal mit höllischem Gestank gefüllt, hielt er sich mit zwei Fingern die Nase zu.

Sie rannten über den Parkplatz. Gilles zog Chloé am Arm hinter sich her, und sie versuchte, mit ihm Schritt zu halten, als plötzlich Thomas' Auto, das man unter Tausenden sofort wiedererkannte, wie eine Kanonenkugel rückwärts aus dem Parkplatz schoss, so dass Chloé und Gilles fast unter die Räder kamen. Chloé war nur deshalb verschont geblieben, weil Gilles sie zurückgerissen und sich zwischen sie und die Stoßstange geworfen hatte. Wütend schlug er mit der flachen Hand auf das Autodach. Die Bücher waren Chloé aus den Händen gerutscht und durch die Luft geflogen, gerade als die Bremsen des Wagens aufkreischten. Jetzt lagen die Bücher auf dem regennassen Asphalt des Parkplatzes verstreut, und Gilles ließ auf Gälisch die übelsten Schimpfwörter seines Repertoires auf Thomas niedergehen, der, vor Schreck weiß wie ein Laken, die Autotür öffnete.

»Tut mir Leid«, sagte er und starrte aus weit aufgerissenen Augen Chloé an, als sähe er ein Gespenst.

»Bist du es, Chloé?«

»Beinahe wäre ich es nicht mehr gewesen. Was ist denn bloß los?«

Thomas stieß ein paar recht präzise Sätze wie eine Gewehrsalve aus: Vorhin, gerade als Léa und er angekommen und aus dem Auto gestiegen waren, hatte sie ein Mädchen, das sie nicht kannten, angesprochen und sich an Léa gewandt. »Bist du Léa?«, hatte das Mädchen gefragt, und Léa hatte »ja« geantwortet, worauf das Mädchen ein Papier hervorholte, ein zweimal zusammengefaltetes, aus einem Ringbuch gerissenes Blatt, in dem ein Halsband mit Knochenperlen lag und auf dem eine hastig gekritzelte Einladung stand, *unterzeichnet von Erwann und Chloé.* Léa sollte, und das war viermal unterstrichen, *schnellstens* zur Ausgrabungsstätte kommen.

»Ach du lieber Gott«, murmelte Gilles, dem nicht eine Silbe dieser Erklärungen entgangen war.

»Das Mädchen ist weggelaufen und Léa hinterher. Léa wollte wissen, woher der Zettel und der Auftrag kamen.

Es sei eine Frau in der Cafeteria gewesen, die es unheimlich eilig hatte, hatte das Mädchen gesagt. Sie habe ihr ein Auto gezeigt, das gerade auf den Parkplatz fuhr. Die Frau habe ihr lediglich aufgetragen, die Kette ihrer Freundin Léa zu geben, sobald sie aus dem Auto steigen würde, und dass Léa ihr dafür einen Zwanziger geben würde. Das war alles, mehr wusste das Mädchen auch nicht.«

»Da ist doch etwas faul! Irgendetwas stimmt hier vorne und hinten nicht!«, rief Chloé.

Thomas blickte hilflos von Gilles zu Chloé und fuhr monoton und wie ausgebrannt fort: »Léa hat mir gesagt, ich soll hier auf sie warten und ist in die Cafeteria gerannt. Seitdem gibt es keine Spur mehr von ihr. Ich war in der Cafeteria, aber niemand hatte sie dort gesehen. Ich habe versucht, sie auf ihrem Handy zu erreichen. Tote Hose. Und jetzt fahre ich da hin. Wieso bist du überhaupt hier, Chloé? Was soll das Ganze? Wir wollten heute Abend ein großes Halloween-Fest feiern, und nun das ...«

»Thomas, woher soll ausgerechnet ich das wissen?«, fragte Chloé.

Eines der Bücher lag aufgeschlagen am Boden, und die Abbildung dort zeigte eine für den Opfertod vorbereitete junge Frau und einen hippenschwingenden Druiden.

Chloés und Gilles' Blicke hefteten sich gleichzeitig auf die Abbildung der aufgeschlagenen Seite, gleichzeitig schauten sie wieder auf, und ihre Blicke begegneten sich.

Chloé murmelte: »Die Samhain-Nacht ... Brocéliande ... Léa ...«

»Was hat das alles zu bedeuten?«, fragte Thomas.

»Wir kommen mit«, entgegnete Chloé hastig und sammelte die Bücher vom Boden. »Schnell jetzt. Wir erklären dir alles unterwegs.«

Im gleichen Augenblick, als das Auto vom Parkplatz rollte, verließen Professor Vernet und Iris das Dozentenzimmer.

Mit großen Schritten ging der Mann mit dem ernsten Gesicht voran, gefolgt von dem jungen Mädchen mit dem kurzen schwarzen Haarschopf und der verschlossenen Miene. Niemand von den Personen, denen die beiden begegneten und die ihnen nachschauten, hatten Iris wieder erkannt.

Vernet hielt eine Aktentasche aus schwarzem Leder gegen seine Brust gepresst, als enthalte sie die Gesetzestafeln oder einen anderen, mindestens ebenso unglaublich wertvollen, antiken Gegenstand.

16

Sie schlugen den Weg in Richtung Lorient ein und verließen die Stadt beim Park im Westen von Rennes. Niemand im Auto brachte ein Wort hervor, bis sie die Stadt hinter sich gelassen hatten. Als sie am Ortsschild vorbeifuhren, das auf die Stadtgrenze hinwies, meldete Gilles sich zu Wort: »Irgendetwas Schreckliches ist geschehen … Ich fürchte, Saxon hat sich nicht geirrt.«

»Morrigane!«, sagte Chloé.

Thomas schlug aufs Lenkrad. »Und ich, habe ich vielleicht auch ein Anrecht zu erfahren, was hier gespielt wird, oder bin ich Luft? Was soll das heißen, Morrigane?«

»Das ist der Kriegsgeist«, erläuterte Gilles, der in der Mitte der hinteren Bank saß und sich über die beiden Vordersitze gelehnt hatte. »Die Kelten nannten ihn auch die kriegerische Furie, eine der drei Göttinnen, oder einen der drei Dämonen, je nachdem. Sie wurde bei den Opferzeremonien der Druiden angerufen. Insbesondere in der Samhain-Nacht. Und das ist heute. Ausgerechnet am Tag der großen Halloween-Maskerade …«

Thomas schlug mehrmals ärgerlich auf den oberen Teil des Lenkrads und verzog schmerzlich das Gesicht. Er war sehr blass, nur auf seinen Wangen zeichneten sich rote Flecken ab.

»Mit der Anrufung der Geister der Toten werden ihre Mächte zu neuem Leben erweckt, und diese geheimnisvollen Mächte erstehen in einer anderen Seinsform mit dem Antlitz des Todes wieder auf«, fuhr Gilles fort. »Die Anrufungszeremonie fand im Wald rund um einen magischen keltischen Kessel statt, und es wurden eine oder mehrere Mädchen geopfert, nicht unbedingt Jungfrauen. Die vereinten Kräfte des magischen Steins und der Hippen weckten die toten Geister des Krieges. Die blutrünstigste Gestalt aller Geister, das war Morrigane.«

Nach einem lastenden Schweigen hörte sich Thomas' Stimme an wie eine quietschende Türangel: »Habe ich Halluzinationen, oder höre ich wirklich, was ich höre?«

Gilles antwortete nicht.

»Los, Chloé, sag etwas! Spinnt der?«

Auch sie antwortete nicht. Sie hatte Magenkrämpfe und fühlte Übelkeit in sich aufsteigen.

»Und was hat Morrigane jetzt mit dieser ganzen verrückten Geschichte hier zu tun?«, fragte Thomas mit einer seltsam flachen Stimme.

»Das ist ein Name, den Brennos genannt hat, als er mit seiner Tochter telefonierte.«

»Seiner Tochter?«, wiederholte Thomas gedehnt.

»Soll ich fahren?«, fragte Gilles.

Thomas schüttelte den Kopf. Seine Augen glänzten.

»Nein, es geht schon. Alles in Ordnung. Wirklich, prima ... ohne Scheiß. Aber es wäre nett, wenn du mir die Zusammenhänge erklären würdest, Chloé. Irgendwie fügt sich das Ganze in meinem Kopf nicht zusammen. Wenn sich keiner die Mühe macht, mir alles haarklein auseinander zu setzen, schnalle ich nicht mal Schneewittchens Story, und das hier erst recht nicht ...«

Genau das tat Chloé während der Fahrt, sie setzte ihm die Zusammenhänge haarklein auseinander, und Thomas schien wie vor den Kopf geschlagen. Während ihrer Erläuterungen schwieg er und sagte auch nichts, als sie ihren Bericht beendet hatte. Es war, als habe Thomas jeden Halt verloren. Bleich, mit aufgerissenen Augen und offenem Mund saß er steif hinter dem Steuer und schien auf das bittere Ende oder eine wundersame Rettung zu warten.

Wenn Gilles auch schwieg, so schien er bei weitem nicht so verstört wie Thomas. Seine Augen leuchteten auf eigenartige Weise. Ganz offensichtlich schockierte ihn nichts von Chloés Erzählungen, und er wusste zweifellos bereits einen großen Teil von dem, was Chloé von ihrer Unterhaltung mit Iris preisgegeben hatte.

Er wusste sogar noch mehr: »Iris kannte nicht den wirklichen Grund, weshalb sie plötzlich unter falschem Namen in Frankreich leben sollte. Es ging gar nicht um Brennos' Ruf. Deshalb hat er seine Tochter nicht versteckt. Die Existenz seiner Tochter zu verschleiern, um sein Image zu schützen, das passt gar nicht in die heutige Zeit. So etwas macht doch niemandem mehr etwas aus. Sogar Staatschefs kennen sich mit dem Thema aus. Das wäre ja auch geradezu lachhaft.«

Ein Schild wies darauf hin, dass Paimpol noch zwanzig Kilometer entfernt war.

»Sie ist hier versteckt worden«, erzählte er weiter, »um ihr das Leben zu retten, aber auch wegen der Vergangenheit ihrer Mutter, Brenda O'Henry. Brenda O'Henry war Brennos' Studentin, das stimmt, und sie war auch Saxons Studentin, als die beiden noch zusammenarbeiteten. Brenda war eine leidenschaftliche Frau. Nicht nur, was ihre Liebe zu Brennos betraf und weil sie ein Kind von ihm zur Welt brachte. Nein, mit der gleichen Leidenschaft studierte sie keltische Esoterik. Eine Zeit lang gehörte sie sogar einer Art mystischer Sekte an, die sich unter Drogeneinfluss und mit kindischem Glauben von irgendwelchen Gurus ausnutzen ließ. Diese Gurus sind echte Schlitzohren. Meistens haben sie Macht, gute Stellungen und genießen Schutz von den höchsten Stellen. Oft ist bretonischer Adel im Spiel, ein verrottetes Völkchen, Kapitalisten jeder Färbung, die ihre Fähnchen politisch in den Wind hängen, Hauptsache, sie bleiben an der Macht und einflussreich. Wie dem auch sei, es war eine eher schicke Sekte, ein Geheimbund im Stil von Paul Féval. Brenda war völlig indoktriniert. Und lange. Saxon hat sie dann dort herausgeholt. Um sich zu schützen, hatte sie gedroht, unerfreuliche Dinge über den Bund zu verbreiten. Aber durch ihre Tochter war sie verwundbar. Jetzt wisst ihr's. Ihre Tochter hat der Rache des Geheimbundes mehrmals knapp entgehen können, wahrscheinlich ohne es zu ahnen … Ihren Andeutungen nach zu urteilen, hat sie jetzt vielleicht verstanden, worum es geht …«

»Woher weißt ausgerechnet du das alles?«, fragte Thomas abrupt.

In Chloés Augen stand die gleiche Frage.

Mit tieferer und tragenderer Stimme als vorher fuhr Thomas fort: »Was für eine Horrorserie seht ihr da, auf eurem Sender? Ich habe nicht mal die Programmzeitschrift gelesen.«

»Weshalb ich das alles weiß?«, antwortete Gilles und zuckte mit den Schultern. »Ich war nicht nur Saxons Student, unsere Beziehung war ziemlich eng. Deshalb wusste ich, dass er sich große Sorgen um Brenda und Iris machte. Damals hat er mir das alles erzählt. Natürlich war Diskretion an der Tagesordnung, auch gegenüber Brenda und Iris. Als Lösung des Problems war ihnen nichts Besseres eingefallen, als Iris vor drei Jahren hier unter falschem Namen und im Schutz ihres Vaters an der Uni einzuschreiben. Die Typen der Sekte, die Barden von Morrigane, waren nervös und wurden immer gefährlicher. Es stellte sich heraus, dass sie zu allem fähig waren …«

Diesen Worten folgte eine bleierne Stille, die sogar die Motorengeräusche im Auto zu überdecken schien. In diesem Augenblick hatten Chloé und Thomas eines gemeinsam: Beide waren völlig durcheinander und käseweiß.

Die Nacht sank vom grauen Himmel wie kompakte Asche. Steife, lang anhaltende Böen peitschten über die leichenkalte Landschaft, knickten die Wipfel der Bäume, erschütterten sie bis ins Mark, rissen brutal an den Ästen und zerrten ihnen mit plötzlichen Wirbeln rötliche Fetzen aus dem Herbstkleid.

Es war, als hätte sich diese Landschaft Jahrhunderte hindurch dem Einfluss einer geheimnisvollen Quelle, eines Strudels der Elemente entzogen und als sei nun eine Schwelle, eine unsichtbare Grenze überschritten worden. Es war, als tanzten rötlich aufglühende Schatten unbeholfen durch das Land, Schatten, die aus dem finsteren, kalten Innern der Erde emporgestiegen waren und nun Felder und Wälder zerwühlten. Diese Furcht einflößende Atmosphäre trug nicht gerade zur allgemeinen Stimmungshebung bei.

Nachdem Gilles seine Ausführungen beendet hatte, verharrte er in tiefem Schweigen. Die Aussprache hatte ihn offenbar nicht erleichtert, und anstatt eine gewisse Komplizenschaft mit den anderen zu schaffen, schien sie eher das Gegenteil zu bewirken, denn Gilles kapselte sich hermetisch ab. Sein Verhalten und dieses penetrante Schweigen wirkten sonderbar, ja sogar beängstigend. Gilles versuchte nun nicht einmal mehr zu verbergen, auf welche Weise die Situation ihn anrührte und inwieweit diese Geschichte ihn betraf. Er hatte sein Rollenspiel aufgegeben, die Maske und den Deckmantel, den er während der vergangenen Tage getragen hatte, abgelegt.

Thomas hingegen war aufgewühlt, wahrte mühsam

die Beherrschung und steuerte den Wagen wie ein Roboter. Obwohl er sich begreiflicherweise nicht unbedingt persönlich von der ganzen Geschichte betroffen fühlte, quälte ihn eine ungeheure Furcht. Es war leicht zu erraten, wem in erster Linie und in diesem Augenblick besonders seine Sorge galt.

Das während der Fahrt aufgekeimte Unbehagen verstärkte sich noch, als sie den Wald erreichten, denn die immer schwärzeren und schneller rasenden Wolken schienen sich gewichtig auf die Landschaft zu senken, als wollten sie ihre dunkle Last mit dem Astwerk der Bäume verweben und einen finsteren Deckel über die Welt stülpen.

Die Straße war schmutzig grau und feucht, im fahlen Licht blitzte sie hin und wieder auf, als rollten Quecksilberkugeln über den Asphalt. Während der Fahrt wirbelte das Auto das Herbstlaub am Wegrand in die Luft und der Wind trug es davon.

Sie erreichten nun den Waldweg. Der halb zerstörte Forst lag in einem grünlichen Dämmerlicht, das an Meerestiefen erinnerte, und die noch aufrechten und teilweise belaubten Bäume bewegten sich wie rostige Wracks in Furcht einflößenden Tiefenströmungen.

Das Unbehagen nahm zu und wurde fast unerträglich. Es wich allmählich echten, bohrenden Ängsten, als die ersten Zeichen auftauchten.

Die ersten Zeichen eines Wahns, der in diesem Gebiet offenbar ein Aktionsfeld mit eigenartigen Ausdrucksformen gefunden hatte.

Sie fuhren an der ersten Ausgrabungsstätte vorbei, die verlassen in ihrer Einfriedung aus wehenden Plastikstreifen lag. Auf der gegenüberliegenden Seite des Anfahrtsweges sahen sie hinter Baumstümpfen und in dem Dickicht, das nach dem Orkan wild nachgewachsen war, ein paar parkende Autos, mindestens drei, doch das war noch kein Furcht erregendes Zeichen.

Sie ließen die gigantischen Massen der Findlinge hinter sich, die das mehr oder minder geheime Ausgrabungsgebiet begrenzten, in dem Brennos mit seinen Studenten außerhalb des Stundenplans gearbeitet hatte. Hier gab es nur noch einen holprigen, kaum befahrbaren Waldpfad, den die Traktoren und Maschinen der Holzfäller geöffnet und von Baumstämmen befreit hatten. Thomas' Auto bewältigte mühsam schlingernd und chaotisch hüpfend den unebenen Boden.

Am Rande dieses Holperwegs sahen sie die erste Vogelscheuche, die zunächst wie eine unförmige, zerlumpte Gestalt wirkte. Doch als der Wagen zu dicht an dem Gebilde, das auf einer in den Boden gerammten Stange thronte, vorbeischwankte, hakte sich der Außenspiegel daran fest und drehte es um, sodass der Kopf der Vogelscheuche mit der gruseligen Bedeckung aus schwarzen, aufgerichteten Federn gegen die Scheibe schlug, hinter der Chloé saß. Sie kreischte auf. Der Kopf der Vogelscheuche war ein Totenkopf von der Art, wie sie ihn gesehen hatte, als sie auf die Hippen gestoßen war.

Vielleicht war er es sogar?

Gilles, auf der hinteren Sitzbank, hielt sich an den Rückenlehnen der beiden Vordersitze fest. Sein Gesicht wirkte ebenso grünlich wie das Licht in dem Wald. Er stieß einen gälischen Fluch aus und sagte in Chloés und Thomas' Sprache: »Mein Gott ...«

Thomas riss den Mund weit auf und bleckte seine großen weißen Zähne. Chloé war aschfahl.

Den Weg säumten noch mehr solcher Stangen mit Kreuzen aus knorrigem, verbogenem Holz, an denen Tierknochen hingen und die sich im Wind drehten: Teile von Brustkörben, lange Knochen, die auf den ersten Blick und der Größe nach zu urteilen von Katzen oder Hunden stammen mochten, aufgespießte Tierköpfe verschiedener Art: Damwild, Ziegen, Hirsche mit ihren Geweihen, größere Köpfe, wie die von Kühen, oder waren es Pferde? Wildschweine? Aber da waren auch Menschenschädel, Mumien, geschmückt mit Ketten, Bändern, Federhüten und Metallplatten.

Dazwischen standen ausgehöhlte, von innen mit Kerzen erleuchtete Kürbisköpfe, deren Licht im Wind flackerte. Durch die länglichen, mandelförmig ausgesägten Augen drangen die Lichtstrahlen wie teuflische Blicke, die gefräßigen Mäuler spuckten sie aus wie Erbrochenes. Lange, verbogene Nasen aus Wurzeln oder Knochen vervollständigten die Fratzen.

»Mein Gott …«, wiederholte Gilles heiser. »Ich kann es nicht fassen …«

Thomas entwich ein überraschtes: »Die feiern hier Halloween aber wirklich zünftig.«

»Samhain!«, berichtigte Gilles. »Sie haben die Umgebung einer Druidenzeremonie nachempfunden, einer Opferzeremonie.«

»Wie bitte? Was haben sie …? Und wer …? Wer sind sie? Was ist das für ein … Possenspiel?«, hauchte Chloé.

»Ich vermute, dass wir das sehr bald wissen werden«, entgegnete Gilles mit ausdrucksloser Stimme.

Der Wagen hüpfte plötzlich vorwärts in eine tiefere Fahrrinne. Thomas versuchte gar nicht erst, diese Hürde zu nehmen, und stellte den Motor ab. Die drei Insassen sprangen gleichzeitig aus dem Auto.

Dreißig Meter vor ihnen befand sich ein teilweise eingestürztes Hünengrab, in dessen Nähe offenbar ein Eingang zu unterirdischen Räumen führte, denn das Gebiet war mit Windlichtern markiert. Die Steinmassen lagen dort wie ein riesiges, kauerndes Tier auf dem Sprung, und das flackernde Licht beleuchtete den schwarzen Bauch des gespenstischen Steintiers so, dass es im Spiel von Licht und Schatten zu atmen schien. Das fahle, zitternde Licht der an Stäben befestigten Fackeln beleuchtete einen Weg, der ein Dutzend Meter geradeaus zu einem offenen Loch im Boden führte, aus dem stinkender Rauch quoll. Das Loch erinnerte an einen Krater, den ein überraschter Beobachter plötzlich als Vulkan identifiziert hat und der wegen der unerwarteten Entlarvung drauf und dran ist, wütend auszubrechen und Feuer zu speien.

Die tiefen Stimmen und Litaneien, die hin und wieder leise und wie am Boden kriechend im dunklen Wald widerhallten, drangen aus genau dieser Öffnung im Boden.

Gilles war der Erste, der sich dem Loch näherte. Die anderen folgten. Aus der Nähe wirkte das Loch wie der Eingang zu einem überdimensionalen Wespennest, aus dem es brummte und summte. Chloé war nicht übermäßig erstaunt, als sie sah, dass Gilles eine Pistole aus seiner Windjacke zog. Alle drei legten sich auf die Erde und robbten die letzten Meter bis zum Loch auf dem Bauch.

Dieses Loch war erst kürzlich geöffnet worden, oder

vielmehr nach seiner Entdeckung *wieder* geöffnet worden. Ursprünglich hatte es zweifellos als Rauchabzug für die unterirdischen Galerien gedient, den irgendjemand zugemauert hatte. Jetzt war das Mauerwerk entfernt und ein Abzug von einem guten Meter Durchmesser freigelegt worden.

Dicke Rauchwolken und ein wenig Funkengestöber stiegen in unregelmäßigen Abständen aus dem Loch, zusammen mit einem bestialischen Gestank nach verdorbenem Fleisch, das gerade gekocht wurde. Trotz dieses unerträglichen Geruchs und der Hand, die Gilles auf Chloés Schenkel gelegt hatte, um sie zurückzuhalten, robbte sie so dicht wie irgend möglich an die Öffnung. Was sie nun entdeckte, ließ sie vor Überraschung zunächst den Atem anhalten, dann vor Horror erstarren.

Der Raum schien weitläufig, an der höchsten Stelle drei oder vier Meter hoch, allerdings konnte Chloé von ihrem Beobachtungsposten aus die Abmessungen des gesamten Saals nicht beurteilen. Zumindest sah sie an der Felswand Bildhauereien, die stilisierte, Hörner tragende Tiere darstellten. Nischen im Gestein bargen gefesselte menschliche Skelette in Hockstellung, denen die Köpfe fehlten. In den Metallringen an den Wänden steckten Fackeln, die mit ihrem rötlichen, zitternden Licht den Raum erhellten, gleichzeitig mit dem glühenden Feuer unter dem großen Kessel in der Mitte des Raums.

Aus diesem Kessel stieg der Gestank. Mehrere Personen sangen mit schleppenden Stimmen im Chor die Litaneien, die sie schon im Wald gehört hatte.

Chloé konnte nur drei Personen in nächster Nähe des

Kessels sehen. Auch sie sangen in einer unbekannten Sprache beschwörende Psalmen und zerhackten gleichzeitig Mistelzweige mit Hippen, die denen, die Chloé in der eingestürzten Höhle gefunden hatte, ausgesprochen ähnlich sahen. Die drei Personen trugen lange, grob geschnittene Kutten aus weißem Leinen. Mit Sicherheit waren diese Gestalten nicht die einzigen Anwesenden in der Felsenhalle. Es mussten sich weit mehr Leute dort aufhalten, auch wenn sie für Chloé unsichtbar waren. Sie war überzeugt, zumindest zwei der drei Männer wieder zu erkennen, obwohl sie Kapuzen trugen, nämlich die Männer, die kürzlich Erwann und sie bis zum großen Hünengrab verfolgt hatten.

Einer der »Druiden« näherte sich dem Kessel mit einem langen Stock und tauchte ihn in die teuflisch stinkende Suppe. Aus dem Kessel stieg ein eigenartiger, grünlicher Lichtschein, ähnlich dem Farbton des Steines, den Saxon hochgehalten hatte, bevor er ermordet wurde. Die Gestalt in der weißen Kutte rührte den brodelnden Brei um, und in dem Strudel tauchten drei Menschenköpfe auf. Chloé erkannte zwei von ihnen: die Köpfe der Professoren Saxon und Brennos. Sie hatte Ken, der die Hütte mit dem Ausgrabungsmaterial zu bewachen pflegte, nicht gut genug gekannt, um ihn unter diesen Umständen zu identifizieren, und sein Kopf war ohnehin bis zur Unkenntlichkeit entstellt …

Der Horror, der sie hatte verstummen lassen, peitschte sie jetzt hoch, sie wich zurück und stieß einen gellenden Schrei aus, den sie nicht hatte unterdrücken können.

Ihr panischer Rückzug hatte ausgereicht, um den unsicheren Boden in Bewegung zu setzen: Unter ihrem Gewicht stürzte er ein und riss große Erdbrocken und auch Gilles und Thomas mit in die Tiefe. Chloé schrie bis zum Aufprall auf dem Boden der Halle wie am Spieß.

17

Der Absturz, das Rutschen und die Stöße, die sie verspürte, ließen sie an ein Erdbeben denken. Um sich herum vernahm sie aufgeregtes Geschrei. Plötzlich packte sie irgendjemand, sie wusste nicht wer. Ihr Mund und ihre Augen waren voller Erde und Staub. Nun stellte sie jemand auf die Füße und schob sie an eine Wand des Saals. Mit dem Kopf stieß sie gegen die zischende Fackel in einem in der Wand verankerten Rinderhorn. Der ekelhafte Geschmack nach Eisen und Rost stammte von der Erde, die sogar an ihren Zähnen klebte. Sie glaubte, dass sie nun auf dem besten Wege war, den Verstand zu verlieren. Nein, sie hatte ihn ohne Zweifel bereits vollständig verloren.

Sollte sie diesen Raum bei ihrem ersten Besuch unter der Erde durchquert haben, so hatte sie ihn nicht bemerkt – was ihr unvorstellbar schien: Er war riesig, hoch und breit, nicht wirklich rund, doch wiesen die Wände und die Ecken Rundungen auf. Die Nischen mit ihrem makabren Inhalt und die Skulpturen wären ihr mit Sicherheit aufgefallen. Allerdings konnte es auch sein, dass der Raum diesmal weitaus besser erleuchtet war, durch die Fackeln und das Feuer unter dem Kessel.

Es schoss ihr durch den Kopf: *Wie haben sie das nur*

gemacht? Ihre Gedanken überstürzten sich: Wie lange mochten die Vorbereitungen für diesen ganzen Zirkus gedauert haben? Wie viel Zeit, Energie und Arbeit hatte das alles gekostet? An ihrem geistigen Auge zogen Bilder im Zusammenhang mit Gilles vorbei. Gilles im Auto … Gilles, der Mann mit dem Revolver … Gilles und seine Eröffnungen über die Sekte dieser Verrückten, in deren Fänge Brenda O'Henry geraten war …

Die Barden Morriganes … Lauter Bilder …

Die Barden! Hier waren sie.

Sie standen rund um den Kessel. Stille, regungslose Gestalten. Im Schein des Feuers und der Fackeln tanzten auf ihren langen Kutten schwarze Schatten, die sich wie Schlangen in ihrem Nest wanden. Doch die Gesichter der Anwesenden waren fast ganz unter Kapuzen verborgen.

Ja, sie waren hier, die Barden Morriganes.

Mindestens ein Dutzend. Manche trugen unter den Kapuzen Masken aus rotem oder schwarzem Satin. Im zitternden Licht der Fackeln wirkten die Gesichter ausgehöhlt, als fehle ihnen etwas, und erschreckend unwirklich. Dann diese langen weißen und schwarzen Roben! Bei manchen gaben tiefe und goldverbrämte Halsausschnitte den Blick auf haarige Brüste frei. Unter all diesen wie für einen Karneval verkleideten Gestalten schienen einige direkt einem Comic-Heft der Glanzzeiten des Genres entsprungen zu sein. Sie waren die reinsten Karikaturen von Mitgliedern geheimer Sekten. In der Gruppe befanden sich mindestens zwei Frauen mit roten Masken unter den Kapuzen. Sie ließen sich leicht an ihrer Gestalt erkennen, an ihren Formen und Rundungen und insbesondere am Dekolletee ihrer Roben.

Von dem plötzlichen Erdeinbruch überrascht, stand dieses Völkchen nun wie versteinert da. Eine Gestalt hob sich gänzlich von den anderen ab: ein Mann in engen, langen Hosen aus weichem, schwarzem Leder. Sein Oberkörper war in eine Art Umhang aus dickem Sackleinen mit genieteten und geschnürten Lederstreifen gehüllt. Wülste aus einem Maschenwerk aus Kupfer täuschten auf dem Brustkorb Rippen vor. Dieses Panzerhemd war an den Schultern und Ärmeln, die oberhalb der Ellenbogen endeten, mit Federn und Büscheln aus Rosshaar versehen. Der Mann war barfuß, trug jedoch Handschuhe aus Leder, deren Finger in Stahlklingen in Form von langen Krallen endeten. Sein Kopf steckte in einem Helm, der einem Tierkopf ähnelte. Er bestand aus Metall- und Knochenplatten und am oberen Helmteil aus Kupferscheiben, die durch Lederschnüre miteinander verbunden waren. Silberne, runde Scheiben markierten die Wangenknochen. Dazwischen ragte ein eigenartiger Schnabel hervor, an dessen beiden Seiten gebogene Hauer wie die eines Keilers saßen, so dass die Fratze einem monsterartigen Schweinsgesicht ähnelte. Die ganze Gestalt und ihre Verkleidung erinnerte Chloé eindeutig an die Stiche, die Abbildungen von Morrigane, die sie vor einer knappen Stunde – *war es tatsächlich nur eine Stunde her?* – im Beisein von Gilles in der Uni betrachtet hatte.

Nach der kurzen Zeit des totalen Stillstands, dem sich kein Anwesender hatte entziehen können, und während immer noch der Staub im flackernden Licht wirbelte, warfen sich plötzlich mehrere dieser in weiße und schwarze Gewänder gehüllten Personen auf die drei Neuankömmlinge. Ein kurzer schriller Ausruf drang aus der Knochen- und Ledermaske, den Chloé jedoch nicht verstehen konnte, weil es in ihren Ohren höllisch rauschte. Sie drehte den Kopf hin und her, dann blieb ihr Blick auf Thomas haften, der sich aufzurichten versuchte, um vor der Bande gerade zu stehen. Gilles, am Boden, tastete mit beiden Händen um sich, offenbar auf der Suche nach seiner Pistole.

»Schnell!«, schrie Chloé.

Gilles hob sie auf … nicht die Pistole, aber eine Eisenstange, an der wohl ursprünglich eine Fackel befestigt werden sollte … Er ging einen Schritt auf die Kuttenträger zu, die sich ihrerseits Gilles näherten, dann hob er die Stange, und gerade, als einer der Kuttenträger neben ihm zu stehen kam, machte Gilles eine Kehrtwendung und zog Thomas, der offenbar absolut nicht an Kapitulation dachte und gerade zum Angriff übergehen wollte, die Stange über den Schädel.

Das Geräusch des Schlags auf Thomas' Kopf war entsetzlich.

Chloé rief nach ihrer Mutter. Ihre Gedanken rasten wie ein Sturmbrand, sie fühlte sich als ein Opfer von unendlicher Brutalität, und die spürte sie nicht nur in ihrer Seele, sondern auch an allen Stellen ihres geschundenen Körpers: *Lieber Gott, lieber Gott, lieber Gott, mach, dass ich nicht hier bin. Mein Gott, mach, dass ich sonstwo bin. Mach, dass ich nie hierhergekommen bin. Mama! Warum?*

Es war ihr unmöglich, den Blick von Thomas abzuwenden, der bewusstlos am Boden lag, unmöglich, nicht auf seinen blutenden Kopf und den offenen Mund zu starren.

Plötzlich packte Gilles Chloé brutal am Kragen ihrer Windjacke, zog sie von der Wand fort, presste ihr mit einer raschen Bewegung die Eisenstange unter das Kinn und zog sie an sich.

»Nur nicht nerven, Kleines!«, sagte er.

Oh, Mist, Dreck, Scheiße!

Gilles hielt sie auf diese Weise fest, bis zwei Druiden sie an den Armen ergriffen und fest umklammerten. Durch den Nebel, der sich in ihrem Kopf breitmachte, erkannte sie einen der Typen, den sie häufig in der Begleitung von Brennos gesehen hatte, er war einer seiner Studenten. Sein Gesicht war schwarz und weiß bemalt und mit esoterischen Zeichen übersät. Die Männer schleppten Chloé vor den maskierten Mann, der seine Klauen hob, sie an beide Seiten seines Helms legte und den Helm dann absetzte.

»Guten Abend, mein Schatz«, sagte Erwann.

Sein Gesicht war wie aus Marmor, der Ausdruck seiner Augen leer.

Ich wusste es! Ich wusste es!

Seit wann wusste sie es?

Diese Horrorvision schlug sie endgültig nieder. Vor ihren Augen drehte sich alles. Das Blut jagte eiskalt durch ihre Adern, beschleunigte ihren Herzschlag fast zum Zerspringen und hämmerte in ihrem Gehirn.

»Ihr seid völlig verrückt«, stieß sie zwischen zwei beklemmten Atemzügen abgehackt hervor.

Der bleiche Erwann nahm ihre Bemerkung ohne jede Gemütsbewegung entgegen.

»Nehmt ihr die Kette ab!«, hörte sie Gilles befehlende Stimme hinter sich.

Als die Männer Chloé nach der Kette durchsuchten, wand sie sich instinktiv wie ein Wurm, um diese Typen nicht glauben zu lassen, dass sie ohne ihre Gegenwehr mit ihr anstellen konnten, was sie wollten. Gilles trat zu ihr und versetzte ihr einen heftigen Stoß in die Seite. Sie schrie auf und verhielt sich ruhig.

»Übrigens dachte ich, es sei schwieriger, dich hierher zu locken«, sagte Gilles.

»Nun macht schon, holt die Kette raus!«, rief Erwann schroff, und es klang wie ein Peitschenknall.

Chloé schluckte und schüttelte sich. In Erwanns Stimme klang nicht das leiseste Gefühl mit, und auch sein Blick war eiskalt. Sie hatte Mühe sich vorzustellen, dass dieses Geschöpf hier wirklich Erwann war. Er gehörte nicht in dieses Dekor, nicht in diese Rolle.

»Wir hatten tatsächlich befürchtet, diesen Augenblick nicht mit dir teilen zu können, mein Schatz.«

Diese Kälte in seiner Stimme, diese unglaubliche Leere!

»Her mit der Kette!«

Sie wehrte sich nicht mehr, als eine Hand in der Tasche ihrer Windjacke wühlte und die Kette aus Fragmenten von Vogelknochen herausfischte.

Gilles legte sie ihr um den Hals und forderte sie auf, ihre Jacke auszuziehen. Sie schüttelte verneinend den Kopf und dachte: *Jetzt ist ohnehin alles egal.* Sie war bereit, aufzuspringen und den Kessel umzustürzen. Irgendeine Gelegenheit musste sich doch auftun, irgendetwas musste sie doch unternehmen können … In ihrem tiefsten Innern war sie überzeugt, dass Thomas nicht tot sein konnte, weil er einfach nicht tot sein durfte.

Gilles packte ihren Kragen, riss ihr den Blouson gewaltsam vom Körper und verrenkte ihr dabei den Arm. »Nun stell dich nicht so an!«, sagte Erwann. »Du ahnst offenbar nicht, welche Ehre dir zuteil wird, diese Nacht mit uns verbringen zu dürfen.«

»Wenn man bedenkt, dass wir dich fast beiseite geschafft hätten, als wir uns Saxons entledigen mussten!«, fügte Gilles hinzu. »Doch dann kam uns der glänzende Einfall, dass dich die Vorsehung geschickt hat. Das ideale Opfer!«

»Ja, ideal!«, unterstrich Erwann. »Keine Familie in der Umgebung, und niemand hätte dein Verschwinden aus der Welt der armseligen Lebenden übermäßig beachtet …«

»Damit du so reagierst, wie wir es wollten, bedurfte es lediglich eines Freundes und eines Feindes«, erklärte Gilles in einem singenden Tonfall.

Wieder sah Chloé Bilder vor ihrem geistigen Auge: die Probleme mit der Sekretärin, Madame Béjard, am ersten Tag, und Chloés wundersame Rettung dank Erwanns hilfreichen Eingreifens, dann der Augenblick, als sie Erwann in der Uni getroffen hatte, und Gilles' Blicke, der nur ein paar Schritte von ihnen entfernt dastand … Gilles der Unbekannte …

Er fuhr fort: »Rate mal, wer den extrem geheimen Brief an Saxon mit normaler Post, für maximale Sicherheit, geschickt hat? Wer hat das Leben der armen Iris als Tausch für den Druidenstein angeboten?«

»Ihr seid der Abschaum!«, hauchte Chloé. »Ihr seid …«

Ein neuerlicher Stoß in die Seite schnitt ihr die Luft und das Wort ab.

»Langsam«, sagte Erwann, »sie ist schließlich nicht hier, um brutal behandelt zu werden.«

Unmöglich, herauszufinden, ob Erwann witzig sein wollte.

Gilles fand, Chloé habe das Recht, alles zu erfahren – wie die Heldinnen am Ende eines Filmstreifens.

Erwann überhörte diesen unpassenden Einwurf geflissentlich und sagte: »Wir sind hier, um das Druidentum wieder aufleben zu lassen.«

Er ging auf Chloé zu, nahm die Kette zwischen zwei Finger und ließ die kleinen Knochenperlen knirschen.

»Dazu brauchen wir deinen Kopf, mein Liebling«, fügte er hinzu. »Los!«

Die Männer schleiften Chloé zum Kessel, doch sie wehrte sich mit Händen und Füßen. Sie bogen ihr den Arm auf den Rücken, und Gilles packte eine ihrer Brüste, kniff hinein und drehte sie gleichzeitig um. Wie Feuer breitete sich der Schmerz in ihrem ganzen Oberkörper bis zur Kehle aus. Sie brüllte, schüttelte sich und verteilte Fußtritte.

»Ideal«, hörte sie eine heisere Stimme sagen. Wahrscheinlich Erwanns Stimme. »Zwing uns nicht zu unnötigen Gewalttaten! Das ideale Opfer!«

Der Gestank nach verrottetem Fleisch. Qualm. Die Hitze des Höllenfeuers. Dann ein Schlag auf die Stirn. Der Aufprall ihres Kopfes am Kessel hallte metallisch wider.

Sie richteten Chloé auf. Sie hörte Gekicher und leises Gelächter. Sie sagte sich, dass es jetzt soweit war, jetzt würde sie sterben müssen. Gleich würde alles vorüber sein. Und nur zum Vergnügen dieser Verrückten, die sich sicher mit Drogen vollgeknallt hatten. Wahrscheinlich mit allen möglichen Substanzen, mit irgendeinem Zeug, das betäubte oder Halluzinationen hervorrief, als Zugabe zu ihrer ebenso betäubenden Religion, und das alles auf dem Niveau von minderen Comic-Heftchen! Lächerlich, diese »Druiden«, die in ihren wallenden, weißen und schwarzen Gewändern um Chloé herumtanzten!

Die Felswände warfen eine Art Melodie zurück, die sich in Chloés Ohren mit dem Knirschen zerriebener Steine vermischte, und ihr war, als zerbarsten diese Steine in ihrem Gehirn.

Erwann erteilte barsche Befehle.

Die Männer versuchten, Chloé mit dem Rücken gegen den Kessel zu lehnen. Sie fühlte sich derart geprügelt, der Nebel in ihrem Kopf hatte sich derart verdichtet, ihre Sinne waren derart überfordert und alles drehte sich derart, dass sie kaum bemerkte, wie der heiße Kessel ihre Schulterblätter verbrannte. Eine Frau mit roter Maske packte sie an den Haaren und zog ihren Kopf nach hinten, über den Rand des Kessels und über die ekelhafte Suppe. Chloé fühlte, wie sich der nackte, sehnige Körper der Frau unter der Kutte gegen sie drückte. Jetzt presste sich die Frau noch dichter an sie, näherte ihren Kopf Chloés Ohr und flüsterte ihr zu: »Lass es geschehen, mein Täubchen! Hab keine Angst!«

In diesem Augenblick brüllte eine andere Stimme durch den Saal: »Hört sofort auf mit diesem Mummenschanz! Ihr seid wohl nicht ganz bei Trost!«

Chloé meinte diese Stimme zu erkennen. Träumte sie? Versuchte sie, sich selbst von einem rettenden Wunder zu überzeugen oder war es Wirklichkeit? Nein, sie träumte nicht: Es war tatsächlich die Stimme von Vernet!

18

Seine Kleidung war ein wenig zerknittert, und er sah unfrisiert aus, doch nie hätte Chloé erwartet, dass der freundliche Professor Vernet einen Befehl mit so viel Autorität herausschleudern konnte.

Chloés Peiniger ließen sie los, und sie hatte das Gefühl, dass sich die tausend Hände und Krallen hechelnder grollender Monster, die sie von allen Seiten bedroht hatten, zurückzogen.

Nach Vernets Befehl verharrten alle Anwesenden in Totenstille, das Brodeln im Kessel war das einzige noch vernehmbare Geräusch.

Chloé entfernte sich von dem Kessel und den Personen um sie herum. Ein jämmerliches Winseln entwich ihren geschlossenen Lippen, ohne dass sie sich dessen bewusst war.

Vernet stand kerzengerade in dem Eingang einer der beiden Galerien, die sich in den Saal öffneten, sicher war es die, die zum Ausgang unter dem Hünengrab führte. Das war eine positive, eine ungemein hoffnungsvolle Aussicht, mit der Chloé nicht mehr gerechnet hatte! Immer noch schien es ihr, als sei Professor Vernet eine Halluzination: Da stand der gute Mann, in seinem sportlichen Anzug und der Tweedjacke mit den Lederflecken an den Ellenbogen. Nur an den Knien war seine Hose ein wenig verschmutzt, doch die Bügelfalte wirkte immer noch fast tadellos. Wie ein antiker Herrscher gebot er mit ausgestrecktem Arm und erhobenem Zeigefinger Einhalt und Gehorsam, die Taschenlampe als einzige Waffe in der Hand.

Neben ihm stand Iris, und ihre zarte Gestalt wirkte zerbrechlicher denn je. Iris mit dem kurzen, schwarzen Haarschopf, der dunklen Kleidung, dem schmalen, blassen Gesicht und den riesigen Augen.

»Mach schnell! Komm zu uns!«, rief sie Chloé mit aufmunternder Geste zu.

Chloé stürzte los, und ihr plötzlicher Sprint schien das Signal zu sein, um die Druiden aus ihrer Erstarrung zu reißen, und sie stimmten ein beängstigendes Wutgeheul an.

Kutten schwangen und blähten sich auf, Schreie ertönten, und die Gruppe geriet unkontrolliert in Bewegung. Chloé hatte Vernet erreicht, und sie tauschten rasch viel sagende Blicke aus, während Iris einen Stein aufhob, was nach einer bedrohlichen Geste aussehen sollte. Chloé rief, sie sollten ihr folgen. Als hätte sie die leiseste Ahnung, wo sie hinlaufen sollte! Sie hoffte einfach, dass sie sich nicht verlaufen würden, rannte in die Galerie hinein und riss eine Fackel aus der Halterung in der Wand.

Da sie der Szene nun den Rücken kehrte, konnte sie nicht sehen, wie Vernet sich auf Gilles warf, um ihre Flucht zu decken, und sie hörte sein Rufen nicht, sie solle Hilfe holen. Sie sah nichts von dem, was nun folgte. Einer der Druiden und Erwann hatten Iris gepackt, noch bevor sie ihren Stein werfen konnte, sie drehten ihr den Arm hinter dem Rücken um und warfen sie auf den Boden, während Vernet, kühn seine Taschenlampe schwingend, Gilles in Schach zu halten versuchte. Gilles hob die Eisenstange auf und ging auf Vernet zu.

»Keinen Schritt weiter!«, befahl Vernet, und seine Stimme überschlug sich.

Er richtete den Kegel seiner Taschenlampe auf die am Boden liegende Iris, der die Druiden gerade die Hände auf dem Rücken fesselten.

»Lassen Sie auf der Stelle dieses junge Mädchen in Frieden! Hören Sie sofort mit diesem Unsinn auf, verdammte Bande von …!«

Um was für eine Bande es sich seiner Meinung nach handelte, konnte er nicht mehr ausführen, denn in diesem Moment ging die Eisenstange, die Gilles schwang, auf die Taschenlampe nieder, die nun, wie katapultiert, gegen ein dürftig gefesseltes, in einer Nische kauerndes Skelett knallte, das in seine Einzelteile zerfiel. Der zweite Schlag, den Gilles rasch und mit gekonnter Rückhand ausführte, ging knapp an Vernets Nase vorbei. Vernet wich zurück, stolperte über Thomas' Körper und schlug hart im Geröll auf. Er hatte den Arm ausgestreckt, um sich während des Sturzes zu schützen, und der Aufprall ließ seinen Ellenbogen schmerzhaft vibrieren. Hastig zog er den Arm zurück und berührte den Revolver, den Gilles bei seinem Absturz mit dem Deckengewölbe verloren und dann nicht mehr wiedergefunden hatte. Doch Vernet sah seine Chance zwei Sekunden zu spät. Schon hatte Gilles die Pistole mit der Eisenstange fortgeschlagen und Professor Vernet einen Schlag unter das Kinn versetzt. Das Geräusch des kurz zuklappenden Gebisses war nicht gerade hübsch anzuhören.

Chloé rannte.

Sie rannte, so schnell sie konnte, durch die enge, von müden Fackeln spärlich erleuchtete Passage. Bei jedem Schritt, der ihren ganzen Körper erschütterte, spürte sie den stechenden Schmerz in ihrer Brust von neuem. *Beiss die Zähne zusammen! Beiss die Zähne zusammen! Los, Mädchen!* Sie hörte Schritte hinter sich. *Na gut.*

Nach gut zwanzig Metern steckten keine Fackeln mehr in den Wänden, und sie tappte im Halbdunkel voran, bis sie sich in einem schmalen Raum befand, von dem drei enge Gänge abzweigten, die wie schwarze Mäuler wirkten. Die Fackel, die Chloé in der Hand hielt, spuckte kleine Flämmchen und erhellte den Raum mehr schlecht als recht und nur auf geringe Entfernung. Doch immer noch gut genug, um die Gebeine zu erkennen, die an einer Wand auf schmalen Steinstufen gestapelt lagen. Sie waren nach Art der Knochen sortiert: die Schädel zusammen, die Bein- und Armknochen und die Becken- und Rippenknochen beieinander. Auf jeden Fall handelte es sich in erster Linie um menschliche Gebeine. Chloé fluchte und knurrte vor sich hin: »Wie komme ich aus diesem Mistlabyrinth nur wieder heraus?«

Sie hielt den Atem an und lauschte. Hinter sich vernahm sie das regelmäßige Stampfen rennender Personen, und die Fußtritte hallten in der Galerie wider. Entweder es waren Vernet und Iris oder …

Da sie wusste, dass ihr Ruf keine Antwort darüber geben konnte, welchen Gang sie als Fluchtweg wählen würde, wagte sie es, »Hallo!« zu rufen.

Keine Antwort. Das bedeutete, dass es sich bei ihren Verfolgern nicht um Vernet und Iris handeln konnte. Sie rannte weiter, hinein in die erstbeste Galerie und immer geradeaus.

Gilles lief, die Pistole in der einen, Vernets Taschenlampe in der anderen Hand, mit langen Schritten die Galerie entlang. Er hielt sich gebeugt, seine riesige Gestalt fast wie ein Taschenmesser zusammengeklappt, um nicht gegen die Decke zu stoßen. Zwei der Druiden folgten ihm mit rauschenden Gewändern. In dem Raum, von dem die drei Gänge abzweigten, blieben die drei Männer stehen.

Einer der Druiden wollte etwas sagen und öffnete den Mund, doch kaum hatte er die erste Silbe ausgesprochen, brachte Gilles ihn brutal zum Schweigen, indem er ihm mit der Faust, in der er die Pistole hielt, auf die Lippen schlug. Der Mann schluckte vor Schmerz geräuschvoll und wich zurück.

Sie lauschten.

Nachdem Chloé eine Strecke zurückgelegt hatte, die sie nicht genau einschätzen konnte, erreichte sie wieder eine Kreuzung. Ihre Kehle brannte, sie bekam kaum Luft und spürte Schmerzen in den Schenkeln und im Rücken, außerdem war sie in dem engen Korridor häufig mit den Schultern und Ellenbogen mal gegen die rechte, mal gegen die linke Wand gestoßen. Im Schein ihrer Fackel, die hin und wieder glühendes Pech spie, untersuchte sie die beiden Wege, die ihr zur Wahl standen.

Sie waren von gleicher Höhe und Breite und vor allem erheblich größer als der Schlauch, durch den sie bis hierher gekommen war. Der einzige Unterschied, den sie aufwiesen, war die Neigung: Der linke Weg führte tiefer unter die Erde, und der rechte Weg stieg an. Ein blasser, ihr unerklärlicher Lichtschein schimmerte auf den Felsen und huschte wie ein kaum wahrnehmbares Zittern über die Wände des ansteigenden Gangs.

Chloé entschied sich für die rechte Galerie, doch nach ein paar Schritten bemerkte sie, dass ihre Fußabdrücke auf dem feuchten Boden deutlich sichtbar waren. Hinter sich hörte sie die Schritte ihrer Verfolger immer deutlicher. Sie lief zurück und bog in den dunklen, absteigenden Tunnel mit dem Boden aus Felsgestein ein. Von irgendwoher hörte sie Wasser tropfen und rieseln.

Chloé rannte weiter.

Doch sie wurde langsamer, denn ihre Beine fühlten sich immer mehr an, als wären sie aus Blei, ihre Füße schienen immer ungeschickter aufzusetzen und ihre Brust brannte immer heftiger. Ihr Atem ging schnell und rasselnd. Es gab keinen einzigen Anhaltspunkt für die Hoffnung, in der Nähe einen Ausgang zu finden. Schon gar nicht dafür, dass sie überhaupt den richtigen Weg gewählt hatte.

Und es war auch nicht der richtige Weg.

Völlig außer Atem erreichte Chloé schließlich einen hohen, engen Saal, der eine Länge von etwa vier oder fünf Metern und eine Breite von drei Metern aufweisen mochte. Sie war in einer Sackgasse gelandet. Vor ihr tat sich ein Raum auf, dessen Wände rund um vereinzelte große, schwarze, glänzende Felsbrocken mit Ziegeln und Erde vermauert waren und dessen Decke man in den rohen Felsen geschlagen hatte.

Ihre Verfolger hatten die letzte Kreuzung erreicht. Gilles und der ihm am dichtesten folgende Druide hielten kurz an, während der dritte Druide sie ein paar Sekunden später einholte, den Mund voller Blut. Gilles warf ihm einen verärgerten Blick zu, weil sein Gewand geräuschvoll raschelte. Also blieb der Mann stehen und wagte nicht einmal mehr zu atmen. Gilles lief in die ansteigende Galerie, untersuchte den Boden nach Chloés Spuren, sah, dass sie nicht weit führten, wandte sich so brüsk um, dass er seine Begleiter fast umwarf und rief:

»Sie ist wirklich zu blöde. Sie hat den anderen Weg genommen.«

Gefolgt von seinen hell gekleideten »Schatten« lief Gilles in den absteigenden Gang hinein.

Im hinteren Teil des Raums standen mehrere übereinander gestapelte Kisten. Quaderförmige Kisten aus lackiertem Metall mit einer Höhe von etwa dreißig Zentimetern und der Länge von einem Meter, wie es auf den ersten Blick bei der schlechten Beleuchtung schien. Die insgesamt wohl zwanzig Kisten standen vor einer schrägen Wand, an deren Basis ein schmaler Graben ausgehoben worden war.

Keine der Kisten war zugesperrt, Schlösser oder andere Schließvorrichtungen waren gar nicht vorhanden, und Chloé öffnete ohne Schwierigkeiten eine der Kisten in der ersten Reihe. Sie enthielt zu zwei Dritteln Dynamitstangen, andere Sprengkörper und Lunten. Die zweite Kiste hatte den gleichen Inhalt. Überrascht zog Chloé die Hand zurück, in der sie die Fackel hielt und wich hastig einen Schritt zurück. So stand sie eine Weile da, ihr

Atem ging fliegend, ihr Brustkorb hob und senkte sich mit rasender Geschwindigkeit. Sie starrte auf den Inhalt der Kisten und glaubte zu hören, wie die stampfenden Schritte ihrer Verfolger immer näher kamen.

Sie drangen nun in den finsteren Raum ein, und Gilles leuchtete jeden Winkel mit der Taschenlampe aus, bis ihr Lichtkegel auf den Dynamitkisten haften blieb und Gilles einen Fluch ausstieß. Er befahl seinen beiden Begleitern:

»Wartet hier und bewacht den Eingang!«

Seine schweißnasse Hand umklammerte die Pistole fester. Die Lampe auf die Kisten gerichtet, ging er langsam auf sie zu. Als er schließlich vor ihnen stand, leuchtetet er die Zwischenräume zwischen den beiden Kistenreihen und der Wand ab.

»So eine Scheiße!«, rief er. »Wie hat sie das nur gemacht?«

Hätte er eine der Kisten geöffnet, wäre ihm nicht entgangen, wie sie es gemacht hatte. Aber er öffnete keine Kiste.

Mit drei Sätzen war er wieder bei den Druiden, schob sie zum Ausgang und zurück in den Tunnel.

»Wir haben sie entwischen lassen. So ein Mist! Kommt, wir müssen uns beeilen!

Jetzt, da Chloé ihnen entkommen war, ließen sie ihrem Frust freien Lauf, und sie verfluchten, verdammten und beschimpften die Entflohene mit den übelsten Kraftausdrücken, die ihnen zur Verfügung standen, während sie durch die nun ansteigende Galerie den Rückweg antraten.

Mindestens zwei Minuten lang lag der Raum in tiefster Stille und Finsternis, abgesehen von den Wassertropfen, die alle fünf oder sechs Sekunden von irgendwoher mit immer dem gleichen kurzen »pitsch« auf einen Felsen tropften.

Dann ließ sich ein anderes leises Geräusch vernehmen, zunächst nur ein Scharren, dann ein leichtes, metallisches Scheppern, Metall gegen Metall, dann Metall gegen Felsen …

Es war viel zu dunkel, um irgendwas erkennen zu können, doch dem Geräusch nach zu urteilen musste das Scheppern aus der Ecke stammen, wo die Metallkisten der zweiten Reihe an der Mauer aufgereiht standen. Und zwar von jenen Kisten, deren Inhalt Chloé in die Kisten der ersten Reihen umgepackt hatte, um sie vom Fleck bewegen zu können. Chloé schob sie zur Seite und kletterte aus dem engen Graben an der Wand … Sie richtete sich auf und wartete …

Als sie sicher war, dass ihre Verfolger die Jagd aufgegeben hatten und nicht irgendwo im Hinterhalt lauerten, bückte sie sich und tastete den Boden nach der erloschenen Fackel ab. Schließlich hielt sie den gesuchten Gegenstand in der Hand.

Ein Feuerzeug flammte auf und übergab das Feuer kurz darauf der Fackel. Das aufleuchtende Licht war schwach und zittrig, viel Kraft steckte wahrhaftig nicht mehr dahinter. Chloé sagte sich, dass die Fackel bald erlöschen würde und dass sie keine Zeit mehr verlieren durfte.

Bei der Abzweigung mit den beiden Wegen hauchte die Fackel endgültig ihr Leben aus und glomm nur noch wenige Meter, die Chloé im ansteigenden Tunnel zurückgelegt hatte. Doch nun entdeckte sie, woher dieser blasse, zitternde Lichtschein auf dem Mauerwerk stammte. Sie war dem Weg vorhin nicht gefolgt, weil er ihr zu unwahrscheinlich erschienen war und weil sie so viele verräterische Spuren auf dem weichen Boden hinterlassen hatte, dass sie es für besser hielt umzukehren. Doch der Weg führte tatsächlich ins Freie, und dieser Tunnelabschnitt war ein wenig von den Fackeln erleuchtet, die den Einstieg zu den Galerien an der Erdoberfläche markierten.

Wie ein brummender Schwarm Insekten waren die Druiden über die beiden Unglücksvögel Professor Vernet und Iris hergefallen, noch bevor die beiden Chloé hinterherlaufen konnten. Das Gerangel war durch den dichten Qualm, der in Schwaden durch den Raum wirbelte, unübersichtlich geworden, und es war von bedrohlichem Knurren und den wütenden Schreien der Angreifer begleitet, die an den Wänden widerhallten. Auf die verzweifelte Gegenwehr von Vernet und Iris folgte eine kurze Stille, erfüllt von ihrer ohnmächtigen Wut, denn die beiden wussten, dass sie früher oder später doch überwältigt werden mussten. Vernet war zwar ein sportlicher Fünfziger, doch er übte sich schon lange nicht mehr in derartigen Kämpfen. Er hatte überhaupt nie in seinem Leben richtig gekämpft, höchstens mit den Rätseln um die verwunschene Prinzessin der keltischen Legenden, die er als Junge gelesen hatte. Der einzige Fausthieb, den er je ausgeteilt hatte, hatte seinen Gegner, einen Mitschüler der ersten Klasse, nach vier Sekunden Kampf auf die Matte gelegt. Das war vor einem Wochenende und nach Klassenschluss geschehen. Das Wochenende hatte Vernet denkbar schlecht verbracht, mit Gewissensbissen und der Furcht, seinen Gegner so zugerichtet zu haben, dass er sich am Sonntag nicht erholen und nie wieder von seinem Lager erheben würde, so dass er ihn am folgenden Montag nicht mehr und vielleicht nie wieder antreffen würde.

Iris indessen war mit den vierzig Kilo, die sie auf die Waage bringen mochte, den Anforderungen solch hinterhältiger Kampfgriffe einfach nicht gewachsen.

Innerhalb von Sekunden hatte Vernet sich Schläge am Kopf, im Bauch und im Brustkorb eingefangen. Blut rann von seinem grauen Schopf über die Schläfe, und er brach mit offenem Mund zusammen, die Arme schützend vor dem Kopf verschränkt.

»Bringt ihn nicht um!«, rief Erwann.

Jenen zugewandt, die immer noch die Fäuste ballten, fügte er hinzu: »Noch nicht.«

Die Kämpfer ließen die Fäuste sinken.

Einer der Frauen war die rote Maske von ihrem runden Gesicht gerutscht und gab volle Wangen mit Feuermalen und Glubschaugen frei. Sie hielt eine der Hippen unter Iris' Kinn, um sie auf diese Weise zu zwingen, den Kopf zu heben. Mit einem überraschten Blick zu Erwann und klagendem Tonfall fragte sie: »Wer ist das denn?«

»Kümmere dich nicht darum, Maryléne!«, antwortete Erwann. »Fesselt die beiden! Den Alten und das Mädchen!«

Er schlenderte zu Thomas, der immer noch im Geröll

lag, und versetzte ihm einen Fußtritt in die Seite, was jedoch keine Reaktion hervorrief. Thomas war noch immer bewusstlos.

Erwann ging zu den Druiden zurück und sah ihnen dabei zu, wie sie Iris die Hände noch fester auf dem Rücken zusammenbanden und die Fessel dann an einem Eisenring in der Wand festmachten. Nun kümmerten sie sich um Vernet, der ebenfalls noch immer ohnmächtig am Boden lag. Sie setzten ihn auf und lehnten ihn gegen eine Wand. Vor Aufregung war Iris kalkweiß und stumm. Kein verständliches Wort, kein kontrollierter Laut kam über ihre Lippen.

Als sie so gefesselt an dem Eisenring hing, näherte sich Erwann, baute sich vor ihr auf und betrachtete sie unverwandt. Je mehr sich das Entsetzen auf dem Gesicht des jungen Mädchens abzeichnete, desto zufriedener lächelte der Mann in dem ungeheuerlichen Kostüm. Er hob die Hand, legte seine Stahlklauen auf ihren Mund und sagte: »Natürlich ist es sehr schade, dass du ohne Einladung zu uns gekommen bist ... Aber auf diese Art findest du in gewisser Weise zu deiner Familie zurück. Darüber solltest du dich freuen.«

Iris' Augen weiteten sich vor Unverständnis und Horror. Ein Zucken ihres Mundes reichte, um ihr eine Lippe aufzuritzen, denn die Krallen waren schärfer als Rasierklingen.

»He, das ist doch nicht die, die für das Opfer ausgewählt worden ist«, mischte sich die Frau mit den runden Wangen ein.

»Na und?«, entgegnete Erwann, ohne den Blick von Iris' Augen zu wenden. »Sie eignet sich auch, oder?«

»So war es aber nicht vorgesehen«, beharrte die Druiden-Priesterin.

»Ach wirklich?«, ließ Erwann verlauten. »Vielleicht möchtest du ihren Platz einnehmen!«

In diesem Augenblick kehrte Gilles, seine beiden Begleiter auf den Fersen, in die Halle zurück.

»Sie ist uns durch die Lappen gegangen«, sagte er. »Keine Ahnung, wie.«

»Das macht nichts. Selbst wenn sie den Ausgang findet, ist sie nicht in Sicherheit«, erwiderte Erwann.

Gilles warf einen Blick auf Vernet, der am Boden saß, stöhnte und mit Mühe ein Bein bewegte. Dann ging er zu Iris und blieb vor ihr stehen. Wieder zeichnete sich das pure Entsetzen auf den Zügen des jungen Mädchens ab. Gilles hob ihr Kinn an und zwang sie, ihn anzusehen. Er zeigte keinerlei Gefühl, im Gegenteil, er wirkte völlig unbeteiligt, als er sagte: »Warum bist du nur hierher gekommen, kleines Mädchen? Deinem Vater hätte das gar nicht gefallen, was meinst du?«

Erwann grinste breit.

Gilles starrte Iris in die Augen und fuhr mit dieser sonderbar leeren, monotonen Stimme fort: »Glaub mir, es hätte ihm wirklich nicht gefallen. Er hätte alles gegeben, um dein Leben zu retten, *little Baby*. Sogar sein eigenes …«

Einige Anwesende kicherten. Der Druide, der den Stab in der Hand gehalten hatte, als die Zeremonie unterbrochen worden war, nahm ihn nun wieder auf, ging zum Kessel, warf einen prüfenden Blick in sein Inneres, rief irgendetwas, um seine Bewunderung auszudrücken, und rührte weiter.

Ein freudloses Lächeln umspielte Gilles' Mund. Abrupt, als habe ihn ein elektrischer Schock durchfahren, ohrfeigte er Iris brutal. Ihr Kopf flog von einer Schulter zur andern, schließlich nach hinten und gab ihre Kehle frei, dann sackte sie mit erhobenen Armen zusammen. In dieser Stellung und an den Ring gebunden blieb sie bewusstlos sitzen.

»Armes kleines Baby«, sagte Gilles leise.

Er schaute zu Erwann, der Iris betrachtete, und Erwann sagte: »Es ist soweit.«

Für alle Anwesenden fügte er lauter hinzu: »Jetzt!«

19

Mit mühsamer Armarbeit und völlig erschöpft zog sich Chloé an den Wurzeln hoch, die die Bodenöffnung umgaben, und stieg aus dem Loch. Als sie auf der von mehreren Kreisen brennender Holzstatuen und Fackeln erleuchteten Lichtung stand, stellte sie fest, dass sie nicht weit von dem großen Findlingshaufen entfernt war, also ganz in der Nähe des Haupteingangs zu dem unterirdischen Labyrinth. Auch der Rauchschacht, mit dessen oberem Rand sie in die Zeremonie gestürzt war, befand sich nicht weit von hier. Etwa dreißig Meter durften sie von dem Abzug trennen, denn in dieser Entfernung sah sie zwischen den Bäumen Funken und Flämmchen in aufsteigendem Rauch tanzen. Aus genau dieser Öffnung drangen auch die Gesänge, die die verhängnisvolle Zeremonie begleiteten.

Sie zögerte, instinktiv zog es sie zu dem Rauchschacht, denn sie wollte sehen, was aus Vernet und Iris geworden war. Im letzten Augenblick überlegte sie es sich jedoch anders und widmete sich zunächst den beiden Autos, die ein paar Schritte weiter parkten, nämlich dem Auto von Thomas und dem weißen Wagen Vernets, der gleich dahinter stand. Sie hatte die fürchterlichen Bilder der Geschehnisse aus ihren Gedanken verbannt, doch nun stiegen sie wieder vor ihr auf, und sie fragte sich, ob Iris den grauenhaften Inhalt des Kessels gesehen hatte. Sie zog ihr Handy aus der Tasche, aber es stellte sich heraus, dass sie keinen Empfang hatte. Wütend steckte sie es wieder ein.

Noch einmal zögerte sie den Bruchteil einer Sekunde und warf einen letzten Blick auf das rot glühende Loch im Boden, aus dem der Rauch stieg, dann stürzte sie grummelnd zu den Autos.

Erstaunt musste sie feststellen, dass die Türen von Thomas' Auto verschlossen waren. Dabei war sie praktisch sicher, dass er sich nicht um die Türverriegelung gekümmert hatte, als sie bei ihrer Ankunft aus dem Wagen gestiegen waren. Wieder grummelte sie verärgert und rüttelte an den Türen, die offenbar nicht willens waren, nachzugeben. »Mit Schlüssel wäre es erheblich einfacher!«, rief Léa, die hinter dem Auto auftauchte.

Das plötzliche Erscheinen der vergnügt lächelnden Léa, die mit zwei Fingern den Autoschlüssel schwenkte, entlockte Chloé einen überraschten Aufschrei. Irgendetwas zerbrach in ihrem Innern in tausend Stücke: Sie spürte die Enttäuschung nicht nur im Kopf, sondern auch in jeder Faser ihres Körpers. Sie hatte das Gefühl, ihr Verstand sei ein fester Gegenstand, der plötzlich aufzuweichen begann. Zunächst drängte sich ihr die Frage auf, wer Léa hierher bestellt und wer ihr die Kette gegeben hatte, ob es stimmte, was Thomas zum Besten gegeben hatte … Doch sie schwieg, denn mit einem Mal verstand sie die Zusammenhänge. Diesmal war sie weniger erschüttert. Sie war abgeklärt nach dem ersten Schock, den ihr die Entdeckung versetzt hatte, welche Rolle Erwann und Gilles in Wirklichkeit spielten. Chloé murmelte lediglich:

»Blöder kann man wirklich nicht sein!«

»Meinst du mich oder dich?«, fragte Léa mit einem breiten Grinsen.

Sie warf den Wagenschlüssel irgendwo in die Finsternis, stützte sich auf die Motorhaube, schwang sich hoch, landete mit der Behändigkeit einer Katze und einem eleganten Satz vor Chloé und richtete sich auf.

Das Lächeln schien in ihre unbeweglichen Gesichtszüge eingemeißelt zu sein. In ihren Augen, die hart wie Stein und fast schwarz wirkten, flackerte der rötliche Widerschein der flammenden Fackeln und Holzstatuen ringsum. Als würde sie ein Theaterstück rezitieren, sagte sie: »Ich bin die Schlüsselhüterin dieses Ortes … Mein armes Schätzchen, du siehst aus, als wärst du deinem Grab entstiegen.«

Dann schlug sie kräftig zu, erst mit der linken, dann blitzschnell mit der rechten Hand.

Der Linken konnte Chloé rechtzeitig ausweichen, doch die Rechte streifte ihre Schläfe. Die steifen Finger versetzten ihr einen Schmerz, als wäre sie von Wespen zerstochen. Sie versetzte Léa einen Fußtritt, der sein Ziel zwar verfehlte, Léa jedoch zwang, zur Seite zu springen.

Mit der Hüfte schlug sie gegen den Wagen, stützte sich ab und drehte sich auf einem Fuß um die eigene Achse. Sie packte Chloés linken Arm, verrenkte ihn ihr hinter dem Rücken, sprang hinter Chloé und nahm sie in den Schwitzkasten. Chloé spürte Léas Atem an ihrem Ohr. Mit einem kräftigen Ellenbogenstoß in Léas Bauch konnte sie sich aus dem Schwitzkasten befreien. Léa stöhnte vor Schmerz auf und ließ Chloé los. Diesmal war es Chloé, die sich um ihre eigene Achse drehte, und sie landete einen derart gekonnten Tritt in Léas Plexus, dass es ihr den Atem verschlug. Léa wurde nach hinten geschleudert, stolperte und fiel auf das Hinterteil, rollte sich jedoch sofort auf die Seite und erhob sich rasch auf die Knie. Doch schon stand Chloé vor ihr und trat ihr kräftig ins Gesicht. Léa konnte den Schmerzensschrei nicht unterdrücken, ihr Nasenbein krachte hörbar. Blut spritzte aus ihren Nasenlöchern.

Dieser Schlag betäubte sie leicht, doch vor allem entfachte er ihren Ärger. Sie führte die Finger zu ihrer Nase, und als sie das Blut daran sah, stieß sie ein heiseres Wutgeheul aus. Léa warf sich auf Chloé.

Dem ersten Handkantenschlag, der durch die Luft pfiff, konnte Chloé ausweichen, ebenso dem zweiten, den Léa mit der anderen Hand ausführte. Doch der dritte Schlag traf Chloé in die Rippen. Ihre Lunge leerte sich geräuschvoll.

Um sie herum drehte sich alles.

Chloé sah Sterne. Auch der Himmel drehte sich, und die Sterne schienen abzustürzen.

Sie spürte den Schlag immer noch in ihrer Niere, öffnete die Augen und stellte fest, dass sie am Auto lehnte.

Vor ihr hatte sich Léa aufgerichtet und hob mit beiden Händen den Felsbrocken in die Höhe, den sie soeben vom Boden gewuchtet hatte. Chloé konnte gerade noch in Deckung gehen. Als der Stein wie ein Geschoss durch die Windschutzscheibe des Wagens krachte, dachte Chloé, dass Thomas davon gar nicht begeistert sein würde.

Ihre linke Seite, unter einem halbmondförmigen Bogen, der sie schmerzte, als hätte man ihr das Fleisch mit den Zähnen zerfetzt, war taub. Doch sie konnte ihren Arm frei bewegen. Also schleuderte sie ihn mit Schwung und ausgestreckter, gerader Hand durch die Luft und schlug Léa mit Macht auf die Stelle in der Mitte des Schlüsselbeins. Léa schluckte trocken. Sie war nicht mehr in der Lage sich zu rühren, und sie hielt ihren Hals fest, während ihre Augen schier aus den Höhlen traten. Sie stolperte rückwärts, schlug hart mit den Hacken gegen die Erdaufwürfe, schwankte mehrere Meter zurück, bis sie fiel und auf dem Boden sitzen blieb, die Hände immer noch um ihre Kehle geschlossen, das Gesicht voller Blut und mühsam nach Luft schnappend.

»Warte«, sagte Chloé.

Mit zwei Sätzen war sie bei Léa und trat ihr kräftig in die Magengegend. Léa stürzte auf den Bauch, erbrach sich und blieb dann in ihrem Erbrochenen liegen.

»So. Das hätten wir«, sagte Chloé.

Sie blickte um sich, ging auf die nächstbeste Fackel zu, riss sie aus ihrer Halterung, schnappte sich die Eisenstange, an der sie befestigt war, und lief, die Stange fest in der Faust, direkt zu dem rot glühenden Rauchschacht auf der Lichtung über der versunkenen Nekropole.

Erwann schwang die Hippe über seinem Kopf.

Die Druiden hatten sich von ihm entfernt und an den Wänden der Felsenhalle aufgereiht. Iris' Fesseln waren gelöst worden, und man schleifte sie durch den Raum, während Vernet, der gerade wieder zu Sinnen kam, am Kragen seiner Jacke hochgezogen und auf die Füße gestellt wurde.

»Es ist soweit!«, sagte Erwann.

Gilles war so bleich, dass er in allen Grüntönen schimmerte und diesen Teil der Spektralfarben vollständig abdeckte.

Erwanns Gesicht war blutleer, und der Ausdruck seiner Augen hatte etwas Verlorenes.

Unter dem abgestürzten Geröll bewegte sich Thomas, doch niemand nahm es zur Kenntnis.

Ein sonderbares, rhythmisches Brummen drang aus den Mündern der Versammelten. Manche husteten oder räusperten sich, während eine der Gestalten sich so diskret wie möglich in irgendeiner Ecke übergab.

Eine Flasche ging von Hand zu Hand, und jeder trank daraus, bevor er sie seinem Nachbarn weiterreichte. Ganz offensichtlich handelte es sich nicht um Wasser. Als Gilles an die Reihe kam, trank er vier- oder fünfmal mit großen Schlucken von dem Gebräu, dann reichte er die Flasche Erwann, der sie mit seinen Lederhandschuhen und Stahlkrallen ergriff und an den Mund setzte. Er legte den Kopf in den Nacken, trank den Rest der Flasche in einem Zug aus und rülpste lautstark.

Nun stellte sich Erwann vor Iris hin, die sich immer noch in einem Zustand nahe der Ohnmacht befand und kaum die Augen offen halten konnte. Ihr Kopf wankte auf dem zarten Hals, und ein blutiger Speichelfaden lief vom Mundwinkel über ihr Kinn.

»Nein, Iris, es war eine ganz schlechte Idee, zu uns zu kommen«, sagte Erwann mit gespieltem Mitleid.

»Wer hat denn die folgenschwere Entscheidung getroffen?«, fragte Gilles. »Du, Iris? Oder war er es?«

Mit der Hippe wies er auf Vernet.

Vernets Gesichtszüge waren bleich und grau, fast so grau wie sein Haar, aus dem immer noch Blut rann.

»Sie sind geisteskrank«, hauchte er. »Ja, Sie sind krank. Weit werden Sie mit diesem Spiel nicht kommen. Sie täten besser daran, diese Posse jetzt zu beenden.«

»Krank?«, hakte Erwann nach.

Mit einem behänden Satz stand er vor Vernet und ließ seine Stahlklaue vor dessen Gesicht durch die Luft schnellen, sodass der Professor den Kopf nach hinten werfen musste, um den scharfen Klingen gerade noch auszuweichen. Erwann wiederholte: »Krank!«, ließ seine Klauen rotieren und rief: »Krank! Hört ihr, Freunde? Der Herr Professor Dreckschnüffler nennt euch Kranke!«

»Lasst ihn in Ruhe!«, rief die sehr blasse Iris plötzlich, die, von den Druiden festgehalten, unfähig war, sich zu rühren. »Er kann nichts dafür. Er hat mit der ganzen Geschichte nichts zu tun. Es ist meine Schuld. Ich habe ihn gezwungen, mir den Schrank meines Vaters im Dozentenzimmer zu öffnen. Dort habe ich sein iBook und die E-Mail gefunden, die er an Saxon geschickt hat, um ihn zu warnen und um ihm mitzuteilen, was er über euch herausgefunden hatte, leider zu spät. Wo ist mein Vater? Und du armseliger Idiot in deiner lächerlichen Morrigane-Verkleidung und alle anderen, ihr seid erledigt. Mein Vater hat euer Spiel aufgedeckt, alles der Polizei erzählt und bereits eure Namen aufgelistet. In diesem Augenblick untersuchen die Polizisten wahrscheinlich die Festplatte seines Computers. Wenn nicht jetzt, dann später. Wo ist mein Vater?«

Iris schwieg, völlig außer Atem. Erwann und Gilles gingen auf sie zu und schwenkten drohend ihre Hippen.

»Halt's Maul!«, knurrte Gilles.

»Im Gegenteil!«, sagte Erwann. »Das ist alles hochinteressant. Was hast du uns noch zu erzählen, Baby?«

»Ihr seid erledigt, ihr armen Irren! Von allen Belegen hat mein Vater eine Kopie in seinem iBook. Dieser Mailaustausch mit Saxon ... darum hast du dich gekümmert, nicht wahr, Gilles? Gilles Domay, der Vertrauensmann, der Mann, dem man alles sagen konnte, fast ein Privatsekretär, der auch eventuell über mich wachen sollte, der ach so begabte Student ... Das warst du, nicht wahr, Gilles? Du warst es auch, der im Namen meines Vaters von Richard den Stein zum Tausch für meine Sicherheit und mein Leben gefordert hat, stimmt's?«

Vernet warf ein: »Sie können sich gar nicht aus der Affäre ziehen. Denken Sie nur einmal scharf nach!«

Erwann brach in Gelächter aus.

Noch einmal baute er sich vor dem Professor auf, hielt ihm die Spitze der Hippe unter die Nase und näherte sie seinen Lippen so, dass Vernet den Hals wenden musste. »Haltet ihn gut fest, Leute! Wo ist dieser Computer? Wo ist das iBook?«

»An einem sicheren Ort!«, rief Iris dazwischen.

»Ich spreche mit dem Professor«, konterte Erwann

schroff. »Du hältst den Mund, Iris. Schafft sie zum Kessel und zieht sie aus. Raus mit der Sprache, Professor, wo ist dieser Scheiß-Computer?«

Erwann drückte die Hippe an Vernets Gesicht, der mit erstickter Stimme antwortete: »An einem sicheren Ort, wie Iris schon sagte. Was ihr hier treibt, nützt nichts. Gar nichts.«

Erst drei, dann vier – schließlich waren es fünf Druiden, die Iris an den Rand des Kessels zogen, wobei sie sich gegenseitig behinderten. Sie rissen ihr die Jacke vom Leib und zerrten gemeinsam am Kragen ihres Pullovers, bis ihn einer von den Druiden mit dem Messer aufschnitt. Sie pressten Iris gegen den Kessel und lehnten ihren Oberkörper über den kochend heißen Rand.

Sie schrie gellend auf.

Natürlich schrie sie auch vor Schmerz, denn ihre Hände lagen auf dem glühenden Kesselrand, doch sicher schrie sie vor allem wegen des Grauens, das sie übermannte, des unsäglichen Horrors, den sie empfinden musste, als sie sah, was in der Suppe kochte. Auch unter den Fanatikern ertönten Schreie. Stöhnen und Rufe wurden laut, dann stimmte irgendjemand die Melodien wieder an. Alles dies geschah in einem heillosen Durcheinander.

»Bringt sie in Gottes Namen zum Schweigen!«

Gilles wollte sich auf sie stürzen.

Genau in diesem Augenblick fiel Chloé vom Himmel.

Jedoch landete sie nicht wie beim ersten Mal mit einem chaotischen Sturz, sondern mit einem meisterhaft gekonnten Sprung und der Eisenstange in der Hand. Wortlos und ohne Geschrei setzte sie mit einer eleganten Bewegung auf, die nahtlos in ein weites Ausholen ihrer Arme überging, dann schlug sie Gilles die Eisenstange kräftig über den Schädel. Gilles schrie vor Schmerz und vor Überraschung auf. Dieselbe Überraschung lähmte die meisten Druiden, nur wenige zeigten eine kluge oder koordinierte Reaktion. Immer noch laut schreiend, das Gesicht weiterhin vom Horror entstellt, aber mit der Kraft einer wütenden Furie, löste sich Iris aus der Umklammerung der Männer, die sie gegen den Kessel drückten, und trat Gilles so heftig zwischen die Beine, dass er sich japsend am Boden wand.

Chloé holte noch einmal aus und schlug einem Druiden, der Iris festgehalten hatten, den Kopf ein. Er stürzte und riss einige seiner Druiden-Kollegen mit zu Boden. Währenddessen befreite sich Vernet aus dem Griff der Männer, die ihn bewachten, und stand nun Erwann gegenüber, der die Hippe über seinen Kopf gehoben hatte. Niemand hatte mit Thomas gerechnet, der sich aufgerichtet und einen Stein ergriffen hatte, den er jetzt mit aller Wucht gegen Erwanns Stirn schmetterte. Dessen Schmerzensschrei glich einem Bellen, sein Kopf flog nach hinten, und nur mit Mühe konnte er sich auf den Beinen halten. Mit beiden Händen und kriegerischem Gebrüll langte Thomas noch einmal zu und überwältigte einen anderen Druiden, der ein sonderbares Jaulen von sich gab, als er umfiel.

Es folgte ein unübersichtliches Handgemenge, in dem Gilles, immer noch am Boden, die Pistole aus seiner Jackentasche zog. Vier Gestalten lösten sich aus dem tosenden Kampfgetümmel: zunächst Vernet und Chloé, die den beiden anderen bedeuteten, ihnen auf der Stelle zu folgen. Iris rannte sofort hinterher, gefolgt von Thomas, der sich offenbar mit Bedauern von dem prügelnden Haufen trennte.

Sie stürmten zum Ausgang der Halle und in die Galerie.

Thomas, das Schlusslicht der kleinen Truppe, heulte wie ein Sioux-Indianer auf dem Kriegspfad. Ein Schuss löste sich, sein Echo hallte an den Wänden des Tunnels wider und setzte Thomas' Kriegsgeheul ein jähes Ende.

»Mannomann!«, rief er. »Jetzt wird es ernst!«

Gut zehn Meter rannte er im Trab durch den dunklen Gang, Iris nach. Doch plötzlich fiel er nach vorn, hielt sich mit beiden Händen an Iris' Rücken fest, und sie stürzten beide zu Boden.

Vernet und Chloé waren schon weit vorausgelaufen.

Währenddessen ging es in dem Saal zu wie in einem zerstörten Wespennest. Weiße Roben wirbelten umher, Stöhnen und Schreie wurden laut. Gilles neigte sich über Erwanns blutendes Gesicht.

»Meine Güte, geht es dir einigermaßen? Dieser Schweinehund hat dich erwischt.«

»Natürlich geht es mir gut«, giftete Erwann. »Mir geht es ganz ausgezeichnet, zum Teufel! Bei Morrigane! Es könnte gar nicht besser gehen.«

Draußen im Wald erhob sich zur selben Zeit Léa. Ihr Gesicht war nicht weniger blutverschmiert als Erwanns. Eine Weile hockte sie auf allen vieren, um wieder zu Atem zu kommen, und rollte mit ihren weißlich glasigen Augen. Dann näherte sie sich dem Loch am Boden, aus dem die Schreie und der Widerschein des Feuers aufstiegen, als hätte sich die Hölle geöffnet.

Aus Léas tiefstem Innern drang ein lang gezogener Schrei, ein Schrei, der von bestialischer Raserei zeugte.

Iris stützte Thomas, biss die Zähne zusammen, genau wie er, doch ahnte sie nicht, wie schwer seine Verletzung war. Sie rannten noch ein paar Meter weiter, dann brach Thomas zusammen, er konnte nicht mehr. Er schob den stützenden Arm unter seiner Achsel fort, denn lange würde ihn die schmale Iris ohnehin nicht mehr halten können, und lehnte sich gegen die Wand. Es war finster, und in dieser Dunkelheit, die lediglich von dem schwachen Licht einer Fackel hinter der letzten Kurve ein wenig beleuchtet wurde, war von ihren Gesichtern kaum mehr zu erkennen als zwei blasse Schatten mit den schwarzen Spuren von Gewalt und viel zu helle Augen.

»Weißt du was?«, fragte Thomas. »Ich glaube, dieser Mistkerl hat mir eine Kugel irgendwo in den Rücken gejagt. Stell dir das mal vor! So etwas ist mir noch nie passiert.«

»Ach was«, sagte Iris. »Das ist unmöglich, Thomas.«

»Ich fürchte, dass es leider doch möglich ist.«

»Komm, stütz dich auf mich. Ich glaube, wir haben die Verrückten abgehängt. So oder so, wir müssen hier raus … Wir müssen Vernet und Chloé einholen.«

Sie legte die Arme um ihn.

»Thomas, wir müssen weiter. Nun komm schon!«

»Hast du eine Ahnung, wo Léa steckt?«, fragte Thomas und stieß sich mühsam von der Wand ab.

»Nein, ich weiß es nicht. Wir müssen die beiden anderen einholen, sonst verlaufen wir uns. Wir können sie schon nicht mehr hören. Bitte, Thomas, komm!«

»Na gut«, erwiderte Thomas so vergnügt wie möglich. »Meine Mutter sagt immer, dass es unhöflich ist, sich lange bitten zu lassen.«

Sie quälten sich ein paar Schritte taumelnd vorwärts und Iris fragte: »Geht es noch?«

»Oh, ja, glänzend!«, antwortete Thomas mit immer schwächerer Stimme. »Ich könnte mir vielleicht ein Auge rausreißen, um zu testen, was angenehmer ist.«

Erwann hatte die Hippe in der einen Hand und untersuchte mit zwei Fingern der anderen die Wunde an seiner Stirn, betrachtete das Blut an seinen Fingern aufmerksam und leckte es dann gewissenhaft ab. Dabei fiel sein herumirrender Blick auf einen Gegenstand am Boden, gleich neben den vom Deckengewölbe herabgestürzten Steinen. Er bückte sich und hob das Notizbuch mit dem weichen, von einem Gummiband umspannten Deckel auf. Vorsichtig öffnete er es.

»Schau dir das hier an!«, sagte er zu Gilles und schluckte vor Freude. Gilles war hinzugetreten und hielt immer noch die Pistole in der baumelnden Hand. Aus der Wunde am Kopf strömte Blut über sein Gesicht. Es lief aus dem roten Haar auf die Schultern seines Blousons und vorn auf sein Hemd, und aus all der flammenden Röte starrten seine irren Augen hell wie Scheiben aus Perlmutt.

»Siehst du das?«, fragte Erwann und zeigte Gilles das aufgeschlagene Notizbuch und den mit schwarzem Filzstift gezeichneten und mit roten Anmerkungen versehenen Plan der unterirdischen Galerien. »Das ist Brennos' Notizbuch. Damit hat Vernet den Eingang gefunden. Es muss ihm aus der Tasche gefallen sein.«

»Also haben sie tatsächlich seine Papiere gefunden«, schimpfte Gilles vor sich hin. »So ein Mist! Dann finden sie auch den Ausgang.«

»Das bezweifle ich«, sagte Erwann. »Aber das hier geben wir seinem Eigentümer zurück!«

Er warf das Notizbuch in den Kessel, lachte kurz bösartig auf und wischte sich mit der flachen Hand energisch über die Stirn.

Léas Stimme, die ihn bei seinem Namen rief, ließ ihn aufschrecken. Für den Bruchteil einer Sekunde schien er in einer Art Ekstase. Irrsinn stand in seinen Augen, und er hob einen exaltierten Blick zum Himmel. Als er Léa aus der Deckenöffnung hinunterspringen sah, beruhigte er sich sofort. Sie fiel ihm um den Hals und küsste ihn gierig, und das Blut auf ihren Lippen vermischte sich mit dem Blut auf den seinen.

»Sie ist entwischt«, flüsterte Léa.

Erwann nahm sie in seine Arme, drückte sie an sich, ohne jedoch die Hippe fortzulegen und sagte, dass es nicht schlimm sei. Alles würde sich zum Besten wenden.

»Mach dir keine Sorgen, mein Liebling«, sagte er. Die sie umringenden Druiden und Druidenpriesterinnen und Gilles standen wie versteinert und verfolgten ihre Bewegungen. »Jetzt, wo wir wieder beisammen sind, wird alles gut«, fügte er hinzu.

Sie drehten sich eng umschlungen im Kreis, Léas Kopf ruhte auf Erwanns Schulter. Es war, als tanzten sie einen langsamen Walzer. Erwann führte sie nach und nach zum Kessel, bis sie mit dem Rücken vor ihm stand. Er sagte: »Jetzt müssen wir endlich mit der Zeremonie beginnen, meine Liebe.«

Als Léa den heißen Kessel in ihrem Rücken spürte, zuckte sie vor Schreck kaum merklich zusammen. Mit einer Hand ergriff Erwann ihren Haarschopf, beugte ihren Oberkörper nach hinten, zog ihren Kopf über die brodelnde Suppe und köpfte sie mit einem einzigen, akkuraten Hippenschlag. Er warf Léas Kopf in den Kessel, während ein Blutstrahl in hohem Bogen aus ihrem Hals schoss und auf die Kesselwand spritzte. Schwer wie Blei lag die Stille im Raum, als Léas Körper zusammensank, nach vorn fiel und bäuchlings vor dem Kessel liegen blieb.

Erwanns Gelächter schallte geisterhaft. Es war wie eine Klage, aber auch wie ein Siegesschrei, ein sonderbares Lachen, dessen Grund schwer zu erraten war.

Er wich einen Schritt zurück, seine freie Hand glitt in die Bauchtasche seines Kostüms aus Leder und Federn und zog den Druidenstein hervor.

Nun trat er wieder zum Kessel. Den Stein in der einen, die Hippe in der anderen Hand, beugte er sich über die widerliche Suppe, wo außer den nicht mehr erkennbaren Köpfen Saxons, Brennos' und des Wächters jetzt auch Léas Kopf mit einer Grimasse des Entsetzens schwamm.

»Alle Druiden, die der alten Religion treu geblieben sind, haben davon geträumt, die Zeremonie zu wiederholen. In zweitausend Jahren ist es niemandem gelungen«, sagte Erwann und stimmte beschwörende Psalmengesänge in einer magischen Sprache an.

Ohne seinen Gesang zu unterbrechen und ohne die Hippe und den Stein niederzulegen, bedeutete er den Druiden-Priesterinnen, ihm dabei zu helfen, sich auszuziehen.

Als er völlig nackt vor dem Kessel stand und die eigenartigen Zeichen auf seinem Körper für alle sichtbar waren, neigte er sich über den Kesselrand, tauchte die Hand in das Gebräu und bespritzte sein Gesicht mit der Flüssigkeit. Man konnte hören, wie sein Fleisch knisternd verschmorte. Auf den Unterarmen und auf seinem Gesicht, dort, wo ihn die magische Suppe berührt hatte, bildeten sich grünliche Blasen und Beulen. Von der gleichen Farbe war nun auch der aus dem Kessel steigende Rauch.

»Niemandem ist es bis jetzt gelungen!«, verkündete Erwann. »Nur mir!«

Er kletterte über den Kesselrand und stieß einen gellenden Schrei aus, tauchte in den Qualm und schließlich in der Suppe unter. Dann war alles still.

20

Vernet atmete schwer und ächzte. Plötzlich hielt er an, lehnte sich mit einer Schulter gegen die Wand der schwach erleuchteten Galerie und drückte die Hand an seine Brust.

»Können Sie noch?«, fragte Chloé besorgt.

Er nickte und versicherte ihr, dass es gleich weitergehen würde.

»Wir müssen auf Iris und Thomas warten«, fügte er hinzu. »Zu weit dürfen wir sie nicht hinter uns lassen, sonst verlaufen sie sich. Sobald sie uns eingeholt haben, verlassen wir diese Nekropole so schnell wie möglich.«

Chloé lehnte sich ihm gegenüber an die Wand.

»Natürlich haben Sie einen Plan, wie wir hier herauskommen«, gab sie mit unverhohlener Ironie zurück.

»Absolut!«, erwiderte Vernet. »Genau das habe ich.«

Er griff erst in die eine Jackentasche, dann in die andere, durchsuchte nervös sämtliche Taschen seines Anzugs und fluchte leise: »Verdammt!«

Der Professor wischte sich den Schweiß von der Stirn, rieb seine Augen, führte die Hand zu seiner Kopfverletzung und starrte in eine andere Richtung. Nach einer Weile sagte er so abgeklärt wie möglich: »Es ist doch seltsam, dass wir die beiden anderen gar nicht mehr hören, oder?«

Man konnte die beiden durchaus hören, aber an einer anderen Stelle, recht weit von Chloé und Vernet entfernt.

Hechelnd und stöhnend schleppten sie sich über den unsicheren Geröllboden in dem sehr engen Tunnel, in den sie eingedrungen waren und an dessen Wänden sie sich die Schultern stießen. Blind folgten sie ihrem Weg in der Hoffnung, dass er bald enden und sie zu einem anderen, am besten auf den richtigen Weg führen würde.

Der andere Weg schien sich am Ende dieses Tunnels abzuzeichnen, denn in der Ferne sahen sie hin und wieder einen vagen Lichtschein. Doch als sie die Lichtquelle erreichten, mussten sie feststellen, dass es kein neuer Gang war, der sich vor ihnen auftat, sondern eine kleine Höhle. Mehr noch, es handelte sich eher um ein großes, in den Felsen gehauenes Loch. An allen Wänden fanden sich einen Meter hoch gestapelte, graue, menschliche Gebeine, wieder nach Knochen und Schädeln sortiert. In der Mitte der kleinen Höhle flackerte eine Fackel in einer Eisenhalterung und war auf dem besten Wege auszubrennen.

»Sag mir nicht, dass wir jetzt die Krankenstation erreicht haben«, witzelte Thomas.

Seine Blässe war Furcht erregend, und die Rückseite seiner Windjacke derart von Blut durchtränkt, dass Iris' stützender Arm immer wieder daran abrutschte.

Sie zog ihn bis zur Fackel in der Mitte des Raums und wollte ihm die blutdurchnässte Windjacke abstreifen, doch Thomas protestierte energisch: »Nein, nein und nein! Auf keinen Fall. Das müssen wir uns nicht ansehen, Iris. Ausgeschlossen. Meinen Rücken überlassen wir einem Spezialisten, sonst niemandem, einverstanden?«

Während Iris die Fackel aus der Halterung nahm, schnitt Thomas vor Schmerz und Erschöpfung eine Grimasse und stützte sich auf einen Knochenhaufen, der plötzlich zusammenstürzte.

»Scheiße!«, sagte er. »Jetzt habe ich etwas beschädigt und nicht einmal eine Visitenkarte für die Versicherung dabei.«

»Sei doch still!«, flehte Iris. »Ruh dich lieber aus, und hör auf, so daherzureden.«

»Ich muss sprechen«, sagte Thomas. »Ich rede, weil das beweist, dass ich nicht tot bin. Und weißt du was? Ich bin die komische Nummer in diesem abenteuerlichen Trauerspiel. Das muss wohl so sein ... Wo ist Léa deiner Meinung nach?«

Das Monster, dem die Menschen mal das eine, mal das andere Geschlecht zugeteilt hatten, und das sie mal bei dem einen, mal bei einem anderen Namen genannt hatten, das Wesen, das die Menschheit terrorisierte und dennoch gottgleich war, Morrigane, erstand nun nach Tausenden Jahren wieder aus der Vergessenheit und kam zurück zu den Lebenden, zurück zu den Menschen des Diesseits.

Zunächst wurden ihre Klauen in der ungeheuerlichen Suppe sichtbar, und nachdem Morrigane die ihr als Opfer dargebrachten Köpfe weggeschoben hatte, erhoben sich die Klauen über den Kesselrand und in den Schein der Fackeln und Flammen, die mit einem Mal glanzlos geworden waren. Ebenso grauenhaft wie das Geschöpf, das sich nach und nach aufrichtete, war sein Schatten. Wie eine heiße Teerlache breitete er sich in alle Richtungen aus und schien sich in die abgerundeten Wände der Opferhalle einzubrennen. Es war, als dringe der Schatten, je größer er wurde, immer tiefer in jedes Molekül des Gesteins. Ja, so war der Schatten der Bestie beschaffen, die selbst aus Schatten bestand, doch auch aus gleißendem Licht, beide verschmolzen in der ungeheuren Dichte ihrer Existenz. Morrigane, die Unbesiegbare, richtete sich zu ihrer oder seiner vollen Größe auf und wuchs vor den Augen der Anwesenden, die vor Schreck und Erstaunen dem Wunder starr zuschauten. Innerhalb von Sekunden hatte Morrigane Form angenommen, und die Zeugen dieser Wiedergeburt wurden sich mit einem Mal schmerzlich bewusst, dass das aus ihrem Wahn geborene Geschöpf nicht im Geringsten ihren Erwartungen entsprach, sondern ein Eigenleben entwickelte.

Der Wahn zeigte seinen eigenartig trüben Widerschein

in den weit aufgerissenen Augen von Gilles, der mit den eckigen Bewegungen eines Roboters zurückwich.

Morrigane war nun bis zu dem Loch im Deckengewölbe gewachsen, überwältigend, enorm, und sie schien den gesamten Saal auszufüllen. In ihrem riesigen Knochengesicht saß ein krummer Schnabel voller Reißzähne. Die Kreatur neigte den langen Kopf mit dem Gefieder, das aus schwarzen Flammen zu bestehen schien, und untersuchte mit ihren glühenden Augen das Gefängnis, in das sie hineingeboren worden war, wohin man sie gerufen hatte. Morrigane trug die tödliche Lanze der unbesiegbaren Krieger. Von ihrem bewaffneten Arm troff die magische Flüssigkeit, der Saft, die Essenz, die sie aus der Finsternis der Jahrhunderte zu neuem Leben erweckt hatte, und tropfte auf die Erde. Morrigane stieg aus dem Kessel, und ihre Klauenfüße berührten den festen Boden, während der Kessel sich plötzlich zu verflüssigen und mit dem Gebräu in seinem Innern zu vereinen schien. Rötlich golden wie das Material, aus dem der Kessel war, stieg der Dunst auf.

Morrigane, die Furie.

Das von Grund auf Schlechte im Innern der Menschen, das Salz in ihren Venen, die ewige Verdammnis ihres barbarischen Daseins – das war Morrigane.

Sie beugte sich vor. Mit der Lanzenspitze spießte sie die nach ihrem Antlitz geschaffene Maske auf, die Erwann getragen hatte, in einem Augenblick, als Zeit noch messbar war, bevor sie mit Morriganes Wiedergeburt in einem gewaltigen und folgenschweren Chaos stoppte. Das Geschöpf hielt sich die Maske vor die Augen und betrachtete sie eine Weile mit einer Spur von Unverständnis und Erstaunen, falls sich solche Gefühle auf diesem Gesicht des reinen Horrors ablesen ließen. Wenn es seine Kiefer tatsächlich so zu öffnen vermochte, dass eine Art Grinsen entstand, so geschah genau das in diesem Augenblick. Morrigane schüttelte die Maske kurz, warf sie wieder auf die Erde und zerdrückte sie mit ihrem entsetzlichen Klauenfuß und unter ihrem Gewicht, dem Gewicht der Zeit im Reich der Toten, aus dem Morrigane stammte, und die Maske blieb platt wie ein Pfannkuchen am Boden liegen.

Nach dieser ersten Tat schritt Morrigane zu einer weiteren: Sie packte mit ihrer großen Klauenhand den Druiden, der ihr am nächsten stand, bei der Brust und schlug ihre Krallen in sein Fleisch, als sei es eine butterweiche Masse. Dann schmetterte sie den Mann, aus dessen Brust in hohem Bogen Blut spritzte, achtlos und mit solcher Wucht gegen die Wand, dass seine Knochen geräuschvoll splitterten.

Gilles schrie entsetzt auf, denn trotz des Wahns, der sich in seinen Augen spiegelte, war ihm nicht entgangen, dass dieses Monster von keinem Menschen der Welt beherrscht werden konnte, egal, ob er als Komplize an seiner Wiedergeburt beteiligt gewesen war oder nicht. Auf partnerschaftliche Gefühle brauchte niemand zu hoffen, denn Morrigane bestand nur aus dem Willen, durch unbezwingbare Körperkräfte siegreich aus der Schlacht zu gehen. Unwillkürlich packte Gilles den Druiden neben sich, der vor Staunen und Entsetzen zitterte, und zwang ihn mit aufgedrückter Pistole, ihm zu folgen. Gleichzeitig hob er die zu Boden gefallene Taschenlampe auf, die sich, genau wie der Druide, in der Folge als nützlich erweisen konnte. Dann flüchteten die beiden, so schnell sie konnten, in eine Galerie. Morrigane brüllte wütend, während diejenigen, die sie massakrierte, vor Schmerzen schrien. Das Entsetzen hinderte die Druiden offenbar daran, an eine Flucht auch nur zu denken, oder aber sie waren vor Angst erstarrt und unfähig, sich zu bewegen.

Vernet und Chloé erreichten eine Weggabelung, die Chloé auf den ersten Blick für die Abzweigung hielt, von der aus einer der beiden Tunnel an die Erdoberfläche führte. Vorhin war sie den weichen Weg wieder zurückgelaufen und hatte den anderen, absteigenden felsigen Gang gewählt und war so in die Höhle gelangt, in der die Kisten mit den Sprengkörpern lagerten. Gerade wollte sie in die ansteigende Galerie laufen, als sie bemerkte, dass es sich nicht um die gleiche handelte, denn hier war der Boden nicht feucht, kein Wasser rieselte von den Felsen, und am Boden waren auch keine Fußabdrücke zu erkennen.

»O nein!«, jammerte sie niedergeschlagen.

Sie lehnte sich an die Felswand und ging mutlos in die Hocke. In Chloés Hand flackerte und qualmte die Fackel, und sie streckte sie weit von sich. Vernet erreichte Chloé endlich, ganz aus der Puste, und sie sagte: »Ich fürchte, dass sich die beiden anderen verlaufen haben, aber sie sind nicht die Einzigen. Wir sind auch nicht auf dem richtigen Weg.«

Vernet nickte: »Ich hätte nie erwartet, dass diese Nekropole derart weitläufig ist. Die Galerien dürften sich praktisch unter dem ganzen Wald ausbreiten. Es ist geradezu … umwerfend!«

»Was machen wir jetzt? Nehmen wir den linken oder den rechten Gang?«

»Im Prinzip den rechten, wenn er weiter ansteigt. Zu dumm, dass ich das Notizbuch mit dem Plan der Galerien verloren habe …«

Chloé ging nicht auf seine Bemerkung ein, stand auf und lief, die Fackel hoch über ihrem Kopf, in den ansteigenden Tunnel hinein.

»Wir dürfen nicht zu schnell laufen«, sagte Vernet. »Sonst können uns die anderen nicht folgen.«

Mit der Schuhspitze zeichnete er tiefe Pfeile in den Boden, um so Iris und Thomas den Weg zu weisen. Chloé hätte ihm beinahe zu verstehen gegeben, dass auch ihre Verfolger auf diese Weise erfuhren, welchen Weg sie gewählt hatten, aber sie sagte dann doch nichts, weil ihre Verfolger auf solche Hilfen wahrscheinlich gar nicht angewiesen waren, um sie in den Galerien zu finden.

Sie waren kaum zwanzig Meter in den leicht ansteigenden Tunnel gegangen, als sie auf einen großen Raum mit zahlreichen Abzweigungen stießen, der von mehreren Fackeln in Halterungen an der Wand erleuchtet war. Vernet hatte zweifellos recht, als er von der Weitläufigkeit dieser Nekropole sprach, denn auch hier stapelten sich Unmengen von Gebeinen: Schädel, Rippen und Becken, doch diesmal in einem heillosen Durcheinander, in welchem sie Ratten herumflitzen sahen, die sich durch die Ankunft der beiden in keiner Weise stören ließen. Chloé nahm eine Fackel aus der Halterung, um die alte zu ersetzen, die im Ausbrennen begriffen war, und der

Professor, ein paar Schritte von ihr entfernt, tat es ihr gleich.

»Sind das alles Opfer von keltischen Zeremonien?«, fragte Chloé leise, als sie im Zentrum dieser Manege aus Skeletten standen und sich umblickten.

»Zweifellos!«, erwiderte Vernet ebenso leise. »Es ist schon verrückt … Es sind so unglaublich viele!«

»Und was ist das hier?«, fragte Chloé.

Sie hatte sich gebückt, hob einen der Schädel, die am Boden lagen, auf, und zeigte ihn Vernet. Dieser Schädel hatte definitiv nichts Menschliches: Er war langgezogen, die Schädeldecke war nach hinten zugespitzt und mit aufstrebenden Zacken versehen. Die Augenhöhlen waren eher mandelförmig als rund, und das Nasenbein mit den beiden Löchern existierte nur ansatzweise, was darauf schließen ließ, dass dieses Tier ein Schnabelträger gewesen sein musste, jedoch war der Schnabel anscheinend abgebrochen. Der Unterkiefer fehlte ganz.

Dieses sonderbare Knochengesicht erinnerte auffällig an die Maske, die der kostümierte Erwann getragen hatte.

Doch hier handelte es sich um einen echten Schädel und um echte Knochen, an welchen der Zahn der Zeit seine Spuren hinterlassen hatte.

Vernet schluckte trocken und gab keinen Kommentar. Er legte den ungewöhnlichen Schädel vorsichtig wieder auf den Boden, als hätte er Angst, eine zu lebhafte Bewegung könnte ihn beschädigen oder zerbrechen und gleichzeitig irgendeinen schrecklichen Zauber freilegen, dessen Opfer sie werden konnten.

Mit belegter Stimme sagte er: »Wir sollten besser umkehren … Sonst finden wir die beiden anderen nie wieder …«

Vielleicht konnte er sich nicht entschließen, diesen Raum voller Gebeine zu durchqueren, weil er befürchtete, noch mehr oder noch scheußlichere Monsterknochen zu entdecken.

Schweren Schritts und geräuschvoll schleppte sich Morrigane vorwärts. Aus dieser Masse in Bewegung drang ein eigenartiges Leuchten, es war, als würde bei jedem ihrer Schritte grüngräuliches Gas aufsteigen. Es schien ihr Atem zu sein, doch drängte sich gleichzeitig der Eindruck auf, dass jede Pore ihres Leibes diesen sonderbaren Hauch ausströmte. Eine vergiftete Aura umgab sie, schwer wie ihr Schatten, und der riesige Schatten ihres lang gezogenen Kopfes mit dem Schnabel voller Reißzähne glitt ihr voraus.

Unter ihren Klauenfüßen erbebte lautlos der Boden. In den tiefen qualmenden Kratern ihrer Fußabdrücke lagen zerstampfte Knochen und Schädel, die dann zu Staub zerfielen.

Morrigane wusste, welchen Weg sie zu gehen hatte.

Zum zweiten Mal war Gilles durch die Gänge und Galerien gejagt und hatte nun wieder die Höhle mit den Sprengkörpern erreicht. Der Druide, der ihn begleitete, folgte ihm, wie ein Kind trippelnd.

»Da sind wir!«, rief Gilles und leuchtete den Raum mit seiner Taschenlampe aus. »Los, such! Hier müssen irgendwo Petroleumlampen sein.«

Der Druide hechelte. Reglos blieb er stehen, das Gesicht von Irrsinn gezeichnet, wie Gilles feststellte, als er den Lichtstrahl der Taschenlampe auf ihn richtete.

»He! Meine Güte!«, knurrte Gilles ärgerlich. »Hörst du nicht? Du sollst eine Lampe suchen! Verstehst du überhaupt, was ich sage?«

Der Mann schielte entsetzt auf die Pistole, die Gilles ihm unter die Nase hielt.

»Was ist los?«, stotterte er. »Was ist geschehen?«

»Du sollst eine Lampe suchen, zum Teufel!«, zeterte Gilles und drückte ihm die Pistole ans Gesicht. Der Druide schluckte und begann zu suchen.

Die beiden wurden fündig. In einer Ecke, hinter den aufeinander gestapelten Kisten, standen ein paar Laternen, wie man sie auf Baustellen benützt. Sie zündeten zwei von ihnen an und stellten sie auf die höchsten Kisten, dann öffnete Gilles die Kiste vor ihm und sagte: »Was los ist? Himmel! Ich wage gar nicht, mir auszumalen, was los ist, wenn dieses Monster aus den Galerien herausfindet!«

»Was können wir denn nur machen, Gilles?«, fragte der Junge weinerlich und schien kurz vor einem Nervenzusammenbruch zu stehen.

»Tja, was meinst du wohl? Wir jagen dieses ganze Mistlabyrinth, diesen ganzen Scheißladen in die Luft, und den Oberteufel gleich mit! Genau das werden wir tun. Kein Monster und keine Zeugen mehr! Zzzzzzt und Bumm!«

Er öffnete die dritte Kiste.

Chloé kam es vor, als irrten sie bereits seit Stunden in den Gängen des Labyrinths herum. Sie war schweißnass, und ihr Hemd voller Erde und Staub klebte an ihrer Haut. Mit einem Mal standen sie erneut im Zeremoniensaal. Sie waren wieder an ihrem Ausgangspunkt gelandet, und noch dazu durch einen anderen Tunnel als den ihres Fluchtwegs. Wie lange war das her? Es erschien ihr eine Ewigkeit. Vernet und Chloé zeigten dieselbe Reaktion von Niedergeschlagenheit, beide wimmerten im gleichen Augenblick, als sie begriffen, was geschehen war.

Kein lebendes Wesen befand sich mehr in dem Saal. Sonderbar zerbeult lag der Kessel umgestürzt am Boden, und seine Dellen wirkten, als hätte man ihn von innen wild mit Hämmern bearbeitet. Er wirkte kleiner als zuvor. Sein Inhalt hatte sich über den Boden ergossen, und der hatte ihn aufgesaugt, sodass nur noch ein dunkler, goldbrauner Fleck zurückgeblieben war. Blut bedeckte die Wände und glänzte in allen Winkeln und in den Nischen mit den zusammengekauerten Skeletten.

Die leblosen Körper der Druiden lagen überall auf der Erde verstreut, die meisten mit völlig verdrehten Gliedmaßen und in den unwahrscheinlichsten Stellungen, als hätte man Hampelmännern die Glieder in die falsche Richtung abgeknickt.

Chloés Blick fiel auf die gekochten Schädel, die aus dem Kessel gerollt waren. Léas Kopf, weißlich und wie abgepellt, war bis zu ihrem kopflosen ausgebluteten Körper gerollt.

Chloé stöhnte entsetzt.

»Schau da nicht hin!«, flüsterte Vernet, nachdem beide ausgiebig und ohne den Blick abwenden zu können die Ausmaße des Massakers um sie herum betrachtet hatten.

Beide atmeten tief durch, schlossen die Augen, öffneten sie wieder und betraten langsam den verlassenen Raum.

»Wenigstens sind Iris und Thomas nicht unter den Leichen«, murmelte Chloé. »Dann sind sie sicher noch am Leben.«

Sie bückte sich und hob die beiden am Boden liegenden Hippen auf. Eine davon reichte sie Vernet, der sie entgegennahm, als sei sie das heilige Sakrament. Unweit von der Stelle ihres Fundes entdeckten sie Erwanns Kostüm in Fetzen. Leer. Dann die zertretene Maske in einem riesigen tiefen Fußabdruck.

»Glauben Sie …«, begann Chloé.

»Ich weiß nicht …«, stammelte Vernet. »Aber …«

Er bückte sich, hob einen Gegenstand auf und zeigte ihn Chloé. Es war der Druidenstein, er war fahl geworden, fast weiß. Von dem schimmernden grünen Schein, der ihn belebt hatte, war nichts mehr zu sehen.

»Der Stein hat sich verändert.«

Iris trug, zog und schleppte Thomas mühsam weiter, denn das Laufen wurde für ihn mit jedem Schritt quälender. Davon abgesehen war seine Kleidung so von Blut durchtränkt, dass Iris kaum noch einen Halt fand, um ihn zu stützen.

»Beeil dich doch, Thomas! Bitte! Ich flehe dich an.«

»Lass gut sein!«, antwortete er laut und mit fester Stimme. »Verschwinde, Iris, so schnell wie möglich!«

»Hörst du das?«, unterbrach sie ihn.

Ein gefährliches, grollendes Knurren ertönte kaum zwanzig Schritte hinter ihnen.

Iris kreischte auf.

Morrigane schob sich durch den engen Tunnel und hob den Kopf, und diese Bewegung sah aus, als schnupperte sie in die Richtung, aus der der Schrei bis zu ihr gedrungen war. Als reagierte sie besonders auf alle Ausdrucksformen der Angst, knurrte sie nochmals und tappte weiter durch das Felsengewölbe.

Was dort so furchtbar unmenschlich knurrte, war in der bedrückenden Finsternis des Tunnels, den die kaum noch glühende Fackel sehr spärlich beleuchtete, noch näher gekommen. Stoßweise bewegte sich das Monster vorwärts, während Iris, vor Anstrengung schnaufend und hechelnd, Thomas so gut sie konnte abschleppte, denn sein schlaffer Körper war kaum noch zu einer eigenständigen Bewegung fähig. Iris schleifte Thomas einem Lichtschein entgegen, der von irgendwoher schimmerte und aus einem tiefer liegenden Abschnitt der Galerie zu stammen schien.

Doch war es möglich, dass dieses ihnen scheinbar folgende Knurren genau aus der entgegengesetzten Richtung kam, nämlich aus der gleichen Richtung wie der Lichtschein?

Plötzlich rutschte Thomas, und Iris konnte ihn nicht mehr halten: Er kippte und löste sich gleichzeitig von ihrem Arm. Instinktiv griff er auf der Suche nach einem Halt ins Leere, schlug versehentlich auf die Fackel in Iris' Hand und stürzte. Er rollte einen dunklen Abhang hinunter, sein Körper holperte über Gebeine, dann über einen kleinen Mauervorsprung und stürzte in einen metertiefen Abgrund. Schließlich landete er in einer Art Tümpel, einer schlammigen Kloake, in einer widerwärtigen, unbestimmbaren Flüssigkeit. Er hörte Iris schreien. Sie schrie seinen Namen. Er wollte ihr antworten, doch sein Mund füllte sich mit der stinkenden Brühe, und er begann hoffnungslos und verzweifelt mit den Armen zu rudern, ohne den grausamen Schmerz im Rücken zu spüren, der ihn bis dahin so furchtbar gepeinigt hatte.

Dann sah er das Monster. »Sicher bin ich tot«, dachte Thomas. Irgendwie musste er gestorben sein, ohne dass er es gemerkt hatte, in einem Augenblick, an den er sich nicht erinnern konnte. »So ist es also, wenn man tot ist«, sagte er zu sich selbst voller Verwunderung.

Es war ein Tier, ein Mensch, irgendetwas Riesenhaftes und Hartes, mit einer Aura aus trübem, gräulichem Licht, das an den Widerschein flüssigen Metalls erinnerte. Das Monster stand am Rand dieses ekelhaften Tümpels, der sich in einer Landschaft von Leichen und Knochen gebildet hatte. Die Gestalt hob ihren Arm mit der Lanze, die sich in Thomas' Bauch, dann in seine Brust bohrte, tief hinein in seinen Todesschrei. Doch es war nicht die Lanze, die Thomas tötete, sondern eine noch viel gefährlichere Waffe: sein unbeschreibliches Entsetzen.

Sein Schrei hatte Iris in Mark und Bein erschüttert. Noch stand sie dort oben, am Mauervorsprung vor dem Abgrund des finsteren Lochs, doch dann rannte sie wie besessen in die Richtung, aus der der Lichtschein drang, immer geradeaus. Nur dorthin konnte sie laufen, als das Albtraum-Monster, das Iris neben dem Tümpel hatte auftauchen sehen, sich an ihre Fersen heftete, das Gefälle hinaufstieg und bei jedem Schritt ein Dutzend Knochen und Schädel unter seinen Füßen zermalmte.

Thomas' Todesschrei hatte sich zu einem rasenden

Echo vervielfacht, das, von Wand zu Wand geworfen, durch die Gänge und Höhlen schallte, bis hin zu der Sackgasse, in der Gilles und der einzige überlebende Druide sich an den geöffneten Kisten mit den Sprengkörpern und auch an den leeren Kisten neben dem Graben an der Wand zu schaffen machten.

Auch Chloé und Vernet hörten den Schrei in der Zeremonienhalle, und in ihren Ohren dröhnte er wie ein Hilferuf, dem sie nichts als Ohnmacht entgegensetzen konnten.

Plötzlich tauchte Iris wie ein Gespenst in dem Saal auf, und Chloé und Vernet erstarrten, genau wie Iris, deren Gesichtsausdruck preisgab, wie unfassbar ihr dieses Wiedersehen erschien.

Im Gegensatz zu allem, was man von Professor Vernet in einer solchen Lage erwartet hätte, zeigte er eine erstaunliche Geistesgegenwart: Er packte Iris bei den Schultern und zog sie hastig fort, während sie immer noch vor Verwunderung über dieses Zusammentreffen wie gelähmt dastand, gelähmt sicher auch von der Erinnerung an das, was sie soeben außerhalb dieses Raums erlebt hatte, und von der Erkenntnis, welchem Schicksal sie entgangen war. Vernet hatte Iris fortgezogen, noch bevor sie sich der Massaker in dem Saal und der abgeschlagenen Köpfe am Boden bewusst werden konnte. Iris sollte nicht genügend Zeit haben, um all das Elend zu erfassen und dann vielleicht zusammenzubrechen. Sicher war dies das Ziel von Vernets mehr oder weniger instinktiven Taktik. Alle drei liefen in die einzige aus dem Saal führende Galerie, die sie noch nicht kannten, doch keiner von ihnen kam auf die Idee, einen anderen Fluchtweg aus dem Saal und diesem höllengleichen Labyrinth auszuprobieren: und zwar durch den teilweise eingestürzten Abzugsschacht, durch den Chloé gleich zweimal geflogen war, sehr zur Verwunderung der Druiden.

»Wo ist Thomas?«, fragte Chloé, als sie im Laufschritt durch den Tunnel hasteten.

»Er ist tot!«, rief Iris. »Das Monster hat ihn umgebracht.«

»Ruhig, ganz ruhig, Iris«, versuchte der ächzende Vernet sie zu beschwichtigen. »Kannst du dich nicht vielleicht doch erinnern, wo der Junge geblieben ist?«

»Das Monster!«, schrie Iris. »Das Monster! Da ist kein Junge! Da ist nur *das Monster!*«

21

Auf Gilles' Geheiß machte sich sein Begleiter auf, eine Petroleumlampe in den Eingang der Höhle zu stellen. Plötzlich erschien in deren Schein ein Schatten an der Wand, und der junge Mann, der den Druiden hatte spielen wollen, kreischte erschreckt auf und ließ die Lampe zu Boden fallen. Das Petroleum lief aus und stand augenblicklich in Flammen. Im selben Moment sammelte Gilles die Sprengkörper zusammen und holte aus einer der letzten noch offenen Kisten die Zünder hervor.

Die Flammen fraßen sich bereits an den Stoffbahnen des Druidengewandes hoch, als die Lanze den Kopf des Mannes abschlug und dann aufspießte. Sein Körper in dem flammenden Gewand blieb kurz aufrecht stehen, während der Kopf mit dem entsetzten Gesichtsausdruck von der Lanzenspitze katapultiert gegen die Decke flog. Der Schädel schlug gegen den Felsen, fiel auf den Boden, sprang noch einmal wie ein Ball hoch und rollte dann bis auf zwei Schritte Entfernung zu Gilles. Dort blieb er liegen und glotzte Gilles mit einem Ausdruck des Bedauerns an.

Gilles verstaute Sprengstoff, Zünder und das Auslösersystem eilig unter seinem Hemd. Jetzt hob er die Pistole und schoss.

Eine Kugel.

Zwei.

Drei.

Die Einschüsse hinterließen nichts weiter als undeutliche Flecken auf der eigenartigen Haut aus Pelz und Federn des schwarzen Monsters, das aufrecht in den Flammen der brennenden Lampe stand. Die Flammen beleckten es, ohne jedoch einen richtigen Brand zu entfachen. In aller Ruhe tappte Morrigane zu einer Wand und scheuerte wie ein Raubtier ihren Rücken daran, um den beginnenden Brand zu löschen.

Sie hatte sich so weit vom Eingang zur Galerie entfernt, dass Gilles die Gelegenheit beim Schopfe packte und vor ihrer Nase in den Gang entwischte. Doch das schien Morrigane nicht weiter zu kümmern, denn erst ein paar Sekunden später schlug auch sie den Weg in den Gang ein und nahm die Verfolgung in dem Labyrinth ganz gemächlich wieder auf.

Wieder einmal stellte sich heraus, dass der Tunnel, der einem anderen zu gleichen schien, doch völlig anders beschaffen war, und die von Hoffnung und Enttäuschung gestiftete Verwirrung war umso niederdrückender. Sie hatten einen verheißungsvollen Weg eingeschlagen, im festen Glauben, dass er ins Freie führen würde, und die Ernüchterung war ein harter Schlag, besonders, als sie plötzlich die Schüsse und ihr Echo hörten, denn sie kamen ausgerechnet aus der Richtung, in die sie gerade liefen …

»Das hat nichts zu bedeuten!«, meinte Vernet, der neuen Mut gefasst zu haben schien, seit Iris wieder bei ihnen war: als ob seine Pflicht, dieses junge Mädchen zu beschützen, ihn dazu zwang, auf jeden Fall die Haltung zu wahren.

»Die akustischen Spielchen in dem Labyrinth lassen keinerlei Schlüsse darüber zu, wo die Schüsse tatsächlich abgefeuert wurden«, sagte er im Brustton der Überzeugung.

»So oder so, es waren Schüsse«, konterte Chloé. »Und wer hat hier eine Pistole?«

»Unser Freund, der Ire«, gab Vernet zurück.

»Er ist überhaupt kein Ire«, ließ Iris verlauten.

»Und wenn er Chinese wäre, das würde auch nichts ändern. Egal, wie wir es drehen und wenden, diese Schüsse scheinen trotzdem daherzukommen, wo wir gerade hinlaufen«, sagte Chloé.

»Wahrscheinlich«, antwortete Vernet. »Dennoch würde ich meinen …«

Er unterbrach sich.

Der Tunnel öffnete sich überraschend auf einen neuen Raum, den sie zum ersten Mal betraten. Er war von derart majestätischen Ausmaßen, dass es ihnen den Atem verschlug, besonders Vernet, der sich mit offenem Mund umblickte und nicht mehr fähig war auszuführen, was er »dennoch meinen würde« … Der runde und bis auf eine weitere Tunneleinmündung geschlossene Grabraum wies Steinbänke auf, die bis zu einer Höhe von sechs oder sieben Metern in Treppenform die Wände verbargen. Und auf all diesen Stufen saßen bis zur Decke Mumien: Das Gewölbe war geradezu mit Leichen übersät. Auch hier erleuchteten Fackeln und glühende Funkenhaufen in der Mitte des Kreises den gespenstischen Raum. (Chloé drängte sich nochmals der Gedanke auf, wie viel Zeit es gekostet haben musste, um diese Zeremonie vorzubereiten, allein was das Anzünden und Überwachen der Fackeln und Feuerstellen in diesem weitläufigen Tunnelgewirr anging.) Bitterer Qualm stieg aus den Funkenhaufen und erfüllte den rötlich erleuchteten Saal.

An seinem anderen Ende, ihnen gegenüber, dort, wo sich der zweite Tunnel auftat, stand plötzlich Gilles, dessen Hemd sich über einem dicken Gegenstand wölbte. In der einen Hand hielt er die Petroleumlampe, in der anderen die Pistole, mit der er direkt auf sie zielte.

Erstarrte Stille.

Hinter Gilles, irgendwo im Tunnel, dröhnte dieses beängstigende Knurren und ließ ihnen das Blut in den Adern gefrieren.

»Wenn ihr überleben wollt, bleibt euch nichts anderes übrig, als auf mein Kommando zu hören und mir zu folgen!«

»Ach, geh doch zur Hölle!«, rief Chloé.

Gilles kam näher.

Mit ausgestrecktem Arm und die Pistole fester umklammernd ging er auf sie zu.

»Da schau an! Ich frage mich, ob du immer noch deine große Klappe aufreißt, wenn dieses Biest erst einmal hier ist.«

Wieder das Knurren. Sie fühlten ein äußerst unangenehmes Beben unter ihren Füßen, und Erdbröckchen rollten vom Gewölbe herab.

»Ich habe es gesehen!«, rief Iris mit einer fremden Stimme, monoton und wie aus einer anderen Welt. »Ich habe es euch doch gesagt. Das Monster hat Thomas umgebracht. Wir haben überhaupt keine Chance gegen dieses Ungeheuer.«

»Ihr tätet besser daran, ihr zu glauben«, sagte Gilles. »Nun? Brav jetzt? Meine Güte, was hier geschieht, ist absolut nicht zum Lachen.«

Vernet setzte seinen bevorzugten, verlorenen Gesichtsausdruck auf und fragte: »Monster? Was für ein Monster? Ihr wollt mir doch nicht weismachen, dass ...«

Drei vorwurfsvolle Augenpaare und eine Pistolenmündung richteten sich auf ihn.

»Ich fürchte«, fügte er hinzu, »dass wir keine andere Wahl haben.«

»Wir stellen dem Monster eine Falle«, begann Gilles seinen Plan auszuführen, die Waffe zum Boden gerichtet, doch immer noch auf der Hut. »Wir machen ein kleines Feuerwerk.«

Er näherte sich der ersten Steinstufe, öffnete sein Hemd und nahm die Sprengkörper und alle anderen Vorrichtungen heraus.

»Ihr verteilt die Sprengkörper rund um den Raum!«,

befahl er. »Die Zünder werden erst mit dem Elektrokabel verbunden, dann schließen wir den Auslöser und den Zeitzünder an. Aber jetzt mal ein bisschen plötzlich! Los!«

Der Einzige, der Gilles nicht gehorchte, war Vernet, der regungslos wie eine Statue stehen blieb.

»Was ist los?«, fragte Gilles.

»Es kommt überhaupt nicht in Frage, diese herrliche und mit Sicherheit einzigartige Grabstätte zu zerstören, mein Junge«, sagte Vernet. »Sie können …«

»Jetzt habe ich aber wirklich genug von deinen Faxen«, stöhnte Gilles.

Dann schoss er. Die Kugel zerfetzte Vernets Hosenbein, und ein Blutstrahl schoss auf der Höhe des Schienbeins hervor. Vernet schrie kurz auf und brach zusammen. Nun saß er auf der Erde, streckte das verletzte Bein aus, ließ die Hippe fallen, hielt die Fackel jedoch weiter unschlüssig in der Hand. Ganz offensichtlich wollte er sie nicht neben sich auf den Boden legen. Sein Gesicht drückte ebenso viel Unglauben aus wie Schmerz.

Das Echo des Schusses vermischte sich mit dem dröhnenden Knurren im Tunnel. Und genau das war bestimmt das Startzeichen für den sofortigen Gehorsam, den die Mädchen Gilles entgegenbrachten, Gilles, dessen Gesicht von Blut und Erde tiefdunkel war. In weniger als sechzig Sekunden hatten sie die Sprengkörper rund um den Raum verteilt, die Kabel verlegt und den Zeitzünder angeschlossen. Unterdessen hatte Gilles Vernets Hippe an sich genommen und verlangte nun auch von Chloé, ihm ihre Hippe auszuliefern.

»Was willst du denn damit«, fragte sie, um noch ein

wenig Opposition zu zeigen. Doch die Pistole, die er auf ihr Bein richtete, war überzeugend genug, um ihren Widerstand zu brechen. Also reichte sie Gilles die Hippe, die er sich, zusammen mit Vernets Hippe, in den Gürtel steckte. Dann stellte er das Zählwerk des Zeitzünders auf sieben Minuten ein, drückte auf den Knopf den Auslösers, und der Countdown begann.

»Das ist wirklich eine Schande«, regte sich Vernet auf, der sich mühselig erhoben hatte und mit seinem gesunden Bein auf der Stelle hüpfte. »Das wird ein schrecklicher Verlust! Ein unwiederbringlicher Verlust!«

»Wir haben nie im Leben genug Zeit, hier heil herauszukommen«, sagte Chloé.

Ohne Vernet weiter zu beachten, richtete Gilles die Pistole auf Chloé und Iris und sagte: »Fangt ihr jetzt nicht auch noch an! Und versucht bloß nicht, die Kabel abzureißen. Das nur als guter Rat. Damit würdet ihr nämlich das Feuerwerk sofort starten.«

»Du Schwein«, zischte Chloé.

Gilles richtete die Mündung seiner Pistole direkt auf Chloés Stirn. Sie begriff nicht sofort, dass er auf den Abzug gedrückt hatte, aber nur das Klicken des Bolzens zu hören war, jedenfalls löste sich kein Schuss. Plötzlich wurde Chloé bewusst, dass er tatsächlich versucht hatte, sie umzubringen. Es war nicht Angst, die sie trieb. Mit einem Mal empfand sie eine ungeheure Wut, einen abgrundtiefen Hass, zu dem sie sich nie für fähig gehalten hatte. Während Gilles seine leere Pistole ungläubig anstarrte, trat sie ihm mit dem rechten Fuß mit aller Kraft in den Unterleib. Er klappte zusammen, schrie heiser auf, drehte sich um die eigene Achse und ließ die Pistole fallen. Im gleichen Augenblick riss er eine der Hippen aus dem Gürtel, sprang zu Iris hinüber, schnappte sie, schnürte ihr mit dem Arm den Hals ab und setzte die Hippe an ihren Nacken.

Er sagte nichts. Kein einziges Wort. Sein Blick drückte alles aus. Er ging rückwärts. Langsam. Zurück bis zu dem Tunnel, aus dem er gekommen war. Im Eingang verharrte er eine Sekunde mit einem bösartigen Grinsen, dann holte er Schwung und warf die Hippe gegen die Mauer mit den Gebeinen genau über ihm und rannte davon. Die Gerippe stürzten zu Hunderten, wenn nicht zu Tausenden von der Wand und rissen nach und nach die brüchigen, treppenartigen Konstruktionen aus ihrem Gefüge. Es gab einen regelrechten Steinschlag, denn aus dem altersschwachen Mörtel löste sich das Gestein und auch das morsche Holz. Mit Getöse brach ein Teil der Konstruktion aus Steinen, berstenden Stützbalken und Brettern zusammen, und es bildete sich ein riesiger Trümmerberg, der eine gewaltige Staubwolke aufwirbelte.

Gilles rannte schnell. Er hielt sich am äußersten Rand des auffliegenden Staubwirbels und schleppte Iris fort, die unter seinem festen Griff fast erstickte. Nach fünfzehn oder zwanzig Metern hielt er abrupt an und ließ sich vom Staub einhüllen. Iris hustete sich die Seele aus dem Leib.

»Nun ist's aber gut«, sagte Gilles.

Er zog die zweite Hippe aus dem Gürtel und versetzte Iris mit dem schweren Griff einen raschen, heftigen Schlag auf die Schädelbasis. Auf der Stelle sackte Iris zusammen, und ihr Husten wich ein paar Gurgellauten.

»MORRIGANE!«, brüllte Gilles. »Dein Festmahl ist bereit, meine Schöne!«

Mit dem Fuß drehte er Iris auf den Rücken, dann sprang er mit zwei Sätzen zu einer kaum wahrnehmbaren Aushöhlung in der Tunnelwand, aus der ein schwacher Lichtschein drang. Dort verschwand er. Im gleichen Augenblick senkte sich die Staubwolke in dem Raum mit den Sprengsätzen langsam und ließ den Trümmerhaufen sichtbar werden. Ein eindrucksvoller Berg aus Skeletten, Steinen und morschen Brettern hatte sich über dem Auslöserkasten und dem Zeitzünder vor dem Tunneleingang aufgetürmt, aber den Zugang zur Galerie allem Anschein nach nicht vollständig verstopft. Vernet stieß eine ganze Reihe von Flüchen aus, humpelte halb kriechend, sein Hosenbein von Blut ganz und gar rot gefärbt, zu dem Geröllhaufen und begann in dem Durcheinander zu graben und die ineinander verhakten Knochen und Bretter beiseite zu räumen.

»Das bringt uns auch nicht weiter!«, rief Chloé. »Er hat gesagt, wenn wir auch nur ein Kabel abtrennen …«

»Was der schon sagt! Ich setze nicht gerade das größte Vertrauen in die Worte dieses Jungen«, sagte Vernet.

»Die Hippen!«, meinte Chloé plötzlich. »Wenn Gilles unbedingt die Hippen mitnehmen wollte, dann haben sie vielleicht irgendetwas mit dem Monster zu tun …«

»Das Monster!«, affte Vernet Chloé lautstark nach und richtete sich auf, als hätte er eine Sprungfeder im Rücken. »Fangen Sie jetzt auch noch damit an? Und warum nicht auch der Stein, wo Sie gerade dabei sind? Oder die Zauberformel?«

»Sie müssten doch eine kennen!«

»Ha, ha!«, rief Vernet absolut freudlos. »Als wenn ich hier ein Examen abzulegen hätte!«

Er griff nach einer Hand voll Knochen in dem Haufen und warf sie hinter sich.

»Dieses Mistding von Zeitzünder!«, schimpfte er. »Wir wissen ja nicht einmal, wie viele Minuten uns bis zur völligen Zerstörung bleiben.«

Im Gegensatz zur Vernet, der mit extremer Nervosität zu kämpfen hatte, war Gilles nun äußerst ruhig. Er wusste ganz genau, was er wollte und was er zu tun hatte. Als das bedrohliche Knurren des Monsters aus dem Haupttunnel, ganz in seiner Nähe, zu ihm in die kleine Höhlenausbuchtung drang, ging er in die Hocke und sprang mit erhobenen Armen hoch, packte eine Eisensprosse, die aus dem Mauerwerk ragte, und zog sich daran mit einem gekonnten Klimmzug nach oben, griff nach der Sprosse darüber und kletterte den gemauerten Schacht hinauf, denn er befand sich in dem Luftschacht dieses Höhlenabschnitts.

Die schwarze, rötlich schimmernde Masse, die Gestalt mit dem röchelnden Atem, das Monster, stand ein paar Schritte vor Iris, die leblos am Boden lag. Es ging einen Schritt vor. Mit glühenden Augen musterte es das junge Mädchen am Boden und ging noch einen Schritt vor. Hinter ihm qualmten die am Boden hinterlassenen Abdrücke, und in der Erde wie auf den Steinplatten blieben nach jedem seiner Schritte schwarze Brandflecken zurück.

Gilles hatte nun ein gutes Dutzend der Sprossen erklommen, als sich die Hippe in seinem Gürtel plötzlich in einer Steinfuge verhakte. Auf keinen Fall wollte er seinen Aufstieg unterbrechen, und sein unwillkürliches Zerren hatte zur Folge, dass die Hippe sich drehte und den Gürtel durchtrennte. Sie stürzte ab und schlug während ihres Falls hell klimpernd gegen die einzelnen Sprossen, bevor sie mit einem letzten klingenden Schlag auf den Boden prallte. Der Aufprall glich dem Geräusch eines Klöppels, der in einer Glocke anschlägt, dem letzten Schlag einer Totenglocke.

Morrigane hob den Blick ihrer flammenden Augen in die Richtung, aus der sie diesen Klang gehört hatte, und schien angestrengt zu wittern. Sie knurrte, stieg über Iris' reglosen Körper hinweg und zwängte sich in die kleine Nebenhöhle. Gerade, als das Monster über Iris hinwegstieg, öffnete sie die Augen. Das Entsetzen hatte ihr fahles Gesicht noch blasser werden lassen, doch nun richtete Iris sich langsam auf und blieb erst einmal sitzen, denn nach diesem Schock fühlte sie sich zu weiteren Bewegungen unfähig. In dieser Starre verharrte sie eine Weile, nur wenige Schritte von dem Höhlenabschnitt entfernt, in dem bleigraues Licht tanzte und schimmerte.

Plötzlich fiel ihr Blick auf etwas, was golden glänzte, dort, wo der Trümmerhaufen die Galerie teilweise verstopfte. Ja, es war die vergoldete Klinge der Hippe.

In diesem Augenblick stand Morrigane in dem Lichtschacht, und ihr Kopf reichte bis zu dem gemauerten Abschnitt. Sie verdrehte ihren Hals, um durch den senkrechten Tunnel nach oben schauen zu können. Fast schon am Ausstieg verdeckte Gilles die Öffnung. Als er die roten Augen unter sich in dem quadratischen Schacht sah, kletterte er mit fieberhafter Eile weiter, ein boshaftes Lachen bebte in seiner Kehle.

Weiter unten stand Morrigane, und über ihr Gesicht huschte wieder ein Lächeln. Oder war dieses Grinsen nur ein Riss in dieser Masse aus Zeit, der Unendlichkeit aller Totenreiche, die sie in sich vereinte?

Sie hob den Arm mit der flammenden Lanze, die unbezwingbare Waffe aller Kriege und aller Siege. Mit einem kräftigen Stoß warf sie die Lanze hoch, und sie schnellte empor wie ein Blitz, auf den ein dumpfer, im engen Schacht widerhallender Donner folgte. Die Lanze mit ihrem Funkenschweif zerstörte die Sprossen, die eine nach der anderen herabfielen, als seien sie im Höllenfeuer geschmolzen.

Gilles hatte die Schachtöffnung erreicht, Kopf und Schultern befanden sich bereits an der Erdoberfläche, und er lachte, doch dann knisterte eine Sekunde lang das Blut auf seiner Haut, sein Haar stand plötzlich in lodernden Flammen, Feuer drang aus seinen Augen und allen Öffnungen seines Schädels. Sein offener Mund erbrach Flammen, doch dann war es, als zöge ihn sein eigener Schrei wieder abwärts, als sauge er ihn zurück unter die Erde, fort von den Lebenden, zurück in den Bauch der Erde und unter die Wurzeln des großen Waldes.

22

Gilles' Schrei schien dem Erdinnern, ihrem siedenden Herzen, jedem Stein, jedem Fragment der uralten Wände dieser zerbrechlichen Unterwelt entrissen worden zu sein. Er schallte durch den Bauch der Zeit.

Sie standen sich gegenüber. Erstarrt und stumm vor Grauen.

Dann erstarb der Schrei, verlor sich unter der Erde und kehrte zurück ins Höllenreich, aus dem er – durch die Brust eines Menschen – hervorgegangen war.

Es folgte ein Augenblick totaler Stille, ein Vakuum, und es war, als hätte irgendeine Macht Dinge, Lebewesen und alles ringsum leer gesogen.

Der Trümmerhaufen aus dem Kern dieses Geröll- und Knochenberges begann seltsam zu dampfen. Zarter, rötlicher Staub stieg auf, Qualm oder Dampf ähnlich, wie ein Hauch aus dem Herzen des Chaos, und ihm folgte eine Art Pulver aus getrocknetem Blut oder Rost, wenn es keine verhängnisvollen, giftigen Sporen waren …

Wie von einer wundersamen Macht erschüttert, begann der Trümmerhaufen kurz darauf zu beben. Die obere Spitze kam in Bewegung, glitt an den Flanken des Bergs herunter, der einbrach und sich in alle Richtungen ausbreitete.

»Nichts wie weg!«, schrie Chloé.

Sie zog an Vernets Ärmel, doch der Professor schüttelte sie ab.

»Wozu bleiben wir noch? Worauf warten wir?«, schrie Chloé. »Kommen Sie! Schnell! Wir können doch nichts mehr für sie tun. Gar nichts!«

Warum hatte sie nicht früher daran gedacht? Nachdem die eine Galerie zugeschüttet worden war, hatte Chloé sich einfach nicht mehr daran erinnert, dass ja noch die andere Galerie frei war, ein weit offener Fluchtweg stand doch zur Verfügung: die Galerie, durch die sie den Raum erreicht hatten!

Plötzlich hörte sie Vernet laut psalmodieren. Er stand zitternd auf beiden Beinen und sprach eine ihr unbekannte Sprache, wahrscheinlich Gälisch. Sonderbare Beschwörungen stieß er stockend in die Richtung des Knochenberges aus, den das Monster in Bewegung gesetzt hatte. Jetzt tauchte es knurrend aus dem Dunst und hinter den Trümmern auf.

»Nun kommen Sie schon, Herr Professor!«, rief Chloé.

Er hörte sie nicht. Er schien Wurzeln geschlagen zu haben. Wie hypnotisiert starrte er mit irrem Gesichtsausdruck auf die unglaubliche Erscheinung und sagte Zauberformeln her, um das Trugbild zu zerschlagen oder einen Fluch abzuwenden. Verzweifelt suchte er in dem Durcheinander seiner Erinnerungen nach magischen Formeln, versuchte sie zu ordnen, und vor allem wollte er an sie glauben, mit aller Macht, so wie er noch nie in seinem Leben an etwas hatte glauben wollen.

Was Chloé auch unternahm, um ihn von der Stelle zu bewegen, sie hatte keinen Erfolg. Also lief sie zur anderen Galerie.

Morrigane tat nur einen Schritt.

Wie ein Strom schwarzen Wassers, das einen Staudamm durchbricht, drängte sie mit ihrem gewaltigen Körper in den Raum. Das Bollwerk aus Gebeinen, Geröll und Holz barst in ihrem Hauch und unter ihren Schritten: Wie ein Bulldozer, den nur ein Albtraum hervorgebracht haben konnte, schob sie alles beiseite, was ihren Weg versperrte. Eine Art Graben hatte sich geöffnet, und zu beiden Seiten rollten die Trümmer wie Wellen durch den Raum, graue Wellen, aus denen scharfkantige Spitzen ragten, und sie bedeckten nach und nach den ganzen Boden.

Inmitten dieser Trümmer verharrte Vernet und grölte seine abgehackten, beschwörenden Psalmen.

Aufrecht stand er der widerwärtigen und ungeheuerlichen Erscheinung in dem qualmenden Schlachtfeld gegenüber. So unfassbar es auch erscheinen mochte, das Monster schien Vernet gar nicht zu beeindrucken ... Er wirkte, als sei das alles für ihn nur ein Spiel, als könne er im Grunde einfach nicht glauben, was er sah, als sei das, wogegen er kämpfte, außerhalb aller Realität, nichts weiter als ein Hirngespinst. Chloé hingegen hatte das Gefühl, auf der Stelle zu vertrocknen, und jeder Quadratzentimeter ihrer Haut schrumpfte wie unter einer eisigen Berührung zusammen. Sie sagte sich: *Das ist der reine Wahn. Wir finden hier nie wieder heraus.* Und weiter: *Ein Wahn, der uns entweder verschlingt oder von dem wir uns nie wieder erholen.* So oder so. Es gab keinerlei Hoffnung, dieses Abenteuer unbeschadet zu überstehen.

Sie wurde Zeugin einer verblüffenden Szene: Vernet durchwühlte, weiterhin psalmodierend, seine Tasche, zog den magischen Stein hervor und hielt ihn in Morriganes Richtung, um das Monster der Unterwelt zu beschwören. Chloé sah auch, wie Morrigane als Antwort auf die Beschwörung die Klaue hob, in der sie die Lanze hielt, und sie sah, wie Morrigane sich langsam vorwärts schob, sich dann ein wenig duckte und mit einer kurzen Armbewegung die lächerliche Gestalt Vernets wegfegte. Vernet flog durch die Luft, mit ausgebreiteten Armen und Beinen, und kopfüber in einen der Knochenhaufen, zwei Schritte von Chloé entfernt. Selbst jetzt, da der

Professor vor Schmerz das Gesicht verzog, schien er sich der Realität der Lage nicht bewusst zu sein. Währenddessen rollte der Stein ein paar Meter bis an den Sockel einer Art Altar im Zentrum des Raums, prallte daran ab und hüpfte Chloé vor die Füße. Hastig hob sie den Stein auf.

Gerade als Chloe sich wieder aufrichtete, fiel ihr Blick auf etwas rot Blinkendes, und sie stellte fest, dass der Kasten mit dem Zeitzünder durch Morriganes Auftritt und den Zerfall des Trümmerhaufens freigelegt worden war.

Das Monster, nur zwei Schritte von dem Kasten entfernt, folgte Chloés Blick und schaute auf den Gegenstand inmitten von Geröll und Staub, es sah ebenfalls das leuchtende Zählwerk mit den rot blinkenden Ziffern 0:01.

Mit einem geradezu vergnügten Grunzen stellte Morrigane den Fuß auf den Kasten und zermalmte ihn wie eine verdorbene Frucht.

Chloé schloss die Augen.

Ein Bild schlich sich vor ihr geistiges Auge. Wieder sah sie das schmerzverzerrte Gesicht Saxons, so wie damals im Park des Campus, als er sich zu ihr wandte und jene Worte artikulierte, die sie nicht verstand. Nun las sie auf seinen Lippen: *Der Stein …*

Sie öffnete die Augen. Nichts war in die Luft geflogen, im Gegensatz zu Gilles' Drohung, alles würde explodieren, berührten sie auch nur die Kabel oder den Kasten vor Ablauf des Countdowns …

Das Monster blickte Chloé mit einem Ausdruck von Unverständnis an. Klebriger Sabber lief ihm aus dem krummen Schnabel mit den Reißzähnen. Dann setzte Morrigane sich in Bewegung.

»Stehen Sie auf!«, befahl Chloé dem Professor. »Raus hier! Los! Hier wird nichts mehr explodieren.«

Als zweite unglaubliche Vision innerhalb von kaum zwei Minuten erschien plötzlich Iris hinter dem Rücken des Monsters, eingehüllt in dicke, dampfende Staubschwaden. Iris schwang die vergoldete Hippe und rief: »Hier, Chloé!«

Sie warf ihr die Hippe zu, die unregelmäßig surrend durch die Luft trudelte, knapp an der grollenden Morrigane vorbei, um dann am Boden auf ein paar Knochen zu schlagen, die auseinander stoben. Chloé hielt die Hippe mit dem Fuß auf, ergriff sie und sprang rasch auf die Beine, in der einen Hand den Stein, in der anderen die Hippe.

Eine ihr unbegreifliche Macht stieß sie vorwärts. Ein Schritt und noch ein Schritt in die Richtung des Monsters, während sie die beiden heiligen Gegenstände vorstreckte.

»He, du schmieriges Monster!«, rief Iris aus dem Tunneleingang.

In der Hand hielt sie die andere Hippe, die Gilles verloren hatte. Gleich nachdem das Monster die kleine Höhle mit dem Luftschacht verlassen und nachdem sie die erste Hippe aus dem Geröllhaufen geborgen hatte, war sie in die kleine Höhle gerannt, um Gilles' Hippe zu holen. Sie hob die Waffe mit der gebogenen Klinge über ihren Kopf, sprang auf das Monster und schlug die Hippe mit aller Macht tief in seine Brust. Eine rote Spalte öffnete sich in seinem gesträubten, schwarzen Fell- und

Federkleid, und aus der Wunde lief eine dunkle Substanz, die keine wirkliche Farbe aufwies. Das war kein menschliches Blut, es war eher, als habe sich die Finsternis zu einem flüssigen Stoff verdichtet. Morrigane knurrte, wohl weniger vor Schmerz als vor Ärger. Doch im Gegensatz zu den Kugeln aus Gilles' Revolver, die ihr absolut nichts anhaben konnten und die nicht einmal die Spuren von Einschlägen hinterlassen hatten, klaffte der Schnitt auseinander und blieb auch weit geöffnet. Iris, bleich und außer sich, war nur noch geballte Wut. Nochmals ging sie zum Angriff über und schlug Morrigane ein zweites Mal die Hippe ins Fleisch.

Chloé war näher gekommen.

Und schon umschwirrten die beiden Mädchen Morrigane wie aufgescheuchte Wespen und schlugen abwechselnd mit den Hippen zu. Das Monster wehrte sich nur halbherzig gegen die Hiebe, die es hier und da, mal vorn, mal hinten trafen. Morriganes Federpelz war von zahlreichen Schnitten übersät, und die schleimige Flüssigkeit klebte überall an ihrem Körper, der hin und her taumelte. Ihrer Kriegslanze bediente sie sich kaum, als würde es sich überhaupt nicht lohnen, auf diese lächerlichen Angriffe zu reagieren. Doch mit einem Mal schien sie genug davon zu haben. Vielleicht verlor sie die Geduld, wenn man ihr eine solche Eigenschaft überhaupt zusprechen konnte, denn die beiden letzten, gleichzeitig ausgeführten Schläge der Mädchen schienen ihr den Kopf abgerissen zu haben, jedenfalls sah es für den Bruchteil einer Sekunde so aus. Nein, sie hatten Morrigane nicht den Kopf abgerissen, nur eine Art Helm, und darunter sahen sie ihr wahres Gesicht. Das grauenhafte Gesicht eines hässlichen Greises, dessen Haut vom Alter so verwittert war, dass sie schon zu verwesen schien. Die Fratze war voller Narben, Male und Einbuchtungen, Stigmata aller Wesen, die seit dem Beginn der Zeit auf dieser Welt gelebt haben mochten. Alle Formen und Arten, jedes Aussehen und jede Gestalt aller Existenzen dieser Erde schienen sich in diesem Gesicht auszudrücken: ein bleiches, faltiges Gesicht mit zerfetztem Zahnfleisch, eiternden Nasenlöchern und weißen Schlitzaugen mit den roten Pupillen von Reptilien, den ersten Lebewesen der Erde, geboren am Anfang aller Zeiten. Lange dünne Haare, weiß und spröde wie das eisige Ende aller Tage, bedeckten den Kopf.

Morrigane war offensichtlich wütend, mit einem ungeduldigen Armschwung hatte sie Iris zu Boden geschmettert, wo sie nun halb betäubt auf allen vieren kauerte. Morrigane wollte gerade mit der Lanze zustoßen, um ihrem Leben ein Ende zu setzen …

»Erwann!«, schrie Chloé.

Im gleichen Augenblick ertönten Saxons Worte mit erstaunlicher Deutlichkeit in ihrem Gedächtnis: *Der Stein! Der Stein muss zerstört werden!*

Als Morrigane den Namen Erwann hörte, wandte sie sich mit erhobener Lanze zu Chloé um, und ihre Schlangenaugen hefteten sich auf den Stein, den Chloé ihr mit der einen Hand entgegenstreckte, während sie die Hippe in der anderen hielt. Ein ohrenbetäubendes Brüllen stieg aus Morriganes Kehle und über die faltigen Lippen, ein Brüllen, in dem Angst mitschwang. Morrigane schenkte Iris keinerlei weitere Beachtung und schritt auf Chloé zu. In diesem Augenblick schlug Chloé mit der Hippe hart auf den magischen Stein in ihrer Hand, und der Stein zerbarst in tausend Stücke und zerfiel zu Staub.

Während dieser Staub sich ausbreitete und die Steinbröckchen zu Boden rieselten, ertönte der gellende Schrei, der auf- und abschwoll und dröhnend widerhallte, ein Schrei unbeschreiblichen Leidens, doch auch der Erleichterung, der Schrei des besiegten und zugleich befreiten schwarzen Monsters.

Morrigane erstarrte und wurde zu Stein. Jede einzelne versteinerte Feder erinnerte an das, was dieses Wesen bei seinen Anfängen gewesen sein mochte, als es dem Erdmagma entstiegen war. Dann brach die erstarrte Masse an zahlreichen Stellen gleichzeitig auf, Ritzen bildeten sich, aus denen das Chaos wie pulsierendes, gleißendes Licht strömte. Mit einem Mal brach die steinerne Gestalt auseinander, stürzte zusammen und zerfiel zu einem feinen Staub, der an zarten Pollen erinnerte.

Und dieser Staub erfüllte bald den gesamten Raum.

Leichter Dunst lag unter den kahlen Baumkronen. Der Tag brach an. Von allen Fackeln, die in der Lichtung gebrannt hatten, flackerte nur noch eine einzige und spuckte kleine, blaue Flämmchen aus. In dieser Umgebung erschien sie unwirklich.

Als Erste kletterte Chloé aus dem Loch unter dem Hünengrab. Am Rand der Öffnung ließ sie sich auf alle viere nieder und reichte Iris die Hand, um ihr zu helfen, ebenfalls aus der Unterwelt zu steigen.

Dann warteten die beiden Mädchen, jede an einer Seite der Öffnung im Boden.

»Na, wie geht's?«, fragte Chloé.

Als Antwort erhielt sie nur ein mattes Grunzen. Eine Sekunde später erschien der Kopfputz, den Morrigane auf ihrem langen, entstellten Schädel getragen hatte und der nichts anderem auf dieser Welt ähnelte.

»Können Sie mir das bitte mal abnehmen?«, fragte Vernet, dessen Stimme dumpf aus dem Schacht tönte.

Die beiden Mädchen wichen gleichzeitig angewidert zurück.

»Tut mir Leid, aber dieses Ding fasse ich mit Sicherheit nicht an!«, rief Chloé. »Nicht für alles Geld der Welt.«

»Also echt! Ihren kindischen Aberglauben könnten Sie sich wirklich sparen«, antwortete Vernet ein wenig verärgert.

Er legte die Maske an den Rand der Öffnung und zog sich bis an die Oberfläche hoch. Die Mädchen halfen ihm, aus dem Loch zu klettern. Er setzte sich mit einer schmerzverzerrten Grimasse auf die Erde und zog sein Hosenbein hoch.

»Sieht grausig aus, was?«, sagte er in einem Ton, als würde ihn die Wunde im Grunde nichts angehen, und betastete die verletzte Haut rund um den Einschuss. Die Kugel war nur in das Fleisch neben dem Schienbeinknochen gedrungen.

»Ich glaube, das ist nicht so schlimm«, beruhigte ihn Chloé. »Machen Sie sich keine Sorgen. Iris oder ich fahren Sie nach Hause.«

Er schien sie gar nicht zu hören, fuhr fort, den Rand der Wunde zu betasten, und sagte: »Ja. Grausig ist das richtige Wort. Diese Wunde muss rasch behandelt werden, umso schneller kann ich wieder hierher kommen, bevor irgendetwas oder irgendwer diese wunderbare

Stätte beschädigt. Sind Sie sich überhaupt im Klaren, welche Schätze sie beherbergt? Unglaubliche Schätze! Unschätzbare Werte, in der Tat.«

Da die Mädchen schwiegen, hob Vernet den Blick und wirkte höchst erstaunt über ihre erschütterten Gesichter.

»Entschuldigen Sie! Habe ich eine Dummheit gesagt?«, fragte er.

Die Mädchen antworteten nicht.

Alle drei schüttelten sich, als plötzlich eine Schar schwarzer Saatkrähen aus der Krone des großen Baums neben den Findlingen aufflog und krächzend durch die Nebelschwaden in die Lüfte stieg.